2度目の人生、と思ったら、実は3度目だった。

Second time in my life, but it was actually the third time.

2

～歴史知識と内政努力で不幸な歴史の改変に挑みます～

take4

illust. 桧野ひなこ

TOブックス

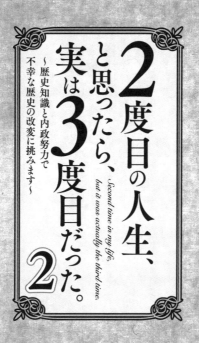

第一章　道程　テイグーンへの道

第二章　雌伏　テイグーン開発

イラスト：桧野ひなこ
デザイン：Pic/kel

タクヒール

本作の主人公。ソリス男爵家の次男。前世において二十歳で他国の侵攻を受け処刑されたが、覚醒した時空魔法により生まれたばかりの頃に逆行した。その際、前々世の現代日本での記憶も取り戻す。前回の歴史の記憶と現代知識を駆使して、男爵家全滅の運命を覆すため奮闘中

ダレン

タクヒールの父でソリス男爵家の当主。武勲を挙げて騎士爵から男爵へ昇爵したうえ、商才もあり交易で領地を豊かにした実績を持つ。前回の歴史では四十二歳で疫病により亡くなってしまった。最近は、ちょくちょく妻の尻に敷かれることも。

クリス

タクヒールの母にしてソリス男爵家夫人。子供のころから内政の才覚を示し、人を率いる器があった。普段は優しく、ゆるふわな雰囲気をまとっているが、夫の娼館通いなどには般若と化す。基本的に子供たちには甘い。

ダレク

タクヒールの兄にして男爵家嫡男。類稀なる剣の素質を持ち、軍才にも秀でている。前回の歴史では十六歳で味方の奸計に嵌り戦死してしまった。弟を可愛がっている一方、長じるにつれて弄ってくることもあるが、兄弟仲はとても良好。

アン

もともとは次期当主のダレクを支えるべく、幼少から厳しく育てられた戦闘メイド。上司の指示で、タクヒールの専属メイド兼護身役になった。当初は変わり者のタクヒールに冷たくあたっていたが、最近は最大の理解者＆擁護者となっている。

レイモンド

ソリス男爵家の家宰。主人公の才能をいち早く見抜き、陰ながら支援を行っていた。とても優秀な文官で若くして領地の差配を任されている。なお、ソリス男爵家において最も女性から人気があるほどのイケメン。

ソリス男爵領周辺図

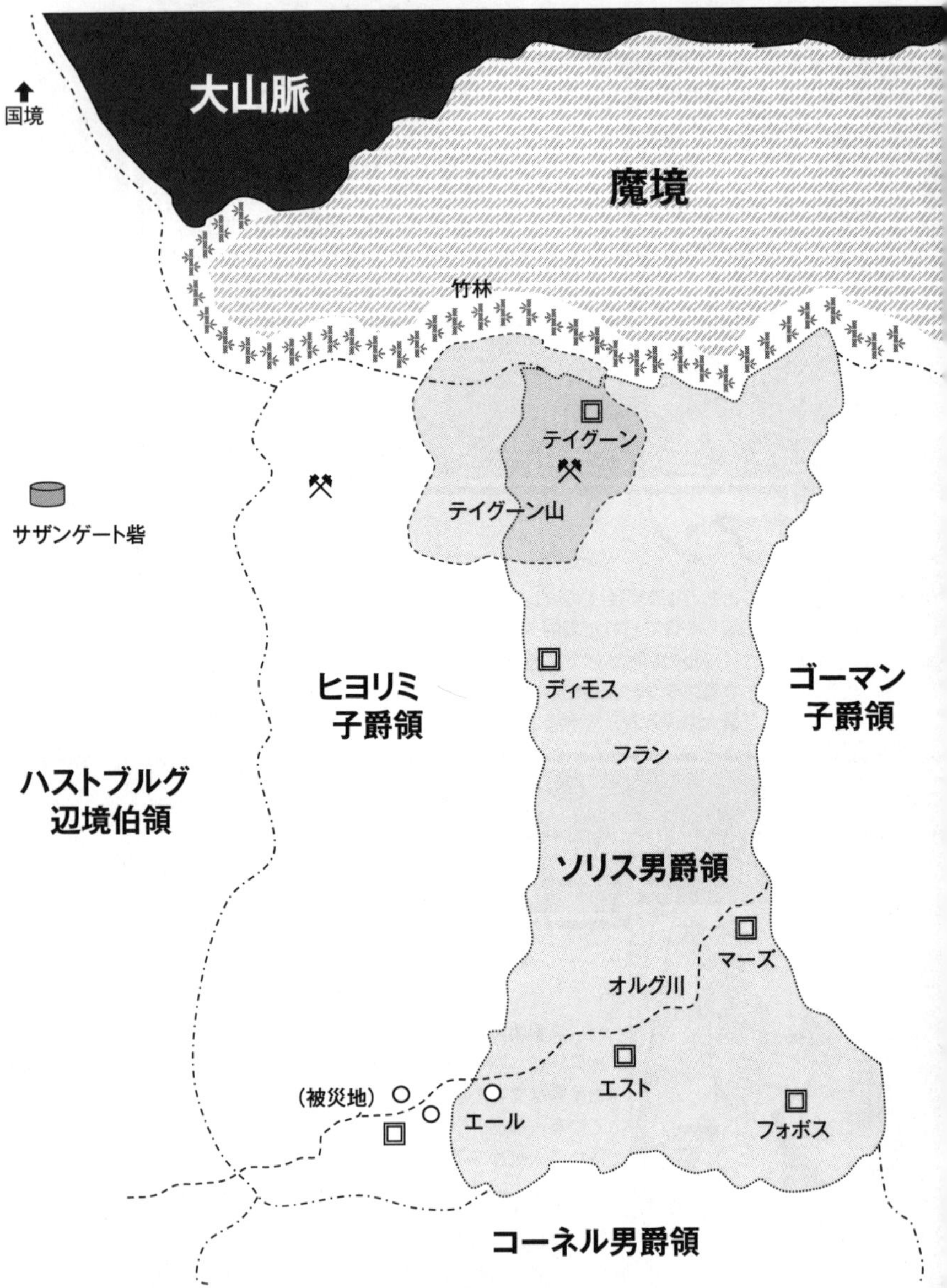

大山脈
国境
魔境
竹林
テイグーン
テイグーン山
サザンゲート砦
ヒヨリミ
子爵領
ディモス
ゴーマン
子爵領
フラン
ハストブルグ
辺境伯領
ソリス男爵領
マーズ
オルグ川
エスト
（被災地）
エール
フォボス
コーネル男爵領

テイグーン概要 1

テイグーン山側面図

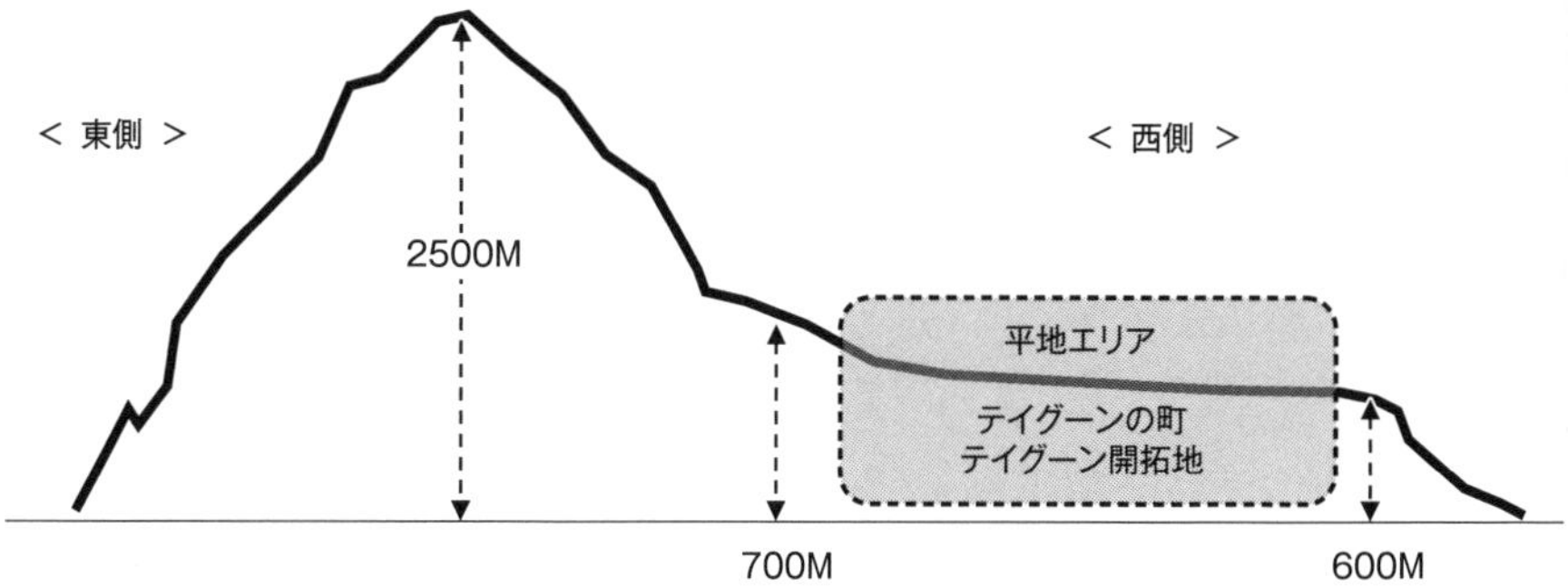

第一章　道程　テイグーンへの道

第一話　もうひとつの切り札（カイル歴五〇四年　十一歳）

チャンピオン大会が始まる少し前、俺は未来に繋がる重要な人物と再会し、この先に進むべき布石を打っていた。もっとも、再会といっても今回の世界では、初めて会うことになるのだが……。

「今日はタクヒールさまにぜひ紹介したい者がおります」

そう微笑むレイモンドさんに引き合わされたのは、緑色の髪が特徴的で、秘書官が似合いそうな知的な顔立ちをした女性、俺にとっては、決して忘れることのできない人だった。

前回の歴史では彼女と共に、寝る間も惜しんで傾きつつある領地の内政に取り組み、共に喜び、そして悲しみ、不甲斐ない俺の傍らで、真摯に懸命に支え続けてくれていた彼女の姿が、俺の脳裏に鮮やかに蘇る。前回の俺は、彼女に恋心を抱きつつも、王国が定める貴族当主に対する婚姻制約により、思いを告げることができなかった。いやむしろ、変な告白により関係が壊れ、大切な仲間かつ右腕である彼女を失うことを恐れていたのかもしれない。その彼女が今、目の前に居る！

「彼女は若いながら優秀で、文官見習いとして採用した後、私が直接鍛えあげた逸材です。そして

この一年間、テイグーン開拓地にて代官代行の任に当たらせております」

目の前に跪いている彼女の、以前の俺が知るより少しだけ若く、まだ幼さの残る顔立ちを見て、過去の思いが脳裏から溢れ、俺は気持ちを抑えることができず、今にも泣きそうになった。

「ミ、ミザリーさん……、元気で……」

「な、なんと！　タクヒールさまは彼女をご存じでしたか？」

やべっ！　動転して思わず言っちゃった。俺の心は一気に、今の世界に戻った。

「あ、傭兵団の方から聞いたことがあったんです……、テイグーンの開拓地に、緑髪でもの凄く仕事のできる、女性の文官の方が居る話を……」

もちろんこれは嘘だけどね。咄嗟に思いついた言い訳でしかない。

少し訝《いぶか》しがるレイモンドさんに対し、冷や汗をかきながら、俺はなんとかその場を取り繕った。

「既にお聞き及びとは驚きました。開拓地の動向にまで目を配られていたとは……、流石ですね！　彼女は、タクヒールさまがテイグーンを統治される際、すぐにお側でお役に立てるよう、こちらで派遣しておりました。代官代行として現地に留まり、開拓地の実情を調査し、タクヒールさまのご意向に沿えるよう準備させております」

レイモンドさんからの俺の評価が、勝手に一段上がってしまったのはさて置き、彼女が開拓地に居てくれることは、俺にとって非常に大きな意味がある。

「レイモンドさんの周到な手配、頭が下がる思いです。そういった人材がいれば、開拓地の運用に大いに役立つことと思います。本当にいつも、凄く助かります！」

そう、色んな意味で家宰には感謝したい。もちろん最大の感謝は、数ある文官の中から彼女を選んでくれたことだ。そして俺自身、彼女の優秀さは身を以て知っており、近い将来、内政面での切り札となる逸材で、俺は最強のカードを手にしたに等しい。今の時点から彼女が、俺の下で采配を振るってくれるとなると、テイグーンにおける開拓事業は一気に捗ると思える。

前回の歴史では五年後、疫病で両親、レイモンドさんと三人の大黒柱を突然失い、失意と不安の中で俺がソリス男爵家を継いだ時、多くの文官たちが領地の行く末を憂い、そして去っていった。

だが彼女は、無能者、権限なしと揶揄された俺と、災厄に沈みかけた領地を見限ることなく、懸命に仕えてくれた。彼女の存在がなければ内政は全く機能しない、そう思われるぐらいに、俺は彼女を頼りにしていたし、彼女は俺の期待に応えるべく、最後まで持てる力の全てを傾けてくれた。

急速に破綻しつつあったエストール領は、彼女がいたからこそ持ち直し、その後の大飢饉でさえ、なんとかギリギリのところで踏み留まることができていた。俺にとって彼女は大恩人でもある。

五年後、俺が十六歳の時に初めて会った時、彼女が二十三歳だったから、今は……、十八歳か？　既に頭角を現しているって、やっぱりミザリーは凄いな……。

今回の世界では、今日初めて会う形になるのだから、今後も気を付けないと……。

「タクヒールさまよろしいでしょうか？　彼女は明日、再び任地であるテイグーンに戻りますが、その前に、私と共に開拓地に関する報告を聞いていただけますか？」

あ、いかん！　彼女を見ると、どうしても前回の歴史の記憶が頭に浮かび、ボーっとしていた。

そこから、改めてミザリーからの挨拶を受け、テイグーン開拓地の現状を聞いた。

「テイグーンは当初、人口五十人ほどの小さな村以下、その程度の場所でしかありませんでした。ですが今は、タクヒールさまのご意向を受け、飢饉の後に入植した難民や、開発工事の人足などで約二百五十名、双頭の鷹傭兵団が三十名ほど常駐しており、現在は開拓地としての体裁を整えつつあり、魔境で狩りを行う者を含め、現在は三百人規模の小さな宿場町ができあがりつつあります」

「ミザリー、開拓地としての可能性について、思うところを言ってごらんなさい」

「はい、テイグーン山自体は断崖に囲まれ険しい山ですが、中腹部分に三角形状の平坦な土地があります。ただそこの土地は痩せており、あまり農地には適さないようで、農民の入植は既に頭打ちとなっています。現段階では魔境に近い安全な避難場所としての立地をいかし、小さな商店や宿が立ち並び始めており、その方面で価値を見出しつつあります。特に最近は魔境で得られる産品が注目され始めた結果、魔境に入る者も増え、町の拡張を後押ししています」

「そうですか。居住可能な土地、農地などの可能性のある領域はどのぐらいですか？」

「西側の緩やかな斜面は、底辺約十キル（㎞）高さ約六キル（㎞）の三角形状の広さがあります。広さだけなら十分ですが、三百人の人口を支える収穫が見込めないため、自給自足は不可能です。そのため開拓民の多くは、男爵家の依頼で行われている建設工事や、宿や商店などで働いている者が大半で、生活物資を賄う交易が、テイグーンを支える生命線だともいえます」

このあたりは一点を除き、俺の予想した範囲内だった。開拓地としてのポテンシャルは低いこと、特に農地としての可能性の低さを、俺は事前に（前回から）知っていた。

前回もその課題に直面し、俺もミザリーも苦慮していたからね。ただ気になったのは……。

「魔物から獲れる産品……、それってもしかして、あれとあれが原因ですか？」

「はい、ここ最近は領内にてエストールボウに使う魔物素材の需要が伸びたことと、通常ではあり得ない数の魔石が、適性確認の触媒として使用されており、市場での需要が高まっておりますので」

レイモンドさんが笑いを堪えて回答した。

やっぱ俺のせいか……、ですよねー。

これまで大量消費されることのなかった魔物素材、そして、高値過ぎて辺境ではほぼ取引されていなかった触媒を、どこの誰かの指示でバンバン使っているのだから。たぶん今後も……。

「ミザリーさん、町の開発状況はどんな感じですか？」

ちょっと気まずかったので、俺は話題を先に進めた。

「はい、その点はレイモンド様からご指示いただいた通り、人手を使い少しずつ行っております。大きな予算もないため、今はやっと開拓民たちが住める場所になりつつある、それが現状です」

そりゃそうだよね。三年前、俺が八歳の時に突然言い出したことだし、具体的な予算もない中、レイモンドさんが可能な範囲で、コツコツとやってくれていた感じだからね。

「彼女は信頼いただいて大丈夫です。今後、テイグーンの開拓地をどうなさりたいか、タクヒールさまのご存念を、彼女にも是非お聞かせださい」

うん、レイモンドさんの言葉がなくても、ミザリーが信頼できることを俺は知っている。

この際だから、まだ家宰にすら話していない構想まで、一気に全て話すとするか？

「ミザリーさん、当面の間は大規模な開発は行わず、時機を待っていてください。もちろん、現在暮らしている方々に向けた、生活上必要な工事など、最低限のものは継続してほしいと考えています。ただ、今後正式な予算が確定次第、地魔法士たちを動員して、開発を一気に進める予定です。最終的にはテイグーン一帯で、一万人規模を抱えることが可能な街にしたいと考えています」

「えっ？」

ミザリー、今、明らかに動揺しているよね？　不安気に俺を見つめる瞳が、それを語っていた。

先程の彼女の説明を聞いていれば、まぁ誰だって、俺をそんな目で見て当然のことと思います。

『ちょっと頭のおかしな子供』、まぁそう思われても仕方がない。

でも……、不安顔のミザリーとは対照的に、いつも通りニヤニヤしている方がいる。何故だ？

レイモンドさんにも不安視されるぐらいの、大風呂敷を広げたつもりなんだけどなぁ……。

そう、九年後にはテイグーンにて、数万ものグリフォニア帝国軍を迎え撃たなければならない。

今のところ、ヴァイスさんという即死フラグは既に囲い込んだけれど、俺は歴史の悪意を確信している。きっと時が来れば、前回と等量の災厄を運んでくるはずだ。数万の軍勢がテイグーンを襲う可能性、俺にとってこれは、確定事項として対処すべき、最優先課題のひとつと考えている。

前回の歴史では、たった二百足らずの防衛戦力しか用意できず、多くの兵と領民、大事な仲間たちを巻き込んで完敗し、最後まで俺に付き従ってくれた者たちが、そこで命を落としていた。

だが今回は絶対にそうさせない！　俺が皆を守る！　正確には守る算段を整える、だけど……。

テイグーンに通じる隘路《あいろ》に強固な防衛陣を敷き、エストールボウで武装した兵士と領民二千名、それに魔法士たちが連携して防衛に当たれば、なんとかなる、いや、なんとしなくてはならない。

そのために、最前線を支える基地として、テイグーン一帯を要塞化しなくてはならないし、これまでの矢は全て、最終的に帝国軍の侵攻をはね返すために、放ってきたものといっていい。

まぁ、一万人は大風呂敷だけど、人口だけなら数千人規模の街にする必要はある。

といっても、残された時間は少なく、手段を構築するための元手がまだないんだけど……。

だからこそ、今の段階からミザリーの全面協力を得るため、俺は必死に説明を続けた。

「最初から巨大な街を目指すわけではありません。先ずはエストの街と同等の規模を目指します。一万人規模とは将来、有事の際に臨時で駐留する兵を含めた最大数です。定住人口で言えば、二千人から三千人程度を目指します。私はテイグーンを、ソリス男爵領を護る南の拠点にしたい。そう考えています。そのために、街づくりは相当余裕を持った規模で進めたいのです」

ここまで言って、俺はひと息ついて周囲を見た。大丈夫、ミザリーは話についてきている。

「今はこれらの準備段階で、工事に必要な魔法士や文官の確保、農業試験を含めた農地改良計画、土地に合った栽培品種の検討などを、我々で進めています。当面の検討課題は四つあります」

ひとつ、試験耕作地を用意したうえで小作農を雇い、新しい農法などの農業実験を進めること。

ひとつ、痩せた土地に強い作物、複数品種の芋を手配しており、入手次第これも実験すること。

ひとつ、独自産業として養蜂の産業化を検討していること。

ひとつ、鉱山開発を検討しており、それに関わる産業も併せて育成したいと考えていること。

「今ご説明した内容が軌道に乗れば、街として十分にやっていけるものと考えています。これらの表向きの目的に加え、開発には裏の目的もあります。ここからは内々のお話です。かの地を今後、帝国の侵攻に備えた防衛拠点、要塞都市として発展させる構想を持っています」

ひとつ、帝国軍が国境から魔境側を通り、エストール領に侵攻する可能性を危惧していること。

ひとつ、敵国同様に隣領に対しても警戒しており、それに対する牽制と防衛拠点も兼ねること。

ひとつ、強固な守りの要塞都市を起点にして、将来的には魔境の開発を進めていきたいこと。

ひとつ、ソリス男爵軍の駐屯地として、大規模兵力が駐屯可能な街づくりを進めたいこと。


これらを一気に話した。

「正直、今のお話は夢物語と思われるでしょう。でも我らは、これを現実にすべく動いています」

「ふふふ、面白いお話ですね。タクヒールさまはやはり面白い！」

「私は……、お噂はかねがね聞いていましたがその……、正直言って驚きました」

レイモンドさんはいつも通りの定番反応だったが、ミザリーは感心したのか呆れたのか、驚いたのか不安なのか、真意は不明だが、彼女の瞳は、何か強い決意を秘めているかのようだった。

「タクヒールさま、先程のお話であった農地対策と、試してみたい農法、産業としての養蜂と鉱山開発、私としてはこれらに、並々ならぬ興味がありますねぇ」

「一つ目は、バルトが持って帰ってくるであろう大量のガラクタ……、そこに答えがありますよ。彼が帰ってきたらその詳細をレイモンドさんにもお話しします。ちなみに二つ目の養蜂とは、現状では野山を回り蜂の巣を探し、しかも採集の度に危険を冒して巣を壊し、収集されている希少な蜂蜜を、効率的かつ継続的に集める手段です。道具が完成し時期がくれば、お話ししますね」

「どちらも楽しみですね。是非お待ちしています」

何か途方もない話で不安げなミザリーをよそに、レイモンドさんは何やら凄く嬉しそうだった。

そして彼は、俺が敢えて答えていない三つ目を指摘するような無粋なことはしない。ただ軽く流しているだけだ。俺もそれを分かりつつ、三つ目、鉱山の件は、今後説明できる時期を待った。

「他に議題や報告、ミザリーへの依頼がなければ、今回は解散としますが？」

「そうですね。先ほどご説明した目的を念頭に、引き続きテイグーン開拓地をお願いします。取り急ぎ、テイグーンでの水の手、まずは飲料水となる水源の確認と確保を進めてください。試験栽培については、後日入手した種芋を送ります。テイグーンでの栽培を先行して進めてほしいです」

「承知いたしました。必ずやご依頼をやり遂げさせていただきます」

いずれ都市計画を学んだ、エラン、メアリー、サシャを連れて現地を視察し、正式に街の設計を行う予定だが、今の時点からミザリーが情報を収集してくれれば、効率は上がる。

今の時点で、鉱山の件は俺しか知らない話だ。前回の歴史にて、俺が領主となった翌年、十七歳の時にテイグーン近郊で鉄鉱床が発見される。有望な鉱山の発見によりエストール領は息を吹き返し、採掘された鉱物を運ぶため、テイグーン山からフランの町まで街道が整備されていく。

ちなみにフランの町からエストの街までは、既に整備された街道があるため、俺が十九歳になったころには、テイグーンからフラン経由で、エストの街に通じる街道が開通していたはずだ。

前回の歴史では、この経緯で整備した街道を、ヴァイス軍団長に利用されてしまうのだが……。

何はともあれ、優秀で信頼できる彼女が、この時点から俺の仲間になったことは凄く大きい。

俺は一歩前進したテイグーン一帯の開発と、この先の未来を夢見て、心躍る気持ちでいた。

さぁ！　そのためにも、お金《きんか》、目一杯儲けないとね……、まだ全然足らないし。

第二話　バルトの帰還（カイル歴五〇四年　十一歳）

この時期、俺にとって嬉しい報告がもう一つあった。エストを旅立って約一年、あっという間だったが、最上位大会開催に合わせて同行していた商隊と共に、バルトがエストの街に戻ってきた。

「タクヒールさま、交易よりただいま帰還しました」

「お帰りバルト、交易任務、本当にご苦労さま」

「報告したいことが沢山有ります。是非お時間をください」

元気そうな彼の様子を見て、先ずは無事の帰還に安堵し皆で喜んだ。その後早速、バルトの報告を受けることになったが、この様子だと……、俺の期待も否応なしに高まっていた。

「牡蠣殻《かきがら》って海辺の町や村では、どこにでも転がっていて、『幾らでも持って行っていい、むしろ逆に助かる』とまで言われて、全て無料で集めることができました。回収する量が多すぎて、まだ一部しか集めきれていないので、各所の町や村には、また後日回収に来ることを伝えてあります。でも、タクヒールさまがこんな事情をご存じだったなんて、そちらの方が驚きでしたよ」

バルトの言葉通り、俺は海辺の町村での牡蠣殻問題、それを本の知識を通じて知っていたのだ。

海辺の町村では、長年放置された牡蠣殻が堆《うずたか》く積まれ、ゴミとして処理に困っていることを。

五歳になるまでに読み漁った本のなかには、それについて触れているものもあり、その内容に俺は着目していた。バルトの報告で実証され、今後も牡蠣殻が収集可能と分かり、大きく安堵した。

正直言ってもっともっと欲しい。牡蠣殻の使い道は、今後の俺を支えるため多岐にわたる。

俺の作戦では、現段階だけでも三通りの想定がある。そして今、まずは最初の一手が打てる！

俺は改めて手の空いている仲間を、領主館の裏庭に集めた。

「バルト、ここに全部出してもらえるかな？」

「本当にここでよろしいのですか？」

「勿論、さぁ！　全部ここに出して」

「……、本当に……、出しますが……、ごめんなさい！」

その場に居合わせた全員が、予想外に多い牡蠣殻が、小山のように積まれていく姿に絶句した。

「うっ！」

「くっ！　臭っさ……」

「タクヒール！　な、何だこれはっ！　くっ、臭い！」

家数軒分では収まらない量の大量の廃棄物に、俺以外の全員、そして、たまたまその場に居合わせた父が、最後に鼻を押さえて絶叫した。

辺り一帯に漂う独特の潮の匂い……、海を知らない者は初めて体験する、強烈な異臭。

その日から領主館の裏庭は、悪臭を漂わせる、さながらゴミ屋敷に変貌した。

呆然として立ち尽くす父を……、俺は敢えて見ていない振りをして作業を急いだ。

「エラン、メアリー、お願い！」

二人は地魔法を使い次々と浅いプールを作り、更に底と側面を硬化させていった。

「サシャ、完成したところからお願い！」

彼女の水魔法により、そのプールには、次々と水が満たされていく。

「みんな、さあ！　一斉に取り掛かろう」

残った全員が手分けして、プールに牡蠣殻を沈めていった。臭気に顔をしかめながら……。

皆の協力の効果は絶大で、作業は予想以上に捗り、程なく終了した。今後は、何度か水を入れ替えつつ塩抜きを行い、その後は半年ほど天日干しにかける予定だ。

母と家宰も騒ぎを聞きつけ集まったので、この際俺は、牡蠣殻の使用目的について説明した。

「この牡蠣殻を焼いて砕き、それを作物の育ちにくい大地に撒いて、土壌改善の肥料に使います。それだけではありません。牡蠣殻の塊を下水道に沈めれば、水質の改善にも効果が期待できます。今行っている潮抜きと天日干しが終われば、その実験に取り掛かり、結果は改めてご報告します。あと、大事なことですが、この後も継続して牡蠣殻を収集し、処理を進めていく予定です」

「何！　今後もだと？　それはまかりならん！　万が一この私が『臭男爵』など……」

「まぁ！　そんなこともできるの？　大地を、そして水を蘇らせる……、素晴らしいことだわ！」

「クリスさま、私も驚きました！　結果が今からとても楽しみです！」

賛成の二人に言葉を重ねられた父は、恨めしげな顔をして俺を見つめた。

『タブン、クサダンシャクトハ、ヨバレナイトオモイマス。タブン……』

俺は父に聞こえないように、ひとり小さく呟いた。

牡蠣殻の使用目的はまだあるが、この時点では最後の一手は封印している。もう少し先まで……。


せっかくなので、両親と家宰にもうひとつの調査結果も共有することにした。

「バルト、収集した芋についても、父上、母上、家宰に報告を！」

「エストール領の土地に合うかは分かりかねますが、集められる範囲で購入してきております」

そう言ってバルトは、何種類もの種芋を次から次へと出し、いつしかそれは山のように積まれていった。

「ほう、ここまでの種類、そうそう簡単に集められるものではないな。よく集めたものだ……」

父から驚嘆の声が上がった。牡蠣殻の件で懲りたのか、問題が有ればすぐにでも止めさせるつもりでいたのだろう。だが、芋に関しては父も興味を持っていた。

「芋については、それぞれ集められる範囲の情報、産地と栽培方法も確認しております」

「ありがとう、バルト！　完璧だよ。父上、母上、レイモンドさん、この芋が開拓地の食糧事情を変えてくれるかもしれません。先ずは試行錯誤でやってみます」

これには父も快諾してくれたが、後日、とんでもない事態になることを、まだ誰も知らない。

今回バルトが集めてきてくれた大量の種芋は、何種類かをテイグーンに送付し、ミザリー指揮のもと、試験栽培を開始してもらう予定だ。それに加え、エストの街の孤児院でも、子供たちに栽培を依頼するつもりでいる。上手く進めば、彼らに仕事として継続してもらう予定だ。

勿論、当然のことだが、俺自分も芋を育ててみた。

蕪《かぶ》の時と同様に、牡蠣殻処理の場所以外は、俺たちによって屋敷中手当たり次第に畝《うね》が作られ、種芋が植えられていった。言うまでもなくソリス男爵の館は……、一面見事な芋畑となった……。

そのことで、父が再び頭を抱えるはめになったのは、言うまでもない。

「頼む、芋だけは……、芋男爵だけはやめてくれ……」

「ゼンショシマス、デモ、タミノコトバハ、トメラレマセンヨ」

確信犯の俺は、特にそれを制止することも、自ら広げることもしなかった。

数ヶ月後、ソリス男爵は短期間に、二つ名を新たに二種類も得たことで、有名になった。

『ソリス男爵に二つの顔あり。蕪のソリスに、芋ソリス、民この名を用いて男爵を大いに敬う』

「穀物は、ご期待に添えず申し訳ありません。エストールに無い穀物で探してみたのですが……」

「いやいや、これだけでも十分な成果だよ。あくまでもついでだから、気にしないで……」

穀物、特に米の情報収集については難航しているようで、俺は平伏するバルトを慰めた。

実際、米を知らない者に説明するのは難しい。そのため、水を引いた畑で育てる穀物、そういった表現で探してもらっていたが、バルトが交易に行った大陸の北側では、情報が無いようだった。

「あの……、詳細は不明ですが同行した商人たちの話では、ずっと南方、グリフォニア帝国の更に南にある、スーラ公国では、水を引いた畑で栽培されている穀物があるらしいです……」

「バルト！　それだっ！　その情報だけで立派な成果だよっ」

俺は興奮してバルトの手を取った。存在が確認できれば、この先、入手できる可能性が一気に高まる。そうなれば俺の長年の夢、米を食べることができる！

今回の交易で、目覚ましい成果を挙げたバルトには、父から出ている俸給とは別に、褒賞を出すことにした。更に、今後も牡蠣殻と種芋の収集を継続してもらうよう、改めてバルトに依頼した。

交易の旅でバルトは、商人たちからも可愛がられ、特に荷物の無かった往路は収納魔法を使い、商隊にかなり貢献したらしい。そのため、食費や宿代なども全額商人たちが負担してくれたそうで、経費はほぼ掛からず、彼らからの謝礼で所持金は逆に増えているとのことだ。道中彼は、商取引の慣例や、商売上必要な情報、商人の人脈などを学び、一介の商人として自信を付けつつあった。

そこで新たな提案として、初期に預けて残った金貨百五十枚のうち五十枚と、新たにバルトが増やした五十枚、合わせて百枚を資金として、商機があれば商品投機に回す許可を出した。

なお投機で利益が出た場合、そのうち二割をバルトの褒賞として与える旨の規定も定めた。時空魔法が商人にとって、かなりチートな魔法である以上、きっと成果を出してくれるだろう。

一通り対応が済むと、再び商隊に付き従い、バルトは旅立っていった。一年前と比べて、更に増えた仲間たちに見送られて。

今回は別件もあるため、半年で行商を終え、年明けには戻ってきてもらう予定だ。バルトの名を冠した商会が、ソリス男爵家の経済活動の一翼を担う未来も、現実になるかもしれない。


ちなみにバルトとクレアは、ソリス男爵からの給金の殆どを、出身である孤児院に入れていた。

彼ら以外にも、射的場や定期大会などの運営要員として、雇い入れている孤児たちも同様だった。

そのお陰もあって、孤児院で暮らす孤児たちの生活は、劇的に改善していった。

子供たちの生活に余裕ができ始めたのを機に、俺は孤児院を改装し大きな教室を作り、手持ちの資金の金貨を使って教師を採用し、教材を用意した。彼らの孤児院は、文字や読み書きが学べる場として開放された。

この教室は孤児だけでなく、エストの街の子供たちなら誰でも参加できるものとして、午前中の授業をちゃんと受けた者に限り、無料で昼食を提供するようにした。その昼食自体も、年長の孤児から何人かを選抜し、料理長のミゲルさんに頼んで、自分たちで調理ができるように仕込んでもらった。

もちろん、調理を担当した者には、少ないながら日当を出し、彼らが収入を得る仕組みを作った。

後日バルトが旅立ち、教室と昼食が軌道に乗り出したころになると、学びに来る子供の数は増え続け、孤児院にある教室では収まらない状況にまでなった。

その時点で俺は、レイモンドさんに頼み込み、教室と教師を増やしてもらった。さらに、優秀な者が学べる上位レベルの教育を行う施設を、作ってもらうに至った。両親もこれを評価してくれて、今後はソリス男爵家の予算で、教室や教師、昼食などの面倒を見てもらえることになった。

こういった取り組みの結果、エストでは子供たちの識字率が劇的に向上し、就学意欲についても大きく高まった。それによりソリス男爵家は、未来の文官候補生を数多く手に入れることとなる。

◇手持ちの金貨収支（受付所及び射的場関係費は予算枠、金貨一五〇〇枚から支出）

支出　射的場関係費　三九〇枚／年（景品代一五〇枚、定期大会賞金等二四〇枚）
　適性確認費用　四二五枚
　バルト関係　一六〇枚（買い付け予算一五〇枚、臨時報酬一〇枚）
　最上位大会費　一七五枚（投票券準備一〇枚、準備費五〇枚、賞金一一五枚）
　外注製作費他　二〇〇枚
　教室関係費　一五五枚（設備費二〇枚、教師三五枚、昼食費一〇〇枚）
　その他　二〇枚

収入　初期手持ち金貨　五〇〇枚
　魔法士紹介報酬　一八七五枚

投票券収益　　　　六〇〇枚
辺境伯報奨　　　　一〇〇〇枚（報奨五〇〇枚、発注及び技術供与五〇〇枚）
残高　手持ち金貨　二四五〇枚

第三話　テイグーン開拓に向けた一の矢（カイル歴五〇四年　十一歳）

バルトを見送った翌日、既にレイモンドさんやミザリーに話した、開拓地での作戦を進めるためと、ハストブルグ辺境伯からの依頼遂行のため、俺はまずエストの街の工房を訪ねた。

「こんにちは〜。またおじゃまします」

「あ、タクヒールさまっ！」

「全員！　直ちに手を止めろっ！　タクヒールさまに礼っ！」

カールさんが工房全体に響き渡る声で叫ぶと共に、全員が立ち上がり丁寧なお辞儀をしてくる。

「あ、そのまま作業を続けてください。お構いなく……」

ってか毎回、めっちゃ恥ずかしいのですけど……。

カールさんも偉くなって、いつの間にかゲルドさんと同様の超体育会系になっているし……。

改めてじっくり中を見渡すと、工房は以前よりも更に広くなり、働く人もかなり増えていた。

カールさん自身、今じゃ親方の一人としてゲルドさんを支えているようだし。

案内に従い別室に移動すると、奥にはちゃんとした調度品も備え付けられた、応接室が用意されており、そこで工房長ゲルドさん、親方のカールさんとアンを交えて打ち合わせを始めた。

先ずは本題だ！

「実はハストブルグ辺境伯の依頼で、新たに百台のクロスボウを発注したくてお邪魔しました」

「ほう、百台ですか！　タクヒールさま、いつもありがとうございます。我々の工房が繁盛して、ここまで大きくなれたのもタクヒールさまのお陰です。すぐにでも取り掛からせていただきます」

「ゲルドさん助かります。ずうずうしいお願いでちょっと申し訳ないのですが、実はハストブルグ辺境伯からの依頼で、製作技術を開示すること込みの発注なのです。そのため、先方の職人に製作工程を見せてやってほしいのですが、それについて問題ありませんか？」

「そりゃあもう、そもそもクロスボウは、タクヒールさまの発案と資金で開発したものですから、我々には何の異存もありませんが……」

「はい、でも見せるのはクロスボウの製造工程だけで、その間、エストールボウや水車など、その他の技術は隠しておいてほしいです。制作開始は先方の職人が到着次第進める形でお願いします」

「工房長、その間だけなら部品を含め、その他の製造を止めても、問題なく回せると思いますよ」

俺がカールさんの言葉に気をよくしたのは言うまでもない。先ず一段階目はクリアできた。

次に将来への布石として……。

「実はあと一つ、製作依頼と納期についての相談があります。構造自体はとても簡単な物ですが、これらを冬までに作っていただくことって、可能でしょうか？」

俺は二人に、養蜂に使う予定の重箱式巣箱、そのスケッチを見せながら説明した。

「この真ん中に十字の線が入った重箱を二百個、一番下段の箱と天井、スノコをそれぞれ五十個から百個、年が明ける頃までに製作し、納品までお願いすることって……、可能ですか？」

「タクヒールさまのご依頼、断る奴なんて居たら蹴とばしてやりますよ。カール、どうだ？」

「構造も簡単なので若手の職人でも十分可能です。半年もあれば全く問題ないですね」

カール親方の心強い言葉に、俺は安堵のため息を吐いた。

「これは技術開示と並行して制作しても大丈夫ですが、使用目的は伏せておいてほしいです」

「承知しました。それも問題ありません。必ず年内に納品させていただきます」

そう、蜂の生態がこちらの世界でも同じであれば、春には分蜂が始まる。それまでに巣箱の設置まで進めなければいけないので、個人的には今が恐らく発注期限の限界だと思っていた。

養蜂については、俺自身も全く経験がなかったが、ニシダだった頃の記憶と知識がある。ニシダは、定年後に田舎でスローライフを送ることを夢見ており、その田舎暮らしの一環として、比較的簡単にできるらしい、日本ミツバチの養蜂について興味を持ち、動画を何度も見ていた。

今回はその時の記憶がベースになっており、乳児の時に散々繰り返した脳内シミュレーションと、三歳になってから書き記した備忘録、そのなかに養蜂のことも含まれていた。

俺の記憶は年を取ったら絶対に忘れてしまうだろう。このことが当時とても大きな恐怖だった。その対策である備忘録のメモは、俺にとって歴史書と等しく、かけがえのない大切なものだった。

この世界でも蜂蜜は存在する。でも野山で蜜蜂の巣を探し、巣ごと回収して採取しているため、非常に効率も悪く、その作業は危険で面倒なものだった。それもあって蜂蜜の価値は非常に高く、高級嗜好品として、一部の貴族や富裕層にもてはやされていた。俺はそこに目を付けた。

巣箱が五十〜百セット必要なのは、分蜂した蜂が運よく巣箱を見つけ、利用してくれるかどうかはあくまでも確率と偶然の産物であって、蜂頼みでしかないからだ。

数を用意し、少しでも当たれば……、そんな思いだった。

それにしても……。

そもそも、こちらの世界でも分蜂は春なのかなぁ？

こちらの蜂の生態は日本蜜蜂、西洋蜜蜂、果たしてどちらに類似しているのだろうか？

重箱式で大丈夫なのか？　単枠式も用意したほうが良いのだろうか？

確か西洋蜜蜂だと重箱式はおすすめできない、そんな内容が書いてあった気もしたが……。

そんな疑問も多々残ったが、そこは取り敢えず深く考えないで進めることにした。

試してダメなら、念のため単枠式も追加で用意し、様子を見ればいい。そう思って開き直った。

今日は工房の帰りに商人のお店に立ち寄り、蜜蝋の蝋燭を買って帰る予定だ。

もちろん巣箱に使う為のものだが、なかなか手に入りにくく、事前に入手を依頼していた。

二つの懸念事項が解決し、安心して席を立とうとした時、ゲルド工房長に呼び止められた。

「カールから、試作品完成のご報告がございます。ちょっと見てやってください」

それはずっと以前、もう三年近く前の話で、当の俺自身が忘れかけていた開発品の話だった。

「男爵家の皆様から色々と発注もいただき、開発が思うように進まず、大変申し訳ありませんでした。ですが、やっとこちらの試作品が、取り急ぎ五台完成しましたので、先ずはご確認ください」

「おおっ！」

思わず俺が声を上げたそれは、紛れもない『諸葛弩弓《しょかつどきゅう》』だった。

「こちらの矢を十本まで連射可能です。事前にいただいた図面の通り、この引き棒を引けば、装填から、引き絞り、発射までが一連の動作で可能です。連射も問題なくできます」

昔から欲しかった諸葛弩弓が俺の目の前にある！　もうたまらなかった。

「実は……、開発に思わぬ時間を要してしまいました。仕組み自体はすぐにできたのですが、矢詰まりで自動装填がうまく機能しなかったり、真っすぐ飛ばなかったりで、行き詰まっていました」

「で、カールがこれを思いつきまして」

カールさんの説明に、ゲルド工房長が補足して紙の筒を取り出した。

そうか！　スリーブを入れるのか。これで矢詰まりを無くし、正しい位置にセットさせるのか。

「まぁ今度は、発射後にこの紙の筒が逆に詰まり、色々改善したのですが……」

苦笑していたカールさんに、思わず俺は尊敬の眼差しを向けた。

ニシダの生きていた時代でも、昔の技術や製法など、現代科学では再現不能な失われた技術も多々ある、そう言われていたことを思い出した。この時代の職人技に俺は改めて感心させられた。

早速試作品五台と専用の矢五百本をその場で購入し、実際に使用した上で、改善点や要望などを洗い出した後、正式に発注する旨を伝えた。

俺は急いで館に戻り兄を誘って実証実験……、いや、大はしゃぎで遊んだのは言うまでもない。

レバーを引くと矢が発射され、次に引く時には、先ずひしゃげた紙の筒が押し出されて、次の矢が自動的に装填される。レバーを引き切った際に再度発射される。スリーブが薬莢《やっきょう》みたいに飛び出すのも面白かった。いや、夢中になりすぎて、あっという間に百本もの矢を使ってしまった……。

素人レベルでは十分に有用性が確認できたので、その日のうちに父には報告を行い、実戦運用についてはヴァイス団長や傭兵団に試験運用してもらうことの許可を得た。


翌日、諸葛弩弓をヴァイス団長に見せるといつもの如く驚かれた。

「タクヒールさまにはいつも驚かされます。初めて拝見しましたが、面白い！　とても面白い兵器だと思います。ただ……、運用にはいくつか課題があるかもしれません」

兄と俺は、ヴァイス団長の指摘に耳を傾けた。

「まずこれの利点ですが、一点目はクロスボウを遥かに超えた、弓にも大きく勝る連射性ですね。二点目は、クロスボウと違い、非力な人間でも運用が可能なことです。この連射性をいかして、短距離の相手なら非常に有効な攻撃手段となりえるでしょう。ですが……」

ここでヴァイス団長は少しだけ苦笑した。

「利点もあれば当然、大きな課題もあります。

ひとつ、装填から発射が簡単なぶん、発射される矢の威力と射程距離に大きな課題があること。

ひとつ、戦場で鎧を着用した兵士が相手の場合、貫通力に欠けて通用しない可能性があること。

ひとつ、有効射程が短い分、射手自身が安全を確保する距離が保てないこと。

ひとつ、機構が複雑なため、故障や不具合の不安が残ること。

この兵器は、最初の数撃で致命傷を与えられなければ、敵は間合いを詰めて直接射手を攻撃してくるでしょう。また、筒の紙詰まりも不安です。そもそも紙自体が安い物ではありません。継続的に訓練を行う場合、この筒を大量に消費しますが、筒が再利用できない点が課題になるでしょう」

「そうですか……、やはり実用には向かない兵器でしょうか？」

俺は少しだけ落ち込んで、手にした諸葛弩弓を見つめた。

「ははは、どの兵器にも一長一短はあります。落ち込まれなくても大丈夫ですよ。要は使う目的次第、それを考え、予《あらかじ》め適切な場所に配備すれば十分に実用可能となりますよ」

その言葉を受け、顔を上げた俺に、ヴァイスさんは優しく笑って続けた。

「例えば、相手が兵士ではなく盗賊など、まともな装備がない相手には十分に威力を発揮します。例えば辺境の農村などに住む、女性や子供たち向けなら、十分役に立つ護身用兵器となりますね。そして戦場では、この仕組みを大型化して固定したものは、拠点防御に十分活用できます」

「では？」

「もし何台かお預かりすることができれば、こちらでも運用して試してみますが……」

「はい！　三台と予備の矢三百本をお預けします。是非お願いします！」

俺はヴァイス団長の意見を受け、その日から諸葛弩弓の運用実験を始めることになった。

団長には実際の威力や有効射程、故障等の不具合や、耐久性を確認してもらう。

二台は俺が管理し、クレアを始めとする女性の魔法士、実行委員会、受付所の女性たちに使ってもらい、彼女たちが身を守れる兵器として、この諸葛弩弓の活用を考えていく予定だ。

彼女たちの目線で使用する際の意見を収集し、それらも改善項目に反映していった。

そして後日、工房には急ぎでないことを念押しした上、要望のあった改善点、改良事項を伝えて追加発注を行った。

・携行用諸葛弩弓　百台、専用弓矢一万本
・装填用の紙の筒　予備在庫として当面は矢二万本分
・拠点用諸葛弩弓　十台、専用弓矢五百本

大型化した諸葛弩弓はバリスタに近いもので、装填するのは、矢と呼ぶよりは槍に近いものだったため、矢自体に重量があり、スリーブがなくても支障なく装填できたのは幸いだった。

この諸葛弩弓は後日、思わぬ所で活躍することになるが、それはまだ先の話で、いずれ語られることになるかもしれない。その結果、本人がこの世界に存在していないにも拘わらず、諸葛孔明の名は、この世界に知れ渡ることになる。諸葛弩弓を考案した稀代の発明家として……。

改めて思えば、蕪といいこの諸葛弩弓といい、若い頃から何度も繰り返し読んだ、三國志演義の受け売りであることは否めないが……。

第四話　テイグーン開拓に向けた二の矢（カイル歴五〇四年　十一歳）

この年、夏の終わりになって、長らく待ち望んでいたことの許可が、やっと両親から下りた。

「タクヒール、かねてより願い出ていた開拓地への視察を許可する」

父のこの言葉に、俺は飛び上がって喜んだ。

「視察団は家宰が団長として率いるものとし、護衛には鉄騎兵団の演習も兼ね、ダレクが率いる五十騎と、テイグーンに戻る双頭の鷹傭兵団が付き従うこと、以上とする」

なるほど……、俺にはレイモンドさんが、兄にはヴァイス団長がお目付け役として付く訳か。

俺としては実にありがたい布陣だけど……、家宰が俺の顔を見て笑ったので、きっと彼が上手く手配してくれたのだと思う。いつもながら、本当にありがたいと感謝している。

その他、俺に同行するのはアンと、兵役に就いていない九名の魔法士たち、それに加え地魔法士で教師役でもあるサラの合計十一名だった。

視察団の目的は、テイグーン開拓地の都市計画を策定するための現地調査、いつの日か魔法兵団の駐屯地とするための事前調査、芋の生育状況の確認と、試験農場予定地の下見だ。

片道一泊二日、滞在三泊、帰路一泊二日で、都合五泊六日の視察旅行となる。

今までずっと待ちかねていた決定とあって、許可が下りた後、程なくして俺たちは出発した。

魔法士たちは全員、毎週行われている訓練のお陰で、騎馬による移動もすっかり慣れている。

とは言え、道中は春にあったような野盗の襲撃や、可能性こそ低いが魔物に出くわすこともある。

この世界での旅は、決して気軽に出掛けられる安全なものではないため、誰もが緊張していた。


テイグーン山に向かうには、エストの街から南東に進み、オルグ川を渡る。

前年の洪水で流された橋は、既に復旧しており、川には新しい橋が架かっていた。

橋を越え、点在する村をいくつか抜けると、『最果ての町』と呼ばれている、フランに着く。

実際には、フランから南東の辺境にもうひとつ、ディモスという名の小さな町があり、本当の意味での最果てはむしろそちらの町だ。フランが最果ての町と呼ばれるのには別の理由がある。いずれにしろ、最果てという名称は、遠くない未来に返上してもらうことになる。テイグーンがそれにとって代わるからだ。

フランが最果てと呼ばれる理由は、エストール領南西の端にある鉱山にある。そこで働く者たちは、フランを最後に快適な生活から離れ、厳しい環境の鉱山で働くことになるからだ。彼らが娑婆《しゃば》と別れを告げる町、そして再び娑婆の空気を味わう町として、フランは存在価値を示している。

人口こそ八百人程度の小さな町だが、鉱山で産する鉱物の受け入れ、鉱山に輸送する生活物資の配送拠点、流通の中継基地として、ここ十年の間に急速に発展してきた。鉱夫や鉱山関係者などの出入りも多く、荒々しい喧騒と活気に満ちた町である。

荒くれ者たちが娑婆の空気を味わうため、夜の町を目当てにやって来てはお金を落とす。そんな無くてはならないオアシスでもあるため、夜は非常に賑わい、酒場も多く娼館も幾つか存在する。

俺たちもここで一泊するため、もちろん俺は、社会勉強を兼ね、夜の町を見学に……。

「タクヒールさま、フランでの夜間外出は、奥様より固く禁じられております。どうか、お部屋にお戻りください」

俺は、同行した女性たちにしっかり見張られていたらしく、宿を抜け出した瞬間に捕まった。

「いや……、今後テイグーンにも、こういった宿場町は必要かなと……、ちょっと調査に……」

もちろん酒場やあれも、子供の身で入れるわけがない。好奇心でちょっと見たかっただけだ。

だが、いつもは味方のアンも、ここだけは譲らなかった。

諦めてすごすごと部屋に戻るとき、アンからそっと耳打ちされた……。

「もう少しのご辛抱です。ご成長なさった暁には、私がご案内します」

大丈夫です……、そのアンの気遣いが、俺には余計に痛かった。

フランで一泊したあと、俺たちは翌日の早朝に出発した。

なんとなく様子を見ていて、兵士の中に一部、早朝からの行軍で足元のおぼつかない者も居た。

「キミタチ、サクヤハ、オタノシミデシタネ？」

俺は無意識に、その様子を見て行軍の速度を上げてしまっていた……。

別に咎める必要はない。でも……、これぐらいの悪戯《やつあたり》は許されるよね？

フランを出てからは、鉱山に向かう街道を外れ、草原や小高い丘を縫って小道を進む。

今向かう先には、整備された街道などもなく、細い不整地の道をつたって縦列の行進が続いた。

そして、目の前にそびえるテイグーン山の麓《ふもと》に近づくと、景色は一変する。

なだらかな緑の草原地帯から岩石地帯へ、小道は更に細くなり、そこら中で岩が剥き出しの荒れた難所が続く。

先だってここを通り移動した、入植者たちには相当迷惑を掛けただろうな……、ゴメンなさい。

その光景が目に浮かぶと、罪の意識が俺の心に湧き上がり、そっと彼らに詫びた。

そして、いよいよテイグーン山の裾野に入ると、最後の隘路《あいろ》は上り坂で道幅も狭く、片側は断崖となり深い谷底へと繋がっている。道から転落すれば、二度と這い上がることはできないだろう。

険しい道をしばらく進み、日が中天に差し掛かるころ、隘路から急に景色が広がり、俺たちの前には、草原に覆われたなだらかな扇状地が広がっていた。


テイグーン山、それはエストール領最南端に位置し、東の裾野はヒヨリミ領にまたがり、南側は国境を遮る大山脈の麓に広がる、広大な魔境につながっている。

三方を急峻な断崖絶壁に囲まれ、西側の中腹にのみなだらかな扇状の平地があり、その両端には絶壁と深い峡谷に挟まれた、極端に狭い隘路が唯一通行が可能な回廊と呼ばれ、狭く細い道が蛇行して続いている。中腹の平地から出るには、いずれにしろこの隘路を通るしかない。

そのため、回廊の両端を押さえれば、難攻不落で天然の要害となり、古くから魔境に出入りする者たちが、安全地帯としてテイグーン山の扇状地を利用していた。

ここの難点は、不便な最辺境の地ゆえ、物資が常に不足がちで輸送も困難であること、草原の痩せた土壌は、穀物類の栽培に不向きで、自給自足ができないことだ。そのために、目立った産業もなく定住する者は非常に少ない。

俺の眼前には実に十一年振りに見る、懐かしい光景が広がっていた。急峻な斜面のなか、別世界のように広がるなだらかな草原地帯。冬には冠雪し雪化粧をする山頂から吹き降ろす優しい風。

「懐かしいなぁ……」

「？？？　懐かしい？」

しまった！　思わず心に思ったことを呟いてしまった！　皆が怪訝な顔をして俺を見ていた。

前回の歴史で俺は、男爵領を引き継いだあと、幾度となくテイグーン山を訪れていた。

そして、今から五年後にここから疫病が発生し、テイグーンからエストール領全土に広がる。

この災厄、疫病の猛威で一時は無人となってしまった場所だが、その後、テイグーン山の北西、フラン側の麓にて、有望な鉱山が発見される。それは、俺が十八歳の時だ。

その結果、鉱物の集積地や、鉱夫の休息地として急激に発展し、最大で二百人程度の領民が入植して、それを上回る数の人足や鉱夫、狩人たちが一時滞在するようになっていた。

そして俺が二十歳の時、不意をつき魔境側からテイグーン山に侵攻した、グリフォニア帝国軍のヴァイス軍団長に敗れ、占領されてしまう場所でもある。

「あ、いや、ここって初めて来たのに、何故か懐かしさを感じさせる不思議な場所だなぁと」

「そうですね、荒涼とした風景のあとに広がる草原が、そう感じさせるのかもしれませんね」

……、なんとか、うまく誤魔化したか？

俺は、レイモンドさんの合いの手に助けられた。

そんな話をしながらも、俺たちは目の前に広がる道なき草原を抜け、反対側、魔境側の隘路近くに設けられた、開拓地へと歩みを速めていった。

「おおっ！」

入植地に着いたとき、俺は再び大きな声をあげてしまった。

そこには、前回の歴史で俺が知る街並みと、あまりにも違う風景が広がっていた。

俺の記憶では、雑多な街並みが不規則に立ち並び、言葉は悪いが場末の町、そんな印象だった。

だが、目の前に広がる光景は、殆どが建設予定地で空き地ではあるが、きちんと計画されて作られていることが一目で分かる、小さいながら整然と区画整理された街並みは、正に別世界だった。

これから調査したうえで都市計画を策定し、改めて町を作り直す予定だが、たとえ仮の街並みでも、住む人間の利便性を考え、計画に則って町づくりが行われているということか？

これは、町の開発がレイモンドさんの指示で行われたこと、現地に派遣されたミザリーが、遺憾なくその力を発揮した結果だと、一目見るだけで理解することができた。

「ダレクさま、タクヒールさま、レイモンドさま、皆さまようこそお越しくださいました。ご来訪を心待ちにしておりました」

町の入り口に立ち、俺たち一行を待っていた女性は、今回の世界では数か月前に出会ったミザリーだ。彼女に付き従い、駐屯している傭兵団の面々も軍装を整え、準備万端で待ち構えていた。

「ミザリーさん、ここまでありがとうございます。今回の視察で全てを具体化していきますので、三日間宜しくお願いします。それでは兄さま、団長、我々はこちらで失礼します」

「ああ、魔境での話を、戻ったらお前にも聞かせてあげるよ」

「私もダレクさまと同行しますので、こちらで失礼します」

これから魔境へ演習に向かう兄の一行、護衛役のヴァイス団長と傭兵団一行と別れ、俺達は町のなかに建設されていた行政府に向かった。

腰を落ち着けると早々に、ミザリーからの現状報告を、俺に随行した仲間たちと共に受けた。先ずは情報を全員で共有し、その後にそれぞれの担当に分かれ、視察を行う予定だ。

冒頭俺は、サラと魔法士たちにも、以前ミザリーに説明した内容の構想、俺の思いを共有した。もちろん最初は皆、余りの大風呂敷にポカーンと口を開けていたけれど……。

「俺はこの町を、自分たちが住む理想の町にしたいと思っている。魔法士たちの暮らす拠点の町。領民にとっても、安全で安心して住める豊かな町、そんな町にするため皆の協力をお願いしたい」

話が進むうち、徐々に全員の目の輝きが変わっていった。

特に乗り気だったのが、都市計画や建設知識を学んでいる、エラン、メアリー、サシャ、内政を学んでいる、クレアとカーリーンだった。

次にミザリーからの現状報告が続く。

「まず最大の懸念事項である水の確保ですが、扇状地の最奥に湧水があり有望な水源といえます。ただ、人口の規模が大きくなると、追加で井戸の確保が必要ですが、検討すべき課題も多いです」


ひとつ、湧水や井戸では、農業用水や下水を押し流す水量を賄えない。

ひとつ、数か所に溜池を設置するなど、雪解け水や雨水の確保が必要。

ひとつ、上水として井戸の探索、確保を進めているが、現状その成果もなく苦慮している。

ひとつ、斜面を活用した、峡谷まで通じる下水道設置を検討しているが、目途は立っていない。

ひとつ、ある程度の人口を支えるには、大規模な下水工事と、汚水対策の検討が必要。


「農作物については、何種類かの芋を試験栽培中で、幾つかの品種は順調に生育しています。送付いただいた種芋の中には、定着しないものや、生育が悪い品種もありますが、土壌と水源の問題が解決すれば希望が持てる可能性もあり、広い耕作地も確保できると考えていますが……」

「ミザリーさん、ありがとうございます。まずは順調に生育している芋を今後も増やしてほしい。報告によると、収穫が安定しないうちは、五百人の人口を支えるのも厳しいということだよね？」

この件については、俺なりに対策案を持っている。今回の調査で水の問題が解決すれば……。

俺は彼女への質問を続けた。

「山は花の種類も豊富で多くの蜂がいると聞いたので、養蜂は可能だと思うけどその状況は？」

「フランとの輸送路も整備されていないなか、食料事情は現状、まだまだ課題があると思います。養蜂は、巣箱を設置してみないと何とも言えませんが、蜂の巣は各所で発見されています」

テイグーンに蜂の巣が確認できたのは朗報だった。これで養蜂の可能性は高まると言える。

「防衛面ではどう？　両端の隘路に堅固な関門を設置し、防衛拠点化は可能だと思うんだけど」

「仰る通り、狭い隘路を上手く活用すれば、この地は難攻不落となり得ます。ただ……、立地上の問題で魔境が近いため、これに対し町を城壁で囲むことは絶対必要です。人心安定にも、町の要塞化は必要不可欠と思っていますが、それには課題も多くあります」

「ミザリーさん、具体的には？」

「はい、まず費用面です。以前タクヒールさまが想定された規模の工事には、相当数の人員と物資の確保が必要となります。更に問題は魔法士です。工事のために、それなりの数の魔法士を簡単に手配できる筈もなく……。現実的には解決の難しい課題で、頭を痛めています」

彼女の報告は、最後にこの言葉で締めくくられていた。深刻な表情のミザリーに比べ、ニヤニヤ笑っているレイモンドさん。

『もしかして、彼女にそう発言するよう誘導しました？』俺は思わずそう言いそうになった。

ここで俺は、昔テレビでよく見たＩＴ企業の元社長の有名な台詞、『想定内です』と淡々と言えば良いのかな？　まぁこのネタ、今この場に居る、誰一人として分からないだろうけど……。

ミザリーの的確な分析と、課題対応などの提案、これに対し俺たちのすべきことは明白だった。

俺は用意された地形図を眺めながら、『さすがはミザリーさんだ！』と改めて感心していた。

後はお金と人員をどうするかだけど……、多分何とかなるのじゃないかな？

まだ誰にも言っていない作戦もあるし、今回の訪問で最後の段階を踏めばこれが発動できる。

その後は、各担当でそれぞれで現地を見ながら情報を収集し、集まった情報をもとにエストの街に戻った後、皆で計画書を作ることなどを決め、それぞれ現地視察に向かった。

第五話　テイグーン開拓に向けた三の矢（カイル歴五〇四年　十一歳）

～～～～ソリス男爵領史　希望の大地～～～～～～～～～～～～～～～～～～～～～～～～～～～～～～～～～～
カイル歴五一〇年、死の山となりしテイグーン、希望の大地として再び甦る
北西の裾野に眠りし大地の恩寵、偶然訪れし旅人により、永き眠りから目覚める
断崖を埋め尽くす赤き鋼の層は、大地の恩寵として多大な富をもたらす
死の霧に包まれ、滅亡の淵にあったエストールの地は、これにより再び立ち上がる
テイグーンの地は命を吹き返し、民これを歓呼で迎える
～～

テイグーンを訪れて二日目、各自は昨日に続き、課題対応のため引き継ぎ現地を視察している。

サラ、エラン、メアリー、サシャら四人は、湧水地の確認とその他水源の調査。

クレアとカーリーンの二人は、町の建設予定地を調査。

クリストフとクランの二人は、隘路上に設置する関門予定地を調査。

ローザとミアの二人は、テイグーン一帯の植生、特に薬草関係と蜜蜂の巣を調査。

レイモンドさんとアン、俺の三人は、ミザリーと共に行政府に残り、課題の検討を進めていた。


昨日も訪れていた行政府は、外観上はちょっと大きな一軒家、そんな雰囲気の場所だった。

「それにしても、かかる予算が莫大ですね。これについてタクヒールさまはどうお考えですか？」

「正直、それなりに予想はしていたものの、僕もちょっと困っています。男爵家から開発費を捻出してもらうにも限度があるでしょうし……」

そう、豊かとはいえソリス男爵家では、兵力増強、新規領民募集と優遇施策の実施、傭兵団の維持、新規耕作地開墾などに加え、分不相応の、通常より遥かに多い魔法士を抱えていることなどにより、出費も飛びぬけて多い。一般の男爵家なら、とうに破産しているレベルだ。

「新たな収益の柱となるもの、それも、それなりの規模のものを考えないといけませんね」

「そうですね……、レイモンドさんの仰る通り、なかなか難しいお話だと思います」

深刻な話の割に、レイモンドさんは平常運転だ。

というかレイモンドさん、俺が敢えて深刻ぶって話しているのに、何故か笑っていますよね？

『きっとまた何か目論んでいるのでしょう？　早く聞かせてくださいな』

言葉にこそ出していないが、彼の表情から、そんな感じでいるのは間違いないと思えた。

「お金はあるところから頂こうと考えています。父とは比べ物にならないほど資金を持っている方もいらっしゃいます。そこから調達するのが一番かなぁと」

独り言のように笑ってそう呟くと、笑い返された。

自分では分からないが、きっとまた俺の顔は、悪巧みをしている悪人顔なのだろうな。

「いつもの深謀遠慮《しんぼうえんりょ》、期待していますねっ」

あ、ここにひとり、もっと悪人顔した人がいた。

まぁ、彼にそう思われたとしても仕方ないか。これまでがこれまでだし。取り敢えず俺は、諸葛孔明と並び、個人的に崇拝する架空の軍師の仕草を真似て、頭を掻いて誤魔化した。


その日の夕食後にもう一度全員が集まり、それぞれの調査、視察結果の報告と共有を行った。

ミザリーの事前調査が極めて的確だったため、視察が予想以上に捗ったらしい。

先ずは地魔法士のエランが報告した。

「下水施設構築は、複数の地魔法士がいれば対応可能です。数か月で二千人規模の汚水対策は実施できると思うのですが、一万人規模が利用する下水構築なら、ちょっとだけ時間がかかります」

「え？　数か月？　ちょっとだけって？　そんな……」

申し訳ないが、ミザリーの呟きは一旦スルーした。

続いてサシャ（水魔法士）が報告する。

「井戸の目途は付きそうです。いくつか有力な地下水脈を発見しましたので……。ただ問題もあります。水脈の位置に対し、町の予定位置を変更する必要があると思います。溜池の建設は可能ですが、町の周囲を堀で囲み、それを溜池にする方が簡単だしお勧めですね」

「え？　地下水脈を発見？　堀が簡単って……、そんな……」


クリストフ（風魔法士）は、防衛面での報告を行った。

「防衛の要となる関門は、対人と対魔物、この二つの観点で計画を進めていく必要がありますね。幸い両端の隘路は崖と谷に挟まれており、関門建設に凄く適していると思います。こちらもそんなに手間を掛けずとも、強固な関門を造ることができそうです」

「あの……、手間……、掛からないのですか？」


これまでの視察では広く全体を見て、ざっくりと課題と解決方法が判明したので、明日もう一度詳細を詰め、それを受けて再調査や試掘《しくつ》を行い、検証することになった。

ミザリーはこの一日の進捗に目を丸くし、驚愕し、そして思いっきり落ち込んでいた。

ここには熟練の地魔法士であるサラがおり、洪水対応で経験を積み、ヴァイス団長の厳しい修練に耐えた二人の地魔法士、そして水魔法士のサシャがいる。彼らは土木や都市計画を学び、他にも軍略を学んだクリストフなど、全員が専門教育を受けた者たちで構成されている。

そのために彼らは、事前にもらった課題に対し、自分なりの『解』を見つける力を持っている。

「あの……、私……、必要でしょうか？」

ミザリーは、自身がずっと悩んでいた課題全ての解決策が提示され、完全に自信を失っていた。

「ミザリーさま、これだけは断言できます。正確な事前調査や現地地図、そして課題提起があったからこそのお話ですよ。それがなければ、皆の調査もここまで捗らなかったでしょう」

「私たちは、タクヒールさまから、課題を自ら解決できる力をいただきました。だから、ですよ」

俺がフォローする前に、アンとクレアが彼女をフォローしてくれた。

このチームなら安心だ。俺は一層自信を深めたのは言うまでもない。


翌日は、朝から各担当別に引き続き調査を行ってもらった。

「今日は昨日の課題や解決策を、徹底的に洗い出してね。帰ったらすぐ計画書を作れるぐらいに」

「はいっ！」

全員が元気な返事とともに、それぞれの担当に分かれ、散っていった。

その間、俺とレイモンドさんは開拓地の入植者を慰問し、今後は更に利便性を向上させること、雇用を確保し続けること、そして本格的に開拓を進め、より豊かな地にすることを約束した。

翌々日、最終日は魔境側への視察のため、開拓地を出て魔境側に通じる隘路へと向かった。

そして一行が、その隘路入口に差し掛かった時、俺はおもむろに馬から降り大地に膝をついた。

いや、そうせずにはいられなかった。

ここは……、前回の歴史で俺たちが最後に戦い、俺のために多くの仲間たちが散った場所だ。

マルス、アラル、ウォルス、ダンケを始めとする兵士たち、ゲイル、ゴルドを始めとする多くの人足たち、ラファールを始めとする鉱山で働く者たち、テイグーンに逗留していた狩人たち……。

みんなここで、領民を逃がすため、傷ついた俺を逃がすため、命を捨てて戦ってくれた場所だ。

「みんな、ごめん……。本当にごめんなさい。今回は決して、あんな結末にはさせないから……」

俺は誰にも聞こえない、小さな声で呟くと、大地に頭がつくほど深く彼らに詫びた。

皆は俺の姿を不思議そうに眺めていたが、アンが俺に倣って馬を降り、膝をつき祈りを捧げた。

そのあと何故か、全員が同じように膝をついて祈り始めていた。

俺にはあの時の光景が、まるで昨日のことのように頭に浮かんでいた。

『そう言えばあの時……、志願して参戦してくれた狩人たちの弓の腕は、みんな凄かったよなぁ。年若い狩人も何人か居たし……。そうか！　あの時だ！　俺はここで彼に会っていたんだ……』

ずっと心に引っ掛かっていたことの答えを、その時俺は見つけた。

クリストフは元々、辺境に暮らし魔物を狩る、狩人一家の出身だった。そしてあの時、彼もまたここに居たんだ。だから俺には、何となく会った記憶が残っていた。そういうことか……。

俺は、今回の彼の人生にも責任を負わなくてはならない。彼だけでなく、多くのみんなの……。

薄れかけていた記憶の断片を思い出し、決意を新たにした。

その後、再び騎馬に跨ると隘路が続く回廊を抜け、魔境側の出口へと馬を走らせた。

黙って付き従う仲間たちは、先程の俺の奇行について、誰も口にしないでくれていた。

回廊の出口にくると、少し開けた岩場の台地で、高台となった場所から魔境が見渡せた。

鬱蒼とした森林が、遠く正面に広がる大山脈まで続き、左は国境のあるサザンゲート平原まで、右はゴーマン子爵領の領境まで続く、深い森に覆われていた。

俺自身、ここまで来たのは前回の歴史を含め、これが初めてのことだった。

目の前には、今となっては遠い昔、かつて日本で見慣れた竹林が、帯状に左右に伸びている。

『竹林の先を進む者、魔境の禁忌を忘れるなかれ』

魔境の禁忌、それは魔境の畔《ほとり》に住む者、魔境に出入りする者が、決して犯してはならない不文律である。これを守らぬ者は、自らの命を贄《にえ》として、禁忌を知る最初で最後の機会が与えられる。

たとえ本人が、それを望まずとも……。

魔境とは、中途半端な知識・準備・実力の者に対し、決して侵入を許さない場所。目に見えない大きな壁が、俺たちの前に広がっていることを、まざまざと感じさせられた。

「これが……、この先が魔境なのですね」

「物凄く怖い感じがします」

「圧倒的な何か、そんな存在感を感じます」

クレアやサシャ、エランが、それぞれ感じた言葉を、やっとの思いで口にしていた。

「テイグーンで生活するには、知っておかなきゃいけないことだ。だから今日は皆でここに来た。ここから溢れ出る魔物たちから、領民たちを護る町づくり、これを第一に考えてほしい」

俺たちはこの先、魔境に隣接するテイグーンに住まう者としての通過儀礼を、ここで行った。

魔境を知り、その恐ろしさを実感すること、これが今の俺たちには必要だ。

暫く魔境を眺めていると、魔境にて演習を行っていた、兄とヴァイス団長の一行が合流して来た。

開拓地に駐屯し、魔境での対応に慣れた傭兵団の面々とは対照的に、兄の率いる鉄騎兵団は疲労困憊の様子が見て取れ、肉体的にも精神的にも、ボロボロになっている様子だった。

ちなみに兄だけはひとり、すこぶる元気だったのは言うまでもない。


その後俺たちは、兄の率いる一行に合流し帰路に就いた。隘路の回廊を戻る際、クリストフとクランは、関門の設置位置、防御手段について思うところを述べ、ヴァイス団長に意見を聞いていた。

「なるほど、二人はこの一番狭い場所、ここに関門を設置することこそ、テイグーン防衛に有効だと考えている訳ですか……。二人の提案、タクヒールさまはどう思われますかな？」

団長……、突然バトンを振らないでほしいなぁ。

「えっと……」

ってか、皆が馬上でこちらを見ている……、やりにくくてしょうがない。

「ここに関門を設置するのは簡単でしょう。ただ、道幅も狭く、関門も必然的に小さくなります。同数の敵に対する場合なら良いですが……、これでは地の利が活かし切れない気がします」

不安な表情で話す俺の意見に、頷いている団長を見て、少し安心してこの先を続けた。

「できればもっと平地寄り、隘路が一気に広がった場所に関門を設置し、敵が隘路から出てくる瞬間を狙って一斉攻撃すれば、正面の敵に比べ、常に味方は圧倒的多数で対することができます」

多分、この解答だけならまだ半分正解、そんな感じだろう。俺は更に悪辣な考えを加えた。

「後は……、できれば隘路の途中に幾つか罠を仕掛け、敵の隊列を分断します。更に退路を遮断したうえで、身動きできない敵兵を隘路に閉じ込めて攻撃できれば、最も理想的だと思います」

「ふむ……、それが正解ですね。私もタクヒールさまと同意見です」

団長《おに》はそう言うと、できの悪い生徒を褒めるように、にっこり笑った。

この話が隘路防衛の基本方針となり、彼らはその指針の下に、建設計画を検討すると決まった。

その後一行は、テイグーン開拓地に立ち寄ったあと、フラン経由でエストへの帰路に就いた。

魔法士たちは、それぞれの宿題を抱えて……。


だが俺には、この帰路にこそ重大な、もうひとつの大きな目的があった。

出発して間もなく、フランの町方向へ隘路を進んでいる途中で、俺は小休止を要求した。

「こんな早く小休止ですか？」

「はい、ちょっと気になる地形があったので、立ち寄って見ておきたいんです」

怪訝な顔をするヴァイスさんに全体の指揮を任せ、兄と俺、レイモンドさんに加え、地魔法士三名とアン、護衛の者たちを伴い、俺たちは隘路から外れた岩だらけの渓谷の奥へと進んで行った。

テイグーン山の頂を右手に見ながら、峡谷の中を徒歩で分け入り、体感時間で十五分ほど進んだころ、それは……、突如として俺たちの眼前に広がった。

赤褐色の斑模様《まだら》に染まった奥まで続く断崖、これまでとは全く異なった景色が左右に出現した。

『やったぁ！　これだっ！』

俺は心の中で叫びつつ、夢中で走り出した。赤茶けた縞模様の崖がずっと広がる奥地まで……。

そう、俺が探していた縞状鉄鉱床！　それがここに広がっている。

前回の歴史では、今から六年後に発見され、露天掘りが可能な、埋蔵量・質ともに高いレベルの鉄鉱床であり、この先、テイグーン開発の切り札となるものだ。俺は改めて、歓喜の声を上げた。

疫病が蔓延し、多くの死者を出したエストール領を、経済的に救う一因となった、カイル王国でも有数と言われた鉄鉱床が広がる、テイグーン鉱山が今、俺の目の前に広がっている！

「なるほど、周辺の鉱山を活用し町を……、ですか。面白い、実に面白い！」

レイモンドさんは、これまでの謎が解けたかのように、高らかに笑った。

「後は政治です。先ずは父の説得にお力を是非！」

「心得ております」

レイモンドさんは最高の笑顔で俺に一礼した。


これでやっと、最初の目的を成すために考えていた、最後の矢を放つことができる！

それによって俺は、歴史に対してこれまでの受け身から、自身が反撃に転ずることができる！

そうすれば、歴史を変えるための拠点と仲間、そして大きな力を手にする未来が見えてくる！

やっとここまで来た！

家族を、仲間を、悲しい別れをしてしまった皆を救うための策が具体化できるんだ。

テイグーンで新たにした気持ちを実現するため、この後俺は、一気に走り出すこととなる。

第六話　テイグーン開拓に向けた四の矢（カイル歴五〇四年　十一歳）

俺たち一行は、満を持してエストの街の城門を再びくぐった。

早く両親と話がしたい、逸る気持ちを抑えて、兄と俺は両親へ帰還の報告に向かった。

「父上！　母上！」

俺たちは声を揃えて大きな声で叫んだ。

「鉄騎兵団は辺境演習より、誰一人欠けることなく無事帰参いたしました！」

「視察団はテイグーン入植地視察を終え、只今戻りました！」

兄と俺、全員が無事エストの街に戻り、その日のうちに定例会議、及び報告会が開催された。

報告は先ずは兄から始まったが、兄も思うところがあるのか、非常に張り切っていた。

「鉄騎兵団の演習報告をいたします。我々は、五十騎の鉄騎兵団を伴い魔境演習を実施し、十分な成果が得られたと確信しています」

「ほう？　中々良い面構えになったな？　ダレクよ、初めて魔物と相対し結果はどうであった？」

「はい父上、実戦に近い魔物との戦闘経験は、訓練とは違い、兵にとっては貴重な経験であったと思います。軽傷の負傷者は出たものの全員が無事帰還しており、危険は伴いますが今後も定期訓練の実施を強く提案させていただきます！　負傷した者も、聖魔法士により回復しました。そのため、今後は回復部隊として、聖魔法士の従軍もご検討いただきたいと考えています」

いや……、ダレク兄さん！　いきなりですか？

そんな話は俺も聞いていませんけど？　うーん、聖魔法士の訓練同行かぁ……。

俺はまだ、許可するつもりはありませんよ。ローザとミアは年も若いし、温存しておきたいし。兄には申し訳ないが、回復拠点としてテイグーンに聖魔法士たちが今後常駐すること、それで折り合いを付けたいところだな。

それとも、候補者リストから、新しく聖魔法士を見繕うことも検討すべきか……。

俺は兄の報告を聞きながら、そんな思案をしていた。


「タクヒールの方はどうかね？　テイグーンはモノになりそうか？」

やべっ！　父に問われるまで、ぼーっとしていた。

「テイグーン視察団について報告させていただきます。彼の地は、開拓地として十分可能性があることを改めて確認できました」

「それは何よりね。行政府への報告でも、水と食料、ここに課題があると聞いて心配していたの」

「はい母上、懸念であった水についても中腹の平地部分最上部に、水源として豊富な湧水が確認できました。更に水魔法士サシャの活躍により、地下水脈が縦横に走っており、井戸による飲料水確保も可能と確認できています。これらを活用して、先ずは地魔法士と現地入植者により、上下水道の整備を行っていきたいと考えています」

「あら、サシャさんたちも活躍しているのね。嬉しいお話だわ」

そう言うと、母は大いに喜んでくれた。サシャだけではない、クレア、メアリー、ローズやミアたちを、母は我が娘のように常日頃から可愛がり、気を遣ってくれているのだから……。

「ところでタクヒールよ、入植地の安全性と肝心の農業生産はどうなっている？」

「はい父上、上下水道を整備し、将来的にはエストに近い規模の町づくりを目指す想定でいます。防衛に関しては、両端の隘路に関門を設置して、安全な拠点とする予定でいます。町自体も防壁を巡らせ、安全性には十分配慮する予定でおります」

「そ、そうか、まぁ、ほどほどにな……」

少し父の顔が引き攣っているが、そこは笑顔で全力スルーした。

「課題となっている自給自足を目指した食料生産にも、新しい動きがあります。先ずは試験農場を作り、幾つかの案を試してみたいと考えています。なお、芋などの一部作物は先行して栽培試験を行っており、今のところ苗は定着し、生育も順調であることが確認できています」

さて、俺にとってはここからが本番だ。まず、指摘されるであろう懸念やリスクは排除した。

「父上、今回の調査結果を受け、現時点で対応可能な造成工事は、すぐにでも実施したいと考えています。ご裁可いただければ、魔法士を数人現地に投入し、基礎工事を進めたいと考えています」

「レイモンド……、男爵領の財政を預かる立場として、其方の見解が聞きたい。儂の見立てでは、最辺境の立地ゆえに物資の運搬も困難を極め、開発費だけでも男爵家の財政が傾く気がしてならんのだが……」

「はい、現在の男爵家の財政ですと、この規模の莫大な開発費が必要な事業は難しいと思います。しかし別の観点では、今後も内政に注力し、子爵領として体裁を整えるために、投資することもまた必要です。私共は、将来を見据えた領地開発を、今以上に推し進めなければなりません。さもなくば、五年、十年先の予定が立ちゆきません」

こう話すと、レイモンドさんはにこやかに笑って、俺の方を見た。

「なお、開拓地の開発費用については、タクヒールさまよりご献策があるようです」

もう流石としか言いようがない。父の意見には同調しつつも、ハストブルグ辺境伯から言われていたことを後ろ盾にして、俺への援護射撃をしてくれているのだから。

「レイモンドさん、ありがとうございます。私からは父上と母上にご提案と、それに伴うお願いが四点ほどあります」

あ、さっそく父が表情を硬くして身構えている。

また更に、予算として金貨を毟《むし》り取られるのでは……、きっとそう思っているに違いない。

「これからお話しする提案の大前提として、テイグーン一帯の開発に関して、ソリス男爵家の予算は極力使用しないこと、これは必須条件と考えております」

安堵のため息を吐くようにして、父の顔が少しだけ緩んだ。うん、分かりやすくて助かります。

「私としては、開発費はそもそも昇爵を勧めてこられた、ご本人からいただこうと思っています」

両親の顔から若干血の気が引いた。どうやら俺の意図していることに気づいたようだ。

俺は敢えて結論から先に言った。

「開発費は、ハストブルグ辺境伯に投資してもらいます。それに見合う担保は見つけてきました」

ここで俺は、またいつもの悪い顔になっていたようだ。兄がさっと目配せで教えてくれた。

「今回の視察で、テイグーン近郊にかなり有望と思える鉄鉱床、担保となる鉱山を発見しました。私が辺境伯に提案したいのは、この鉱山を担保にして町の開発費を投資いただくことです。投資された金額は利子を含め、今後十年間で返済する、このような形が妥当だと考えましたが……」

皆一様に難しい顔をしている。恐らく誰がその交渉をするのか？　返済はできるのか？　きっとそんなことを考えているのだろう。鉱山の価値は俺しか知らないし、誰だってそんな交渉、きっとやりたくないだろうし、下手な交渉で辺境伯の覚えが悪くなるのも避けたいのだろう。

「交渉については、私がその任に当たりたく思います。辺境伯より発注をいただいたクロスボウの納品に同行し、その機会を利用して交渉を行いたいと考えています」

「納品のついでに交渉だと？　そんな機会があると思っているのか？」

「父上、その交渉ができるよう別途お土産を手配して、交渉に入る契機にしたいと思っています。そのために、エストールボウの献上も視野に入れていますが、ご裁可いただけますか？」

まだ一押し足らないかな？　ここが正念場だ！　俺は自分自身を鼓舞した。

「父上、辺境伯は父上が子爵に昇爵するにあたり、援助は惜しまないと仰ったではありませんか？

なので、正当な投資であれば、協力してもらえる可能性が高いと考えています。今回の交渉は単に頭を下げるのではなく、あくまでも商談、対等な投資として提案することが肝心と考えています。そして私が、この交渉の任に当たるに際し、先にお話しした四点のお願いに繋がります」

そら来た！　とばかりに、父が再び表情を硬くした。

父から金貨を毟り取ることも、ソリス家の財政負担を増やすつもりもないんだけどなぁ……。むしろ、皆の命を救うこと、その過程で必要な手段なのに、真実を言えないのは……、辛い。

「まずご許可いただきたいことが二点、辺境伯へのエストールボウ献上と、投資の提案を私が行うことです。そしてお約束いただきたいこと二点は、ソリス男爵家にはなんの負担もない内容です。ひとつ、鉱山の収益は投資の返済と、開拓地の開発費として使用することをお認めいただくこと。ひとつ、私に代官としてテイグーンを預けていただき、鉱山と開拓地の内政を一任いただくこと。たったこれだけのことです。これらの取決めは、無事交渉が成立し、辺境伯からの投資を獲得できた暁に初めて有効となる。このような条件でいかがでしょうか？」

父は腕を組んでじっと考え込んでいる。正直、父にはこれ以上の経済的負担はかけたくないが、その代わり、費用負担をかけない対価として、テイグーン開発に関する自由裁量を与えてほしい。今まで通り、男爵家から予算を貰う体制を継続すれば、俺の計画はある時点で必ず行き詰まる。

それ故に、どうしてもこの承認を得ることが必要だった。

「ダレンさま、どうかタクヒールさまのご献策を検討ください。今ある予算とは別に新たな収入源を活用して男爵家の財政負担をなくす。この案には見るべき点が多いと存じます」

レイモンドさん、いつもいいタイミングで、後ろからの援護射撃、ありがとうございます。

「貴方、タクヒールは男爵家に負担を掛けない、そう言っているのに、何がお気に召しませんの？

それとも、この子が見つけてきた鉱山が惜しいのですか？」

「そうではない、そうではないのだ……」

今回の父は、母の言葉に対しても、珍しく屈しない。

「タクヒールよ、交渉には自信はあるか？」

「はい、万が一、辺境伯の不興を買った場合、私が独断で動いたものとして処罰してください」

「タクヒールよ、投資の返済には自信があるのか？　万が一にも返済が立ち行かなくなった場合、
我々の面目は潰れ、更に有力な鉱山を一つ失うことになる」

「書物の知識になりますが、鉱山は有望です。町の投資に目配りさえすれば、返済可能です」

「ふむ……、では無事交渉を成立させた暁には、お前が言う取決めを承認すると約束しよう」

「父上！　ありがとうございます」

俺は父の英断に心より感謝し、最敬礼のお辞儀をした。だが俺が顔を上げたとき……。

父はいつも俺がする悪い顔になっていた。嫌な予感が俺の脳裏で警鐘を鳴らす。

「ただし！　お前だけが取決めを行うのでは不公平だからな。私からも取決めを定めようと思う。

この交渉に当たる前提として、以下の五点を定めるものとする。これらが許可の条件だ」

そう言って悪戯っぽく笑う父の示した条件は、要約すると五点だった。

ひとつ、辺境伯から金貨一万枚以上の投資を取り付けること。

ひとつ、テイグーンから五年後に六十名、十年後には百名の兵力を動員する責を担うこと。

ひとつ、返済は先方の利益も含め、一切が滞りなく行われると約束すること。

ひとつ、今後は新規の魔法士に対し、以前に約した褒賞金の支払いを打ち止めとすること。

ひとつ、魔法士全て所属をテイグーンと認めるが、その代わり彼らの俸給も負担すること。


「さて、お前はこれら全てを約束できるかね？　もちろん、できなかった場合は相応の罰もある。テイグーンの領地と鉱山、魔法士たちの帰属は再検討（没収）されるだろうな。この約束を其方が受諾すること、それが辺境伯への提案実施を許可する条件だ」

父はドヤ顔で笑っている。この程度の無理難題を切り抜ける器量がなければ、交渉どころか領地運営すらままならんぞ、父の目はそう語っていた。

「父上の仰せのままに」

俺は平然と、それだけを言って一礼した。

少し驚き、少し嬉しそうに笑う父。これは……、どっちの意味で喜んでいるのだろうか？

まぁ、父はやっぱり商人男爵の名に恥じない、交渉に慣れた商売人ということだろう。俺はそう理解して悩むのをやめた。でもね父上……、その辺も実は、俺の中で想定内だったんですよ。

父の挙げた無理難題も、一点を除き、元々此方から進言しようと思っていた折衝案なのだよね。

金貨一万枚の投資を取り付けることも、俺がもともと考えていた金額に等しい。今俺が計画している規模の開拓を遂行するには、それぐらいの予算が必要だと、ウチの優秀な若手が試算済です。ただ、百名の動員兵力って……、それは正直エグイと思った。領民換算で二千名、相当無理しても千名規模の人口が必要じゃんか！　今は領民って三百名以下ですよ？　ホント容赦ないよなぁ。

まぁそれは、おいおいなんとかするしかないか……。


これでテイグーンへの道程は全て整った。あとは突き進むだけだ！

少しでも父の気分の良いように、最初はそう思っていたが、俺もちょっと黒くなることにした。

「父上、次回出征があった際には、私も動員兵力のひとりとして、父上の命に従い従軍致します。お約束、違えることの無きよう、どうかよろしくお願いいたします」

「なっ！　な、なにっ！」

してやったり！　そう思っていた父は、俺から意外な反撃を喰らい、絶句してしまったようだ。

今度は俺が悪い顔になって笑う番だ。

俺の最後の一言を受け、隣で成り行きを見守っていた母は、鬼の形相で父を睨んでいる。

『素直に認めれば良いものを、余計なことを！』

母の顔にはそう書いてあるかのようだった。父は得意顔から、一気に顔面蒼白に変わっていた。

『ふん、この程度の悪巧み、俺の方が年季はずっと上ですよ、父上』

家宰と兄が笑いを堪えているなか、俺は心の中で呟くと、完全に表情を消して一礼した。

今回もたまたま同席していた妹は訳が分からず、きょとんとした顔をしていた。

会議の参加者がそれぞれ違う表情で、この日の定例会議は幕を閉じた。

第七話　五の矢　智のタクヒール（カイル歴五〇四年　十一歳）

父との交渉を終えた数か月後、俺は旅路に就き、ハストブルグ辺境伯を訪問していた。

未来を切り拓くために必要な、最後の難関に向き合うために。

「ソリス男爵次男タクヒール、クロスボウの発注に対する速やかなる納品、誠に大儀であった」

ハストブルグ辺境伯は、納品に同行した俺に対し、上機嫌で謁見に応じてくれた。

やっとここまで来た！　この日に至るまで、定例会議のあと大慌てで動いてきた成果が、今ここにある。


定例会議にて父との取決めがまとまり、ここに辿り着くため大急ぎで対応したことは四点。

そのうち三点を解決するため、俺はその日のうちに工房を訪ね、ゲルド工房長とカール親方に、納期の年内前倒し、特注品のクロスボウとエストールボウの特急製作依頼で頭を下げた。

「タクヒールさまどうか頭を上げてください。前に言った通り、ご依頼を断る奴なんていません。お前らっ！　大恩あるタクヒールさまに頭を下げさせるんじゃねぇ！　ここが意地の見せ所だぞ！　全員！　死ぬ気になって前倒しの納期に間に合わせろ！　まともに帰れると思うんじゃねぇぞ！」

「応っ！　任せてくだせぇ」

「カール！　お前は追加の特注品五台の専任だ。最高級のものを丹精込めて作り上げるんだぞ！

それが終われば、あれを五台だ。そっちの作業は隣の工房でやれっ！　俺が話を付けておく」

「はい！　素材から装飾、意匠にもこだわった、他にはない最高級品を作ってみせますよ！」

職人たちは炎となって動き出した。工房は一気にお祭り騒ぎの戦場と化した。

辺境伯から技術供与で派遣された職人たちは皆、蒼褪めていたが、俺は見て見ない振りをした。


工房での依頼三点がなんとかなりそうだったので、四点目を解決するため、家宰に泣きついた。

内容としては、今の俺にはできない根回し、フランの製鉄所に対する、今後の協力要請だ。

「実は今日のお話を受け、フランの町の代官には行政府からの伝達事項で、製鉄所の拡張工事を進め、更に鉱石の集積所を準備することと、それに伴う人員を増員するよう指示を出しております。

こんな感じでよかったでしょうか？」

「……はい、実はその点をお願いするために来たのですが、もう手配いただいていたのですね？」

当然のこと、とばかり頷く家宰に、改めてこの人の凄さと行政処理のスピードに驚かされた。

フランについては、俺の裁量では何もできない。だが、この町の協力が今後不可欠になる。

テイグーン鉱山で産出された鉄鉱石は、本来なら採掘から製鉄、一部は鍛冶屋を通じた商品生産まで、将来的には産地にてワンストップで行っていきたいが、現段階では到底無理な話だ。

そのため、当面の間はフランを頼ること、後日テイグーンで体制が整っても、一部はフラン側に流していく旨、予め取り決めておく必要があった。フラン側でも継続した恩恵があれば、協力関係を構築・維持できる。そういった根回しも必要と考えたが、家宰の鶴の一声で解決しそうだ。

このような段取りを踏まえ、年の瀬が迫る前にハストブルグ辺境伯の領地、ブルグの街に来ることができた。納期一か月の前倒しや、追加発注品の納品まで全てを対応し、辺境伯へ納品できる体制を整えたからだ。これも、不眠不休の突貫工事で、依頼を達成してくれたゲルド工房長、カール親方たちみんなのお陰で、言葉では言い表せないぐらいありがたく思っている。

◇◇◇

「今回はいただいたご依頼とは別に、記念品として皆さまに、特別にあつらえさせたクロスボウを五台、それに加えて新型のクロスボウ（エストールボウ）も五台、ご用意させていただきました。これらは全て、私からのお礼として、ハストブルグ辺境伯さまにお贈りさせていただきます」

「なんと！　これは見事なっ！」

先ずは特別仕様のクロスボウを見て、辺境伯は驚きの声を上げた。

カール親方が手掛け、素材にも装飾にも贅を凝らした逸品、誰が見てもその違いは明らかだ。

「折角の機会でしたので、辺境伯さま専用のものを一台、ご家族、ご近習の方用に四台、特別仕様でご用意させていただいております」

辺境伯の満足した様子に自信を持った俺は、更にたたみかける。

「そしてこちらは、ソリス男爵家の忠誠の証として、特に持参したものになります」

とどめとばかりに、俺は貴重な秘匿兵器であるエストールボウを、五台ほど並べて献上した。

「忠義の証か……、ふむ、ソリス男爵家の、いや、其方の忠義を確かに受け取った！」

見事な装飾のクロスボウだけでなく、元々辺境伯が気を遣い発注していなかったエストールボウまで手に入り、非常に上機嫌な様子だった。

「ふむ……、我が領内でも、この新型クロスボウは秘匿兵器としようぞ。我が一族のみ狩猟や戦場などで活用させてもらうとするが……、気になる点もある。今回の納期前倒しや、追加納品の件、其方の采配であろう？　商売上手とはいえ、逆に利に聡い男爵にはできん芸当じゃからの」

辺境伯はそう言って笑った。確かに、商人気質の父ならば、ここまで大盤振る舞いはしない。

「私は以前、辺境伯さまから大きなお土産（褒賞）をいただきました。感謝の手法が不適切だったかもしれませんが、私も何かお土産をお贈りしなくては、そう思いできることを考えてみました」

以前に指摘を受けたので、敢えて普通に、真っ直ぐな言葉で気持ちを伝えた。

「ははは、ではまた其方に褒美をやらんといかんな？　何か望みがあれば遠慮なく申すがよい」

「既に過分なるご厚意は頂戴しております。なので、これ以上のお心遣いは不要でございます」

「ほう、殊勝な心掛けだな、それでは尚更、儂としても何かせねば、鼎《かなえ》の軽重を問われるというものじゃ。さあ、遠慮なく申すがよい」

「それでは……、お言葉に甘えて、私からひとつお願いしたいことがございます」

「遠慮せずに申すがよい」

「ありがとうございます。私個人から、商談としてひとつご提案がございます。その内容をここでお話しする許可をいただく、それを今回の褒美とすることは可能でしょうか？」

「うん？　聞くだけでいいのか？　それが褒美か？」

「はい、お聞きいただいた後のご判断はお任せいたします。そもそも、不躾《ぶしつけ》な押し掛け提案です。その機会をいただけること、それだけで過分な褒美かと……」

「相分かった！　其方の存念を心置きなく話すがよい！」

「ありがとうございます。ご高配に感謝いたします」

俺は深く一礼し、話を続けた。

「今回お話しさせていただくのは、ソリス男爵領の兵力強化について、ハストブルグ辺境伯さまに投資のご提案でございます」

さぁ、ここからが本番だ！　これで俺たちの未来が決まる。失敗はできない。

俺は見た目だけは理路整然と、実は昨夜も遅くまで練習をしていた、持論を展開した。

「最近になって、ソリス男爵領の南辺境区域で、新たな、そして有望な鉄鉱床が発見されました。それに従い、この鉱山と隣接する辺境区の開発を進め、領内の発展に努めようと考えております。将来は、この新たに開発する町からも、百名程度の兵が供出できるよう、開発に努める予定です。私からのご提案は、この開発事業への投資についてでございます」

そこまで話を進めたあと、条件面などの説明も行った。

ひとつ、担保にはこの有望な鉱山を当て、投資額に応じた配当と返済を毎年支払うこと。

ひとつ、返済期限は十年を想定し、万が一返済が滞った際は、鉱山の権利を移譲すること。

「この開発を通じ、新たな町を興し、領民を募集いたします。それによって、ソリス男爵家を支える経済力を高め、兵力増強にも寄与していきたいと考えております」

ハストブルグ辺境伯には損のない話だ。初期投資の金貨にさえ余裕があれば、毎年利益がある。

「うむ、智のタクヒール、その名に恥じず見事な献策だな。男爵の昇爵については私の思うところでもある。以前に話した通り、私も助力は惜しまんつもりだ」

そこで辺境伯は一度、思案顔になったため、俺はちょっと不安になった。

「其方の献策は私の意に沿った内容と言える。よって金貨一万枚を開発に投資するとしようかの。それとは別に、更に金貨一万枚を追加で投資する。こちらは特に返済期間を定めず利子も不要だ」

どういうことだ？　後の一万枚は出世払いの出資、しかも何の対価も担保も不要だと……。

「私にとっては大変有り難いお話ですが、その……、よろしいのでしょうか？」

「ああ、最初の一万枚は、公の立場としての義務と、他の領主に対する公平さを示すためのもの。後の一万枚は、個人としての気持ちだからの。今回は、其方のお土産に釣られてしまったがな」

そう言って辺境伯は豪快に笑った。

「ありがとうございます。ご恩に対して益々《ますます》の忠勤を励むこと、お約束させていただきます」

「なに、噂に違わぬお主の智略に、わしも投資してみたくなっての。無事に開発を終えて、其方がソリス男爵家の一翼を担うようになった暁には、儂の裁量で兄のダレクと同じ、準男爵の称号を与えるとしようぞ。これを励みに、其方の智、存分に発揮するがよかろう」

「過分なるご配慮、誠にありがとうございます。感謝の気持ちを忘れることなく、今後必ず結果で示させていただきます」

俺は平伏して辺境伯に礼を述べた。


結局、予定していた倍額、金貨二万枚を投資として借り入れることに成功してしまった……。

この金額は、ソリス家の年間収益すら超えてしまっているだろう。でも、これでなんとかなる！

俺は飛び上がりたいほど嬉しかった。予定していた倍額、これなら父も文句を言えないだろう。

確定ではないが、準男爵昇爵のことさえ言及され、ちょっとプレッシャーだけど……。

早くエストの街に戻って、計画を進めないと……。

そして可能な限り早くテイグーンに、視察ではなく領主として移り住み、着工を急がないと。

帰路の俺は、逸る気持ちを抑えるのに精いっぱいだった。


「アン、やっとだ。でも、これからいよいよ始まるよ！」

「ですね。これでテイグーンは新しく生まれ変わり、タクヒールさまの理想の街になりますねっ」

アンは俺以上に喜び、嬉しくて堪らない様子だった。

前回の歴史とは異なり、この世界で俺が戦うための拠点、それを構築できる目処は立った。更にもう一つ。そこで俺と共に戦う仲間は、徐々に集まってきている。これから俺は、歴史との戦いに備え、ただ力を蓄えること、戦力強化と経済力の強化、そして、戦での戦術強化に邁進するのだ。

俺たちの理想の街……、いや今はまだ『町』レベルだが、それを育んでいかなければならない。

次の災厄まで、既に二年を切っている。そして、更にその次までは五年。

これらに打ち勝つため、これからは時間との戦いになる。

俺たちは守るべき家族と、共に戦う仲間の待つエストへと、騎馬の脚を急がせていた。

第二章　雌伏　テイグーン開発

第八話　動き出した車輪（カイル歴五〇五年　十二歳）

俺を見送った両親の不安と期待をよそに、俺は意気揚々とエストの街に戻った。

ハストブルグ辺境伯から金貨二万枚の投資を取り付け、更に、町の開発を無事成功させた暁には、準男爵位を賜る可能性も示唆されたことを報告すると……。


「タクヒール、お前は……」　絶句して固まった父。

「よく頑張りましたねっ♡」　抱きしめてくれた母。

「全くお見事な交渉術です」　賞賛してくれた家宰。

「やったな！　おめでとう」　喜び祝ってくれた兄。

「兄さま、私のお土産は？」　いつも通り天然な妹。


それぞれの反応の違いは非常に面白かったし、自分自身、褒められたことが無性に嬉しかった。

まぁ、父だけは予想の遥か上をいく結果に、言葉を失い唖然としていたけど。

これまで内々に進めていたテイグーンの開発計画は、正式に予算が付いたことで、年内中に具体的な実施計画をとりまとめる必要が出てきた。魔法士たち、行政府関係者たち、もちろん俺も含め、全員がこの期間、不眠不休で働いた気がする。エラン、メアリー、サシャやサラは、専門家を伴ってエストの街とテイグーンを何度か往復していた。そのような経緯を経て、計画を現地の地形や実情に合わせて、細かい修正や専門意見を反映した『テイグーン開発計画書』はまとめられていった。

そして年が明けると、新年を祝う恒例の宴で、父よりこれらが大々的に発表された。

「ソリス男爵家では新しい年の取り組みとして、大規模な辺境開発事業を立ち上げるものとする。テイグーン山に有望な鉄鉱床が発見されたことに伴い、その一帯を含む大規模開発となるだろう。男爵家の次男が、一帯の代官としてその任に当たり、ハストブルグ辺境伯が開発の後ろ盾となる。このことを全土に知らせ、合わせて以下の布告を発するものとする」


ひとつ、エストール領内より、開発地への新規移住者を募集し、現地での仕事も紹介する。

ひとつ、開発地区の造成工事を受け持つ期間労働者を多数募集し、俸給など待遇面で優遇する。

ひとつ、移住者の受け入れ開始は春以降となるが、受付所にて事前登録を開始する。

ひとつ、建築作業従事者の募集を王国全土で始め、早期応募者については俸給面で優遇する。

ひとつ、移住に先行して、造成工事、建築作業従事者などは、採用が確定次第随時派遣する。

この発表は、集まった人々を大いに沸かせ、新年の祝いに大きく華を添えることになった。

俺が全てを急いだのも、この新年の宴に合わせて発表したかったからだ。大勢の関係者が一堂に会する宴なら、噂は一気に広がるであろうと期待していた。

そしてなにより、冬の間なら農閑期のため、二か月程度であれば農民たちも、期間労働者として働くことが可能だろう。人手の確保、それは開発にあたって最も大切な要素なのだから。

期待通り、領民たちは発表と同時に、それぞれが慌ただしく動き始めた。

「今年はいつにも増してめでたき、そして忙しい年になりそうですな」

商機を見出し、溢れる笑顔で顔を綻ばせる商人たち。

「あの方が作る町かぁ、思い切って移住するか！」

新天地を夢見て心を躍らせる者たち。

「貴方、これはあのお方に、これまでのご恩を返せる機会ですわ」

「ああ、難民の俺たちはあの方に大変お世話になった。今度はあの方の領民となってお役に立つ」

早速移住を決め、町の開発に寄与しようと張り切る者たち。

「親方、実は折り入ってお話が……」

「なんだ、お前もか？　俺はもう工房長に話してきたぞ。話は急いだほうがいいぞ」

独立して新しく商売の場を開こうとする者たちもいた。

年が明けたエストの街、いやエストール領全体が、新しく吹く風により活気に満ちていた。

「みんな、俺もできる限り早くあちらに向かう。申し訳ないがそれまでよろしくお願いします」

「任せてください。お越しになるまでに、それなりの形は整えておきますので」

年明け早々に、エランを始めとする仲間の魔法士たち、サラとコーネル男爵家から派遣された地魔法士たち、都市開発の専門家や建築関係者が、第一陣としてテイグーンに向け旅立っていった。

◇◇◇

凍えるような寒さも緩み、冬の終わりを告げる陽光が差し始めたころ、最初に建造を進めていた施設群、仮設ではあるが住居や町並み、宿舎、商店などが建造され、現地で入植者や期間労働者の第二陣受け入れが開始された。

その頃になると、これまでに俺と直接または間接的に関わってきた人たちが、次々と名乗りをあげ始め、新たな入植者や期間労働者として、第二陣と共にテイグーンに向けて旅立っていった。

エストの街で集合した人々のキャラバンが、テイグーン山に向けて長い隊列を作り出発していく、これは既に、エストの街では見慣れた光景となっていた。

そして、エストール領全土は大規模な開発景気に沸いていた。


一つ目の発信源は、もちろんテイグーン入植地だ。

多額の開発予算のお陰で、町の開発も計画書通りに急ピッチで進められている。

年明けの第一陣出発以降、中腹の造成工事が一気に進み、町の概要が見えてくると共に、物資や人材の流入も一気に増え、毎日が戦場のような活気に満ちた場所、そう表現されるくらいだ。

町並みは日々新しく形作られ、数百人に及ぶ人々が、町づくりに汗を流しており、これらの工事を裏方で支えていた者たちの活躍も、目を見張るものがあったのは言うまでもない。

第一陣として入った魔法士たち以外に、受付所や定期大会実行委員、他にも気心の知れた仲間たち、災害支援派遣部隊からも、希望者を中心に三十名ほどがテイグーンに入っていた。

彼らは、受け入れた人員を登録し、適性に応じて作業担当を振り分け、仮設住居の割り振りや管理、共同炊事場を運営して、人足や作業従事者の食事を手配した。

中心となって動いた彼らは、これまでの難民対応、災害派遣の経験を遺憾なく発揮している。

第二陣では、女性たちが中心の受付所メンバーや、かつて共に仕事をした仲間たち五十名ほどが、移住者や人足たちと共にテイグーンに入った。彼女たちは指揮系統として、各所で大いにその力を発揮している。

好景気の発信源、二つ目はフランの町だ。

テイグーン鉱山の縞状鉄鉱床は、左右の絶壁がそのまま鉄鉱床のため、岩場を崩すだけでどんどん採掘可能な露天掘りだ。そのため採掘の効率は極めて良い。

掘り出された大量の鉄鉱石は、次々とフランの町に運び込まれ、フラン側ではレイモンドさんの指示により、事前に大きくしていた胃袋でそれら全てを飲み込む。

唯一の課題は、テイグーンとフランの間で街道が整備されていないことだ。本来なら、今の状況で大規模輸送は不可能なのだが、俺には秘策があった。エストに帰還していたバルトに対し、当面の間は新しい任務に就いてもらうよう手配していた。彼の空間収納スキルを輸送に活用して、日々テイグーンとフランを往復してもらった。

なんせ一人で大型ダンプカー数台分もの荷を運べる。それが騎馬で行き来するのだから、輸送量と輸送効率は計りしれないものがある。バルトはテイグーン山からの往路、掘り出された鉄鉱石を満載し、復路はフランの町から、開発地の者たちに向けた食品や日用品、建設資材などの物資を満載し、せわしなく往復している。近江商人が行う『のこぎり商法』顔負けの効率と活躍だった。

これらの結果、フランの町は鉱石の集積地として、鉄の生産地として、物資の販売拠点として、急速に発展することになった。町の定住人口も、近いうちに千人を超え、更に大きくなる見込みとなっている。


三つめの発信源は、領内各地の開発景気、その中心となるエストの街だ。

商機に敏感な商人たちが、このチャンスを見逃す訳はない。急速に増えた物資の需要に対応するため、エストには王国各地から商人たちが集まりだした。わざわざ交通が不便なテイグーンまで物資を運ばずとも、既に街道が整備されている、フランの町に運ぶだけで飛ぶように売れていく。

王国南部地域一帯　↔　エストの街
エストの街　↔　フランの町

そのため、この二拠点間物流が非常に活発になり、毎日多くの荷物を積んだ馬車が行き交った。

更に、モノやお金の動く場所には人も集まる。過去にエストール領での領民募集を、カイル王国全土に出した時には、ここまで人が集まることもなかった。しかし、大規模開発景気に沸く今は、仕事も豊富で十分な稼ぎも期待できる。働き口を求めて、多くの人々が領内に流入してきていた。

これら三か所の好景気にけん引されて、ソリス男爵領全体でも、未曾有の好景気に沸いており、父も母もレイモンドさんも、毎日大忙しである。


魔法士たちも、生活が一変した。今はそれぞれの得意分野で、町の開発に貢献してくれている。

彼らはここ一年あまり、午前中は勉強、午後は射的場の運営や定期大会の準備・対応を行い、週二日はヴァイス団長指導のもと、魔法戦闘の訓練を行っていた。だが今は、射的場や定期大会の運営は、昨年半ばから徐々に後進に道を譲り、昨年末からは完全に新規採用した人員に任せている。

俺自身も基本的には、年に一度の最上位大会を除き、すっかりお任せ状態となっている。

その他、以前に受付所などで苦楽を共にしてきた人員についても、新たに再雇用を進めた結果、彼女たちの中から異動を希望する者たちは、どんどんテイグーン入植地に移ってもらっている。

今後も引き継ぎや受け入れ準備が整い次第、移住する者は増えていく予定だ。


俺は日々、フランを経由してミザリーから送られてくる、進捗の報告を楽しみにしていた。

まぁ、ミザリーは毎日出しているが、フランまではバルトが運び、フランからは行政府の定期便で送られてくるため、いつも二〜三日分がまとまって来るのだけれど……。

現在は計画書に従い、町の基礎と魔境側に設置する仮関門の工事を最優先で行っているそうだ。

これらは主に魔法士たちの仕事となっている。

一番の要は、エラン、メアリー、サラ、コーネル男爵家から派遣された地魔法士たちと、サシャとウォルスら水魔法士たちだ。

地魔法士たちは、上下水道の整備を最優先で行い、今は町や関門の基礎工事にシフトしている。

水魔法士たちは、予め特定済の水源を整備し、今は点在する井戸の整備にシフトしている。

クレアとカーリーンは、行政府にて工事の進捗管理や各種手配に奔走している。

聖魔法士のローザとミアは、工事につきものの怪我人や、傷病者の対応を救護所で行っている。

クリストフとクランは、両側に配置する関門工事に携わり、今後の防衛力強化に余念がない。

バルトは収納魔法で物流を、商品の売買や価格交渉、運搬まで行い、手広く流通を支えている。

それぞれが、これまでに学んだ知識を活用し、活躍しているらしい。

特にバルトは、開発の生命線である商品仕入れで、目覚ましい活躍をしているそうだ。彼は交易に出ていた間に、商人たちより商売上の知識や人脈、慣習を指導されており、フランでも百戦錬磨の商人相手に怯むことなく交渉に臨み、開拓地の食料供給や物価安定に大きく貢献している。

最新の報告では、すでに基礎工事を終え、行政府と領主館分館、百人規模の兵士駐屯施設、入植者が一時滞在する仮設住居などが急ぎ建設されており、近いうちに完成するとのことだった。

この開拓地で、俺が最も気を遣っていたのは基礎工事、すなわち上下水道の整備だった。

十分な上水、飲料水が無ければ、そもそも人口を支えることができない。

そして安全な下水、下水処理施設と仕組み、下水道の整備は、必要不可欠なものと考えていた。

幸いこの世界にも、下水処理の概念や仕組み、下水道の基本的な知識がちゃんとあった。

俺の知る歴史でも、古代モヘンジョダロ、ローマ帝国など、かなり昔から下水の概念、施設があった時代もあるが、ヨーロッパの暗黒時代になると、何故かそれらは退行してしまっている。

町の汚水は川や湖、堀などに垂れ流しか、酷い場合は道路に垂れ流し……、常時悪臭を放ち疫病の元にもなっていたことを、ニシダの知識として知っている。

この世界でも、大都市やエストの街のように、新しく整備された都市や街には、下水路と沈殿池などの処理施設が付属されており、下水路も整備されている。まぁ、汚水の一次処理後は、川に垂れ流しとなっているのは仕方がないことだが。

だが、古い街や小さな町、農村などの多くは、下水は何も処理しないまま、川などに垂れ流しとなっている。下水路さえ無い場所もある。人口が少なければ、自然の力で汚水も浄化され循環するが、人口が増えるにつれて、下水問題は無視できない課題として顕在化してくる。

生憎……、こちらの世界には汚物を分解したり食べてくれる、スライムのような生物はいない。

数年先に襲ってくる、疫病の件もあるので、この点について俺は非常に慎重だった。

そのため、領主館で行われていた専門教育では、エラン、メアリー、サシャに対し、俺の強い希望で上下水道の専門家を招聘し、特にこの点について念入りに指導してもらっていた。

その成果もあって、上下水道の工事は、最重要・最優先課題として進められていた。

最上部の湧水から引いた上水路の設置、町に点在する井戸の掘削、地下の水脈に抵触しないよう、細心の注意を払った下水路の設置、これらは総力を挙げて真っ先に着工されていた。そのため、上下水道は今の入植者の人口程度なら、十分に賄える規模になっている。今後はもう少し余裕を持たせた想定した人口に見合う規模に拡張していく予定らしい。

今やテイグーン入植地には、この世界でできる最高レベルの処理施設、浄化槽や汚水の沈殿池、地下を縦横に走る下水路がある。唯一の課題は、今のところ定期的に下水を洗い流すために必要となる十分な水がなく、雨水頼りで降雨の少ない冬は苦労していることである。

これは、春になり山頂の雪解けや、夏の雨で十分な水が確保できれば、なんとかなるだろう。

ミザリーの報告を読み進めていくうち、俺はもう居ても立ってもいられなくなってきた。

春が終わり、領主館分館の建設が進み居住可能な部分ができれば、俺も現地に赴任する予定だ。

今はその日を、一日千秋の思いで待ち望んでいる。

◇手持ちの金貨収支（カイル歴五〇五年年初）

支出　射的場関係費　三九〇枚／年（景品代一五〇枚、定期大会賞金等二四〇枚）
　外注製作費他　二五〇枚
　その他　一〇枚

収入　前年繰り越し　二四五〇枚
　バルト交易収益　五〇枚
　辺境伯投資金　二〇〇〇〇枚

残高　手持ち金貨　　二二八五〇枚

第九話　テイグーン開発計画①　造成工事（カイル歴五〇五年　十二歳）

ミザリーからの報告を読むにつれ、我慢できなくなっていた俺は、住居である領主館分館がある程度完成し、一部は居住可能になった時点で、計画を前倒しして動き始めた。

渋る両親を根気よく説得した結果、やっと出発の許可が下りた。


「町の開発、鉱山の管理など、しっかり頼むぞ」父はそう言って肩を叩いてくれた。

「体に気を付けて、此方にも顔を出すのですよ」母は涙目で俺を抱きしめてくれた。

「毎月演習で行くから、兵の駐屯施設を頼むな」兄は勢いよく背中を叩いてくれた。

「お兄さま、次は私も連れて行ってくださいな」妹は……、少しだけ大人びたかな？

「タクヒールさまのお世話、しっかり頼みます」家宰はアンにそう言うと笑っていた。


凍てつく冬の終わりに、父、母、兄、妹、家宰に見送られ、俺はアンと共にテイグーンの町へ向けて出発した。そう、これは彼らを守るための旅立ちでもある。そして、やっと始まるのだ！

俺はその感慨に浸る間もなく、これから行うべき数多くの作戦を考えながらエストを後にした。

翌日になってテイグーンに到着し、至る所で行われている工事を目にした時、思わず泣きそうになった。やっと、やっとここまで来た！　いや、俺は何とかスタート位置に立てたに過ぎない。もうすぐ、移住希望者や季節労働者の第三陣もやって来る。そう、これから全てが始まる！

◇テイグーンの町　カイル歴五〇五年　第三陣到着時点
滞在人口　一〇〇〇人（うち定住者四〇〇人）
駐屯兵力　五〇人（常備兵二〇人、兼業兵三〇人）
臨時駐屯兵　五〇騎（毎週演習のため鉄騎兵団が来訪）
双頭の鷹傭兵団　八〇人（定員を増員し、魔境の監視・巡回、商隊護衛などの任務も兼ねる）
町並み　建設中（縦一四〇〇メル（m）×横一〇〇〇メル（m））
開拓範囲　西斜面（底辺一〇キル（km）、高さ六キル（km）の扇状地）

テイグーン開拓地は、テイグーン山の峻険《しゅんけん》な山頂から、唯一なだらかに広がる西側斜面にあり、この平地部分は、山頂方向から緩やかに傾斜し谷側へと続く、三角形に似た扇状地となっている。周囲の三方を急峻な山の斜面に、底辺部分は断崖と深い谷によって囲まれている、閉鎖空間だ。

　この扇状地の頂点に、山に降り注ぐ雨水を集めた豊富な湧水があり、その湧水箇所を頂点にして、テイグーンの町が建設されている。

町自体は、斜面に沿ってなだらかに傾斜して作られており、最上部以外の三方の外周には堀が巡らされ、その内側に防壁となる壁が、町を取り囲むように設置されていた。

堀も防壁も、いずれもまだ建設途上ではあるが、今でもその全貌を推し量ることはできた。

「アン！　これは……、凄いね。エストの街に負けずとも劣らない、そんな町ができそうだね」

「はいっ！　これが……、タクヒールさまの町。なんか、嬉しくて涙が出てきそうです」

そう言ったアンは本当に涙ぐんでいた。彼女は俺が五歳の時から、ずっと傍らに居てくれたし、ここまでの道程や苦労も一番よく知っている。そのため彼女の気持ちは、俺のそれに等しい。

「ご来訪、お待ちしておりました！　事前にお迎えにも上がれず、誠に申し訳ありません」

建設中の町の入り口、城門部分に立っていた俺たちの所に、ミザリーが走り寄って来た。

「大丈夫だよ、気が逸って予定より早く着いちゃったし。良かったら中を案内してくれるかな？」

「はい！　もちろんです。町並みも事前の計画に従い造成を進めていますが、その多くが工事中で未完成です。ただ、非常に面白い構造に整いつつありますので、ぜひご覧になってください」

俺たちはミザリーの案内で、町の中に足を踏み入れた。


「まず、今タクヒールさまがいらっしゃるこちらが、テイグーンの町の第四区画になります。斜面に沿って町が作られている関係で、この町は大きく四つの区画に分かれています。大きな四段ある階段を想像いただくと分かりやすいと思います」

「そうすると俺たちの住居があるのは、一番上、いや、一番奥と言った方がいいかな？」

「はい、居館のある最上部が第一区画、その下に第二区画があり、その二区画は平坦に整地され、区画の間に大きな段差を設けています。その下の一番広い第三区画は、上下水道の流れも考えて、敢えて平坦に整地せず、緩やかな斜面になっています。そして第四区画は、再び平坦に整地されており、それにより第三区画との境界には、内壁とすべく段差を設けています」

俺自身、段差を付けた形での町づくりを計画書上は知っていた。ただ実際に見ると想像した以上の言いようもない迫力、まるで日本の城郭を、天守閣目指して歩くような気持になっていた。

◇第四区画

構成　平坦に整地された区画

広さ　奥行二〇〇メル×横幅一〇〇〇メル

用途　防御施設と警備・受付所、搬入場所とし、非定住者向け住居を設置

「ここは、町を防衛する要として、北側部分に傭兵団の屯所を設置し、専用の詰所や宿舎、練兵所を設置する予定で用地を確保しています。その他には、警備兵詰所と受付所が設置されています。第四区画は町の入り口ともなるため、町を訪れる方々は、それらを通過しないと奥に入れません。これらを中央に配し、南側部分は、非居住者である人足の方々に向けた住居を用意しています」

当面の間は開発が続き、人足などの期間労働者の出入りは非常に多くならざるを得ない。ただし彼らは、エストール領以外からも集まっており、治安維持の面でも配慮せざるを得ない訳だ。

「警備兵詰所や受付所は、想定より規模を大きくして設置しています。特に受付所は、既に多忙を極めており、その仕事は多方面に渡っています。移住者や期間労働者の登録や対応、仕事の斡旋、住居の割り振り、魔境に出入りする者の登録と許可証の発行、射的場の利用登録など、窓口業務の他にも、魔物素材や触媒の募集案内と買い取り、その他各種情報の掲示も行っています」

もうこれって……、もう冒険者ギルドだよね？　そう思って俺は思わず苦笑してしまった。

因みに、魔境への出入りを登録・許可制にしたのには理由がある。

急激に人口や出入りが増え、物見遊山気分や周到な準備なしに魔境に入る者がきっと出てくる。そんな素人は、魔物の餌食になるだけならまだよいが、負傷して逃げ帰る際に、魔物をテイグーンまで引き込んでしまう恐れが、十分にあるからだ。

これまでテイグーンは、非常に小さな、町とも呼べない場所だった。でも今は、多くの人や家畜で溢れており、魔物を惹きつける可能性もあるため、魔物対策は十二分に行う必要があった。

そのため既に十分な知識を持ち経験を積んだ、魔物専門の狩人などの狩猟者以外は、事前に登録の上で、傭兵団の案内兼護衛を付けない限り、魔境への通行許可証は発行されない仕組みにした。

そして許可証のない者は例外なく、魔境側の関門で阻まれ、魔境に入ることはできない。

◇第三区画
構成　扇状地の斜面に沿って、緩やかに傾斜している区画
広さ　奥行八〇〇メル×横幅一〇〇〇メル

用途　商業地、各種工房、宿泊街、飲食街、住宅街、行政府、射的場、義倉、商品取引所

「この段差は、いずれ隔壁にする予定ですが、これを越えると第三区画になります。なお、第四区画から通じる道は限定されており、傭兵団詰所、受付所、警備兵詰所のいずれかの脇を通らないと第三区画には入れません。第三区画の斜面は、事前の計画書通り防衛機能と上下水道の流れを確保するため、緩やかな山の斜面をいかしています。ここが、テイグーンの町の中核となります」

ミザリーの言う通り、この第三区画にはテイグーンの町の中心となる、行政区、領民の居住区、商店や飲食店、宿泊施設が並ぶ商業区、工房や鍛冶屋、倉庫などの工業区などを割り振っている。

配置の予定は、第三区画中央に行政府と、公営の商品取引所が円形の中央広場を挟んで位置し、中央広場を抜けて、正門まで繋がる大通りに沿って両側を商業区、それより道路ひとつ外側には、工房や鍛冶屋などの工業区、宿や飲食店の並ぶ商業区、更に外側には住居区を割り当てている。

なお中央広場を抜ける中央通りから北側を北街区、南側を南街区と呼び、公営の賃貸住居は全て南街区に建設予定としていた。今のところ、第三区画はまだ全てがスカスカだけど、行政府のミザリーを中心に、用地の割り振りが現在も進められているらしい。

今のところ一番賑やかなのは、中央広場に沿って円形に広がる露店街で、飲食物や嗜好品、装飾品など、多数の露店が所狭しと並んでいる。物資供給の要である商品取引所は、物価安定も考えて今のところ公営で運営し、食品、生活必需品などはフランの町を経由して仕入れ、販売している。

いずれ街道が整備され、食料自給も整い、流通が安定してくれれば、一部食品以外は商人に任せ、

義倉をはじめとした備蓄倉庫に姿を変えることも検討している。

◇第二区画
構成　平坦に整地された区画
広さ　奥行二〇〇メル×横幅一〇〇〇メル
用途　駐留兵の駐屯地と予備スペース

「第三区画と第二区画の間にも比較的大きな段差を設けております。ここから先が、万が一の際の最終防衛ラインとなります。第二区画には現在、二百名を想定した駐留兵の屯所を建築しており、詰所、宿舎、厩舎と武器庫、練兵所に加え、広い予備スペースも用意しています」

うん、これだけ広い予備スペースがあれば、二千名程度なら十分に野営できそうだ。傭兵団と合わせて四百名分の宿舎と、二千名の野営可能スペース。今のところは、これで十分だろうな。

◇第一区画
構成　平坦に整地された区画
広さ　奥行二〇〇メル×横幅一〇〇〇メル
用途　二〇〇メル四方の領主専用エリアと二〇〇メル四方の試験農場×四か所

「ここから先、第二区画と第一区画を隔てる階段を上って、堀と城壁に囲まれた中央部分が領主館分館となります。左右にはそれぞれ農業試験場を、二か所ずつ配置しています。ここも計画書通り造成いたしましたが問題ありませんか？」

「うん、ミザリーさん、完璧です。ここの空堀もかなり深いですね？」

「ありがとうございます。こちらは雪解け時期に間に合うよう急ぎ造成しました。この堀に水が溜まれば、それを活用して平時は定期的に下水道を押し流します。そして緊急時は放水用として使用するため、それなりの水量を蓄えられるよう設計されております」

因みに、住まいについては領主館分館と敢えて呼んでいる。俺自身が形式上はテイグーン一帯の領主だが、正式には内政を一任されている代官に過ぎない。領主は国王から任じられた父であり、俺はその父により、領地の一部を治めるよう任じられた者に過ぎないからだ。そのため、領主の館はエストにあり、ここはその分館、そういった位置付けにしている。

ミザリーの案内で、テイグーンの町の概要と、建築物などの進行状況は一通り自分の目で確認できた。視察時に建設中の建物のなかには、テイグーンならではの特徴的なものもある。

一つ目は、エストの街にあるものと規模の変わらぬ、大きな孤児院だ。

因みにここは、孤児院だけでなく学校も併設されており、託児所の機能も担っている。働く女性が安心して子供たちを預けることができ、子供たちは無料で勉強ができ、昼食も付いている。

この建物が完成したら、エストの孤児院より働き手として十分活躍できる年長者や、ある程度の読み書きができる者などを、こちら側に引き抜いてくることも決まっている。

二つ目は、エストの街よりずっと規模を大きくした、施療院だ。

これが完成すれば、百床以上の病床を備えた病院として、その機能も受け持つことになっている。

表向きの理由は、鉱山が隣接した開発中の町では、日々怪我人が出るため、それらに対し余裕を持って対応できる広さを確保するためだ。

裏の理由は、前回の歴史通りに進めば、ここを疫病が襲い、領内に感染が広がっていく。感染拡大を食い止め、第一線で機能できるよう、規模を大きくして働く人員も充実させた。

父には少し嫌な顔をされたが、母に頼んでエストの街の施療院からも、相当数の人員を引き抜いており、建物の完成まで彼女たちの多くは、第四区画に設けられた臨時救護所で働いている。

三つめは、施療院や孤児院とも関わりの深い教会だ。これもエストと同規模のものを建設中だ。

驚いたことに、エストにある教会の代表神父が後進に道を譲り、辺境のテイグーンを新天地として赴任してくれるらしい。彼の意向もあって、教会側もそれなりの建物を建設している。

教会、施療院、学校、孤児院の全ては、第三区画の最も上の位置、第二区画との境界にある。

四つ目は、強固な防御施設の数々だ。

立地上魔境にも近く、治安も不安定な最辺境の地であり、この地の領民たちが安心して暮らせること、これを絶対不可欠な要素として考えていた。そのため、町の外周には防壁と堀を、そして両側の隘路には関門を設置し、鉄壁の護りと言われるぐらいに心を配った。

通常、人を襲う魔物は魔境の境に広がる竹林を越えて出てこない。ただ、稀に竹林を越え、獲物を求めて、人が生活する領域まで出てくる魔物や、何十年に一度の大発生時には、大量の魔物が流れ込んでくることもある。現時点で、魔境の禁忌を知らない不心得者への対策は行っているものの、これも完ぺきではない。出る方は抑えているが、魔境側から入ってくる者は抑えようがない。

また、辺境の地は領主の目がゆき届かないことが多く、野盗の出没や、盗賊団と呼ばれる一団の拠点になることもある。

現実に起こらなくても、そういった領民の不安を取り除くこと、これが最も必要とされていた。

◇外周防御
外壁　幅一〇メル、高さ二〇メルの防壁（強固な石造りの防壁に工事中）
隔壁　幅　五メル、高さ一〇メルの土壁（第三区画と第四区画の間に設置）
内壁　幅　五メル、高さ一〇メルの防壁（第一区画に設置、強固な石造りの防壁に工事中）
外堀　幅一五メル、深さ五メル〜二五メルの空堀（今後貯水予定）
内堀　幅一〇メル、深さ五メルの空堀（第一区画に設置、今後貯水予定）

今はまだ、各城壁は堀を掘る際に出た土を、ただ盛り土にして強固に固めた状態で、空堀はただ掘削し固めたただけでしかない。完成時には石造りになる予定で、現在はまだ工事中の状態だ。

空堀の掘削は地下の水脈を切らないよう、水魔法士が念入りに調査を行い対応し、更に水漏れの無いように配慮した、石造りの下水路が中を通っている。いずれ各々の空堀は、雨水やテイグーン山上部に積もった雪解け水を溜め込み、渇水期の農業用水としての利用も視野に入れている。

また、斜面を利用した水路が至る所に走り、高低差を活用して水の流れを調整している。工事が進めば町の外にも、緊急時用の灌漑水路を張り巡らせる予定で、この水路工事は余裕ができ次第取り掛かることになっている。更に、エランとクリストフの提案を入れて、灌漑用途以外の水路二本の工事を優先して行い、それらを両端の関門近くまで延伸、関門外の隘路に一気に放水できる仕組みを構築している。

◇関門
魔境側関門　　建設中（現在仮設の仮関門は別の位置に建設済）
フラン側関門　暫定版（当面の間、関門自体は簡易なもので対応）

正直、関門はすごく重要だがまだ手が回っていない。とは言っても、魔境側の関門は放置できないため、最初にクリストフたちが提案していた、隘路の狭い場所に仮関門を作って対応している。

そこなら取り敢えず工事箇所も少なく済み、急造でもしっかりとした関門が作れるからだ。

本格的な関門は、町の防壁工事が完了してから、仮関門より少し手前の隘路出口寄り、その場所に堅固なものを作る予定だ。

フラン側の関門は、緊急度合も低いため、取り敢えず木の柵で作った関所程度のものと、道を切った堀に、橋を架けて対応している。こちらも暫定のものだが、優先度は最も低い。

◇防衛要員
駐屯兵　五〇名（常備兵二〇名、兼業兵三〇名　※現在鋭意増員中）
傭兵団　八〇名（テイグーン常駐）
その他　編成中

本来であればテイグーンの町にも、相当数の常備兵が常時駐屯しなくてはならないが、現状はこれが精いっぱいだった。双頭の鷹傭兵団が駐屯してくれているお陰で、大いに助けられている。

彼らの一部は、商人などの依頼を受けた輸送時の護衛、貴重な触媒を求め、一攫千金を狙って魔境に入る狩人などの護衛、こんな依頼も傭兵として引き受けている。そんな彼らの屯所が正門脇にあることが、町の治安維持にもかなり効果を発揮している。

俺自身、テイグーンに来て初めて知ったのだが、傭兵団の団員がいつの間にか増えていた。確か以前は五十名だった筈だが、テイグーン一帯の開発景気に乗って、一気に八十名に増えていた。

俺が到着した時は、傭兵団の駐屯地も百名規模を想定した広さだったが、すぐさま二百名規模の敷地を確保するように変更した。

なお、その他として編成中の防衛要員は、いずれ明らかにしていきたいと思う。

テイグーン一帯は、どこもかしこも工事中で、日々騒音や人の声が響き渡っている。

町の中は殆どが空き地で、まだ何もない状態ではあるが、前回の歴史とは全く異なった、新しいテイグーンの町が、ゆっくり、でも確実にその全容を整えつつある。

正直、今のペースで工事を進めれば、二万枚の金貨では全然覚束ないのだけれど……。

今はできることに向けてひた走るしかない。次の災厄まで残された時間は二年を切っている。

できない部分は後回しで時間をかけて進めればいい。そう思い、俺は自分自身を叱咤した。

第十話　テイグーン開発計画②　農業生産（カイル歴五〇五年　十二歳）

俺が到着して間もなく、高所にあるテイグーン山にも、本格的な春が来た。

雪解け水が、幾つもの小さな小川を作り、扇状地の斜面をゆっくりと流れていく。

なだらかな斜面いっぱいに広がる草原には、至る所で新緑が芽吹き、花が咲き始めた。

町はどこも工事中で、堀に雪解け水を十分に確保できなかったことは、残念だけど仕方がない。

それでも最低限、完成した空堀には少しだけ、水を貯めることができたのはまだ幸いだった。

これからは、町や防御施設の造成工事の傍ら、この先を見込んだ農業生産にも目を向けなくてはならない。それを推進するため、農地開発などを専門的に管轄する部門を立ち上げた。

俺は入植者の中から、以前農業に従事していた者を募り、五十名ほどの経験者が集まったので、彼らが中心となり、更に人手を雇いながら公営の試験農場や放牧、酪農などの運営を依頼した。


農業の開始に先立ち、俺はまず以前から準備していたことに取り掛かった。

「本日は初仕事として、巣箱の設置をお願いします」

俺は彼らに、巣箱の設置方法を説明し、テイグーンの各所に巣箱の設置を依頼した。

これは以前ゲルド工房長に、なんとか年内までに納品をと、依頼していたものだ。

「ご領主自らが設置作業で汗を流さなくても……」

そんな言葉がどこからか聞こえてきたが、俺は全く聞こえていない振りをした。

『やってみせ、言って聞かせて、させてみせ、ほめてやらねば、人は動かじ』

俺の好きな山本五《い》十六《そろく》の言葉だ。正確には、ニシダが好きだった言葉だが……。

幸いなことに、農業試験場運営で人手もあったため、百個の巣箱設置は僅か一日で終えることができた。俺とアンで設置していたら、きっと重労働かつ延々と続く作業に音を上げていただろう。

せめて二割でも定着してくれれば……、そう思ったが、後は蜂任せで祈るしかなかった。

巣箱設置の翌日からは、試験農場の対応に入った。

「試験農場での栽培試験の結果は、今後入植地の農地にも反映する予定です。これから行うのは、そのための作業なので、必ず指示通りに行ってください。どうぞよろしくお願いします」

エストール領北側、フランからエスト、マーズに広がる穀倉地帯とは異なり、テイグーン山の近辺はそれなりに雨も多い。国境の大山脈やテイグーン山の影響もあると思うが、比較的農業に適した場所のはずだった。そのため問題は恐らく土壌にあるのではないか？

俺は以前からそう思っており、試験農場では牡蠣殻石灰を撒き、土壌改善を最初に行ってみた。過去の災厄でも火山の降灰があったし、土壌が酸性になっている可能性や、ミネラル分の不足などにより、作物の生育が悪いのでは？　そんな仮説を立てていたからだ。

そしてもうひとつ、テイグーン一帯には騎馬が多く、軍用馬以外でも飼育されている馬が多い。必然的に、馬糞の宝庫となる。俺はせっせと馬糞を集めだした。もちろん率先して……。

その後、集めた馬糞は発酵させ、試験農場の土にすき込む作業を進めた。ニシダの知識によると馬糞は、肥料というより土壌改善に効果があるとのことだった。

おいおい、放牧場が広がり牛や豚、家禽などが増えれば、それらの糞を堆肥として使用していく予定だが、今はまず土自体の改善を先に行うことが優先事項だ。

この世界でも家畜の糞は、堆肥として活用されており、慣れた人に対応を任せることができた。

「あの……、こんなものを畑に撒いて本当に良いのですか？」

ただ牡蠣殻石灰だけは、この世界の農業経験者でも見たことがなく、戸惑う者が多かった。

以前バルトに収集してもらった牡蠣殻は、塩抜きと天日干し、焼成を行い、エストの街近郊にて水車による粉砕まで行い、粉末として事前に準備してある。ちなみに一部は、焼成せずに粉砕したものも念のため用意している。どちらが正しいのか、俺の記憶が曖昧だった点もあるからだ。

さらに一部の牡蠣殻は、天日干しの後、竹籠にまとめて入れて下水路の各所に沈めている。

それらは、牡蠣殻の力で水の浄化を行い、下水の水質改善を期待してのものだった。正直言って効果の程度は分からないが、テレビなどで川の水質改善に使用されていたのを、記憶として覚えており、試す価値はあると思っている。

初回以降、ここに来るまでバルトは何回か海沿いの隣国を往復している。その都度彼が持ち帰った牡蠣殻は、現在塩抜きや天日干しを行っている最中で、まだまだ原料の余裕はあると思う。

試験農場や暫定農地として用意した町の空き地では、このような土壌改善が行われ、それらが終了した場所から作付けを行い、穀物などの試験栽培を開始した。

◇試験農場

栽培区画の設定　第一区画の右側二か所は穀物を栽培し、左側二か所は各種野菜を栽培する

実施試験項目①　牡蠣殻石灰の適量を見極めるため、細分化された区画毎に散布量を変更

実施試験項目②　輪栽式農法（小麦↓根菜↓大麦↓牧草）を採用し、その効果を確認する

◇未開発地の活用

予備区画の活用　第三区画のなかで、二百メル四方の予備区画四か所を放牧地として活用

領主区画の活用　領主館分館の空き地、五十メル四方の四か所を畑として蕪や芋を栽培
臨時耕作地設定　当面入居者のいない住宅街の空き地を臨時耕作地として活用
放牧地での対応　放牧地では家禽や家畜の飼育を進め、並行して酪農を実施
臨時耕作地対応　宅地は臨機応変に使用できるよう、蕪や芋など収穫の早い作物を栽培

試験農場以外に、町には当面使用予定のない空き地がまだ沢山あった。そのため、その幾つかを選定し、当面の間は農業用に活用することにした。これらの土地でも、土壌改善の効果が得られれば、他の開拓農地にも反映していく予定だ。というか上手くいってほしいと願うばかりだけど。

主に空き地を活用した栽培は、孤児院の孤児たちに依頼し、学校に通う子供たちも授業の一環で芋の栽培を始めた。その結果、他の領民たちからも、空き地栽培を希望する者が出始め、これらも同様に、牡蠣殻石灰の試験運用や、家畜の糞を利用した発酵堆肥の使用実験を進めた。

◇開拓農地入植者対応
入植優遇策①　土壌改善のための牡蠣殻石灰と発酵堆肥を初年度は無償提供する
入植優遇策②　開拓農地に入植した領民は、最初の五年間の収穫に限り無税とする
入植優遇策③　開拓農地に入植した領民は、定期的に賦役につくことを条件に補助金を支給

開拓農地の手始めとして、町の外に一キル四方の土地を用意し、幾つかの優遇策も定めた。

これについては、まだ試行錯誤の段階で、まずは領民の反応を見ることが大きな目的だった。

◇◇◇

試験農場を始めとする各種施策も出揃い、農業計画も着々と進んだ段階で、行政府にて実施された定例会議の席上では、これらに関わる課題が話し合われた。

「放牧地では家畜が全く足りません。需要を賄うためには、今の数倍は必要になります」

「だよね……、クレアの指摘の主な原因は輸送の問題かな？」

「はい、街道が整備されていないため、輸送の手間などもあり、家畜類の調達が進んでいません。テイグーンの町では、工事関係者の割合が人口比で非常に高く、肉類の消費も多いため、全く需要に追い付いていないのが現状です」

「バルト、フランの町からの調達で、需要は賄えるかな？　……、無理だよね、きっと」

「そうですね。今の人数でも既にフランの限界を超えています。これからも人足が増えることを考えると……、正直言ってかなり厳しいと思います」

「そっか、多少時間と費用が掛かってもいいから、エスト方面まで足を延ばして肉類の仕入れと、出入りの商人たちには、『フランで相場より二割増しで家畜類の買い取りをやっている』そんな情報を流してくれるかな？　ミザリーさん、その値段で仕入れても大丈夫かな？」

「ちょっと厳しいですが、現状を考えると仕方ないことだと思います。今は耐える時期ですから」

「あとバルト、当面の間、比較的輸送しやすい家禽《かきん》類を思いっきり増やすしか……、ないかな？」

「わかりました。できる限り集めてみます」

皆も理解していた。体力勝負の人足たちにとって、肉の有無や量は、士気にも影響してしまう。

肉不足による作業効率や士気の低下、これだけはなんとかして避けたかった。

残念ながら生きた家畜や家禽などは、バルトでも空間収納を使い輸送することができない。

そのため、大量輸送ができない分、時間を掛けて地道に数を増やしていくしかなかった。


「その他の問題点や課題はあるかな？」

「そうですね。町の外の入植地が相変わらず不人気なところでしょうか」

「ミザリーさん、外の入植地への入植が一向に進まない点は、今は仕方がないと俺は思ってます」

そう、魔境に近い立地であるが故に、町の壁内と、壁外である入植地とでは雲泥の差があった。

防壁に囲まれた安全な町の建設が進むにつれ、安全面で町の中と外の差が顕著となってしまった。

そのため、元から人気の無い、町の外にある土地への入植が進まないことも、想定内だった。

町作りや城壁の工事が完了すれば、安全な防壁に囲まれた開拓農地も、順次造成していく予定だけど、その工事はまだ着手できていない。加えて土壌の不安や農業用水の不安が残っている。

これらの事情もあり今後、試験農場の実験結果が上手く進めば、その事例を公開して便宜を図れば良いと考えていた。それに加え、開拓農地の安全性が確保できれば、話は変わってくるだろう。

「当面の間、町の外の入植地は積極的に誘致せず、ある程度準備が整ったら案内する形にしよう。クレアはそれで対応できるかな？」

「了解しました。受付所でそのように案内します。その……、案内が開始されるまでの間、入植を希望する方に対して、予約といった形で受け付けることは大丈夫でしょうか？」

「クレアが管理できるなら、こちらも希望者数が分かってありがたいけど……、運用できる？」

「大丈夫です。先ずは予約制になったこと、予約受付を開始したことを掲示し、案内を行います」

有能な右腕の返事に、俺は一安心した。


会議を終えたしばらく後、新たに悩ましい問題が持ち上がってきた。

俺自身は十分余裕があると思っていた牡蠣殻の消費が著しく、追加分を足して膨大な量があったはずの在庫も、この先、今のペースで消費すれば、確実に不足しそうだと分かったからだ。

しかも、牡蠣殻に関する課題は複数あった。


ひとつ、距離の問題。遠く離れた隣国の海岸線まで往復するため、かなり時間がかかること。

ひとつ、手間の問題。入手できた牡蠣殻は、塩抜きや天日干しなどの手間がかかること。

ひとつ、時間の問題。塩抜きや天日干しには、時間がかかり入手してもすぐ使えないこと。

ひとつ、工程の問題。牡蠣殻を粉砕するため、一旦エスト等で処理する手間が増えること。

そう、牡蠣殻石灰は入手コストが安い分、使用可能にするまでに時間と手間が掛かる。粉砕のためだけに、動力水車があるエストへ往復すれば、バルトが本来行うべき他の作業が止まってしまう。

現実問題として、バルトは鉱石の輸送、物資の輸送で走り回っており、たとえ数か月であっても輸送業務を空けることは不可能だ。

俺が周りに気兼ねなく、両手で頭を抱えて悩んでいた時、救いの手が二本伸びてきた。

先ずはバルトの提案だった。

「勝手に先走り、申し訳ありません」

そう平伏した彼に思わず抱きつきそうになった。バルトは牡蠣殻処理の手間を考え、現地で事前に対価を払い、牡蠣殻の収集、塩抜き、天日干しなどの工程を、事前に行うよう依頼していた。

これなら、騎馬を使って急げば、一か月半程度で隣国の海岸線まで往復ができる。食料他、生活物資の備蓄状況、フランへの鉄鉱石の輸送状況などの様子を窺いつつ、牡蠣殻収集に向かってもらうことができる。必要経費として俺は、今後も継続して牡蠣殻の収集と現地での処理を一任した。

そしてもう一人は、テイグーンの町で新たに工房を開き独立した、カール親方だった。

彼はゲルド工房長に暖簾分けしてもらい、弟子を率いてテイグーンに入植してくれていたのだ。

「テイグーンでも、規模は小さくなりますが上水道の高低差を利用し、水車を作れると思います」

「カールさん！　それ是非お願いしますっ！」

この提案に俺は飛びついた。

これなら、牡蠣殻を粉砕するだけでなく、将来的にはテイグーンで収穫された小麦も、小麦粉に加工することができる。俺はカールさんの提案を即採用し、その場で発注を行った。

水車の完成後は、テイグーン山から吹き下ろす風を利用した、風車の開発もついでに依頼した。

このように多くの課題は抱えつつも、一つ一つ乗り越えながら、試験農場から始まった農業生産の改善計画は、一歩ずつ前へと進んでいくことになった。

第十一話　異なる歴史と不穏な予兆（カイル歴五〇五年　十二歳）

春の初めにテイグーンに移り住んで以来、町の開発や課題解決に忙殺されていたが、いつしか、季節は夏の盛りとなっていた。そんな時、エストの父から思いもよらぬ知らせを受け取った。

「え？　前回の歴史と違っているのだけど……」

父からの知らせに、俺は少し動揺して呟いた。

そこには俺の知る、前回の歴史にはないことが二点記されていた。

・兄ダレクが、今秋より王都の学園に就学すると決まったこと
・グリフォニア帝国が今後、前回に勝る大軍を擁して再侵攻してくる可能性があること

カイル王国では、有力貴族の子弟は十五歳になると、王都の学園に通うことが常だった。彼らはそこで、それぞれの専門分野、騎士、内政、官僚、家令侍女などの専門教育を受ける。

世継ぎとして爵位や領地を継承する長男以外は、そういった教育を踏まえ、それぞれの道で将来の生計を立てることになる。なお、世継ぎとなる長男は、人脈を広げる目的や、領主として内政を学び、統治にいかすことなどが目的とされているが、あまり真剣に学ぶことはないようだ。

そういった事情もあり、基本的に学生は、子爵以上の家格を持つ者が中心だが、一部の有力男爵家、王都騎士団に入団を志す準男爵家や騎士爵家の子弟、貴族なら免除される試験に合格した、有力商人の子弟、そして平民たちも通っている。かつて、レイモンドさんもこのパターンだった。

前回の歴史では、兄や俺も王都の学園には通っていない。

辺境のいち男爵家次期当主、その立場で学園に通うことに意義もなく、俺の場合はその余裕すら全くなかった。だが今回の世界で兄は、ハストブルグ辺境伯の推挙を受け、子爵相当の有力男爵家子弟という肩書で、王都の学園に就学することが決まったらしい。

俺の知る歴史とは、違う方向に分岐したのだろうか？

前回の歴史では来年、兄が十六歳となった時点でもエストール領にいたが、王都の学園に通えば少なくとも三年間は王都に留まることになる。

そうすれば兄は、次の国境戦で従軍し、命を落とすことも無くなるのではないだろうか？

そんな期待も持てるが、油断はできない。歴史が帳尻を合わせにくることは、これまでの例をみても容易に想像できる。

もうひとつ、警戒すべき知らせの出所は、ハストブルグ辺境伯より父宛に届いた書簡による。

『グリフォニア帝国は先年の敗戦を良しとせず、ここ数年のうちに大規模な再侵攻を企図している模様、出征の準備を怠るなかれ』

端的には、そう記されていたようだった。

どうやらこの話の裏には、帝国の第一皇子がいるらしい。二年前の戦役で旗下のゴート辺境伯が惨敗した事を良しとせず、今度は自ら陣頭に立って雪辱戦を行うと宣言し、息まいているようだ。

俺の知る歴史では、二年前の侵攻でゴート辺境伯は数多くの敵兵を討ち、大いに面目を保った。それにより、次の侵攻もゴート辺境伯が中心となり、前回と変わらぬ兵数で侵攻して来たはずだ。

今回の世界では、ゴート辺境伯が二年前に惨敗したため、第一皇子の陣営にも少なからぬ影響を与えてしまったようだ。

後で聞いた話だが、第三皇子の陣営も、前回の歴史とは大きく流れが変わってしまったらしい。

本来は、カイル王国とは反対の国境線で戦い、勝利を重ね、圧倒的に優位に立っていたはずが、今回の世界では、戦線は膠着《こうちゃく》し、国境で一進一退を繰り返しつつ苦戦しているらしい。

両陣営とも決め手を欠く中、第一皇子はこれを機に目覚ましい武勲を立て、皇位継承争いを優位に進めようと画策しており、それが次の出兵に繋がっている。辺境伯は書簡でそう予測していた。

うん……、これって……、やっぱり俺のせいかな？

グリフォニア帝国第三皇子の麾下で、常勝将軍と称えられ、目覚ましい活躍をする筈だった男、ヴァイス団長は、今もなお、俺と共にテイグーンにいる。更に、二年前のサザンゲート殲滅戦は、兄や俺たちの介入で、勝敗の様相が大きく変わってしまっている。

もしかすると、歴史はあの時の失点を取り返しに来ているのではないだろうか？

エストの街に呼び出される途上で、俺はそう考えて、歴史改変によるしっぺ返しに身震いした。

◇◇◇

「タクヒール、全員が揃った定例会議も、ダレクが旅立てば次はいつになるかわからん。これより早速始めるぞ」

父の言葉に全員が席に着いた。会議の中心となるのは、男爵家当主である父ダレン、母クリス、準男爵である兄ダレク、俺、妹のクリシア、男爵家家宰のレイモンドさんの六人だ。

その六名に加えオブザーバーとして、母の従者でテイグーンの開発を手伝ってもらっているサラ、俺付きメイドのアン、今や内政面でも才能を発揮し、ミザリーと両翼を担う存在となった、クレアが後学のため参加している。


「タクヒール、先ずはテイグーン一帯の開発状況について報告せよ」

「はい父上、町については今年中に第一次工事が完了します。来年以降は城壁や堀の強化と、侵入経路となる二か所の関門を強化していくこと、周辺開拓地の整備を進めていく予定です」

「開発は順調ということだな？　で、入植は順調に進んでいるのか？」

「はい、全て事前の予定通り進んでいます。入植者も順調に増え、五年後には定住人口で千名を超えると予測しており、領内の町に並ぶ予定です。更にその先は、エストの規模を目指します」

「ふむ、先ずは順調でなによりだ。ちなみにタクヒールが以前話していた、農作物はどうだ？」

「農業試験も順調です。牡蠣殻石灰の活用により、小麦や野菜類の生育も順調に進んでおります。今後この手法が、開拓農地にも展開できれば、食料の生産量は飛躍的に伸びると考えております。芋しか育たない痩せた土壌でも、牡蠣殻石灰と堆肥で土壌を改良すれば十分な収穫が見込めます」

「ほう？　それは朗報と受け取って良いのかな？」

「はい、現時点では。ただ試験栽培中の農作物は、まだ収穫前なので、見込みとしか申し上げられないことと、牡蠣殻石灰の使用量は現在検証中で不確実です。これからも試験を繰り返す必要があると考えており、結果は都度共有したいと思います。ただ、現状では牡蠣殻自体の入手量が限られており、他地域への展開は厳しいと言わざるをえません」

「それは了解した。引き続き経過を観察して報告するように。して、動員兵力はどうなった？」

「現在、テイグーンで招集可能な兵力は五十名、出征できるのは三十名程度となります。私たちも兵力の充実は進めておりますが、まだそちらに手が回っていないのが現状です。なお、双頭の鷹傭兵団は現在八十名、留守部隊を残し六十名が現時点で出征可能です」

　そう答えると、父は何故か含みのある笑顔を浮かべた。

「辺境伯からの書簡もあるゆえ、兵力強化に注力し、傭兵団と合わせて従軍百名を目指すように」

　ん？　父上は以前の取り決めで、五年後に六十名、十年後に百名と言っていませんでしたか？

　まぁ、傭兵団込みって数字だから文句は言えんが……、うまく丸め込まれた気も……。

「ではレイモンド、エスト及び領内全般について、情報の共有を頼む」

「はい、私から報告させていただきます」

そう言うとレイモンドさんは俺を見て微笑んだ。

「先ずはタクヒールさまに感謝申し上げます。現在、エストール領一帯に未曾有の好景気をもたらした要因は、全てがテイグーンの開発に端を発しております。開発による特需と新規鉱山の恩恵、膨大な物資の消費、流通の活性化、鉄鉱石や鉄製品の供給力強化による恩恵は計り知れません」

その言葉を受け、母は満面の笑顔で父を睨む。

「うむ……、まぁそうだな。タクヒールによる功績も、確かに大きいだろうな」

「はい、比類なきものと考えております。商人たちはテイグーン向けの商材をエストやフランで卸し、その一方で鉄製品や鉄鉱石を買い求めています。彼らが活発に動くことで、領内の物流や商取引も活況を極め、その好景気に後押しされた形で、領内への入植者も増加しています」

「兵員の募集も進んでいる、と理解して良いのだな？」

「はい、エストール領の人口は一万人規模まで増えつつあり、これを踏まえ、出征部隊として兵員五百名、内訳として鉄騎兵二百騎、騎兵五十騎、弓箭兵《きゅうせん》二百五十名を編成することが可能です」

「おおっそうか！　ではタクヒールの百名を合わせれば、次回は六百名で参陣できそうだな？」

いや……、父上、テイグーンからの百名が、既に既定路線になっていませんか？

まぁ、先の数字は俺や魔法士を含めてないから、ぶっちゃけ百名は可能なんだけど……。

続いて兄ダレクからも報告があった。

「兵の練度向上も順調に進んでおります。魔境演習により鉄騎兵団の練度は大きく向上し、王国内の最精鋭に迫る勢いです。ただ、ゴート辺境伯が擁する、鉄騎兵団にはまだ届いていないことが、今の課題です。今後、打撃戦力としての運用は、少なくとも五百騎程度は必要と考えています」

俺もその意見に賛成だ。大打撃を与えたとはいえ、敵は少なくとも千騎以上、まだまだ厳しい。

そう考えている俺に、兄はにっこり笑いかけた。なんか……、嫌な予感がする。

「私が王都に行くに当たり、従者として同じ光魔法士のクランを連れて行きたいと考えています」

え？　兄さん！　最後にさらっと、何て言った？

「兄さん、クランの件、私は聞いてないのですが……」

「ああ、そうだね。だから今言った」

って、そんなテヘペロみたいなことされても、困るんですけど。

まぁ本来はソリス男爵家所属の魔法士を、今のところ俺が全員テイグーンに連れて行っているからなぁ……、ちょっと嫌だけど、ここは納得するしかないか。逆にクランは喜ぶだろうし……。

今度は、今回から正式に招集され、初参加の妹クリシアが手を挙げた。

「はい、私からも報告させてください。今年になって私も、母さまと同じ地魔法士として血統魔法が使えるようになりました。先ほどのタクヒールお兄様の農地改良について、私の地魔法を使えば、きっとお役に立てると思います」

こう言うと、妹はこちらを見て何か含みのある笑い顔を浮かべた。まさか……、お前もか？

「なので、早速テイグーンに遊びに……、いえ、視察やお兄様のお手伝いに行く許可をください。ダメと言われても絶対に行きます！」

「ク、クリシア！　いきなりそのような……、まだ早い！　ク、クリス、何とかならんのか？」

「クリシア、貴方には……、外の世界は、貴方にとってまだ危険なのですよ」

妹が言い放った突然の宣言に、父も母も困惑して非常に焦っていた。

正直言って俺も……、困る。妹はまだ十歳、辺境まで旅するには早過ぎる。

「あら、お父さま？　私の記憶違いでしょうか？　以前お父さまは、『お母さまは十歳の頃から、血統魔法を使い、コーネル男爵領を巡り内政に貢献していた』、そうお話しされていましたよね？」

あちゃぁー、しっかり言質取られているじゃないですか！　父上、今更蒼褪めても遅いですよ。

妹に地魔法士としての血統魔法が発現したのは、ごく最近のことだったらしい。

俺がテイグーンへ旅立った後、庭の芋畑や蕪畑は妹が面倒を見てくれていた。貴族の子弟に非《あら》ざる土いじり、これに妹は並々ならぬ興味を示し、その結果かもしれないが妹の地魔法が開花した。

幼い頃から、一度言い出したら聞かない妹の性格を知る両親も、一応翻意を促しているが……。

まぁ無理だろうなぁ。母さまは既に攻撃の対象を、不用意な発言をした父に変えているし。

俺は心の中で、妹を客人としてテイグーンに迎える覚悟を決めた。

「話は戻りますが、兄さんが不在の中、何より気になるのはグリフォニア帝国の動向です」

「タクヒールの言う通り、大規模な侵攻ならハストブルグ辺境伯と我らだけでは支えきれんな」

俺の話題転換に救われた父は、殊更深刻そうな表情で懸念を表していた。

「サザンゲート砦にて、王都からの援軍を待つ形になるでしょうね。私は王都から駆け付けます」

「兄さんを待っている間、籠城戦でもそれなりの犠牲は覚悟すべきかもしれないですね……」

「タクヒールにはまだ早い話ですからね」

俺と兄とのやり取りに、心配顔の母が割り込んできた。

「次回は魔法士達の力も必要になります。彼らだけを戦場に行かせることはできません。そして、父上との取り決めもあります。それに従い従軍し、魔法士達の指揮は私が執ります」

「うーん……」

悩む父に、『あれもこれも、全て貴方が原因でしょうが！』、そう言わんばかりに父を睨む母。

いかん、この話は完全に膠着状態になってしまいそうだ……。俺もちょっと焦りだした。

「弟も既に私の初陣と同じ歳です。男爵家の男として覚悟はできていると思います」

兄さま、ありがとう！　こういう時の兄はすごく頼りになる。

この後も二つの問題に対し、家族会議は紛糾したが、『来年以降なら』と条件付きで俺の初陣が許可された。兄の時と同様に、母は渋々……、だったが。

これで次の災厄回避に、俺が直接関わっていく前提条件は整った！

後は着々と、魔法士たちと共に準備を進めるだけだ。

団長《おに》の猛訓練を乗り越えて……。俺の覚悟も決まった。

第十二話　テイグーン争乱①　襲撃（カイル歴五〇五年　十二歳）

夏が終わり、テイグーン一帯には実りの秋が訪れていた。

町の中はまだ空き地や、建設中の場所も多いが、それなりに町としての体裁は整ってきている。

テイグーンではこれまでと違い、試験農場や空地を利用した臨時耕作地からも、それなりの量の収穫に恵まれ、新しい町で初めての収穫を祝う、収穫祭が執り行われることとなった。

そして初日の夕刻から始まる前夜祭を前に、町全体がちょっとしたお祭り気分に包まれていた。

そんな祝いの場に、不逞な企みで水を差す者たちの影が蠢いていた。


フラン側の関門を越えた荷駄隊の中には、人足に扮した怪しげな一団が紛れ込んでいた。

そのなかで一際体格のいい、獰猛な獣のような目をした男が、薄ら笑いで呟いた。

「へっへっへ、テイグーンの町は呑気にお祭り騒ぎだな。これでは俺たちの仲間が、町の中に紛れ込んでも、誰も気付きやしねぇだろうな」

「そうですな、最も手強い傭兵団の連中も、殆どが魔境に出払っている今こそ、絶好の狙い時だ」

隣にいた男も、舌なめずりをしながら、徐々に近づいてくる町の入り口を見据えている。

「なんでも祭りの最終日に、魔境で狩った魔物を捧げ、ここは今後も安全だと示すらしいですぜ。傭兵団の奴らは、今頃は魔境で魔物の尻でも追っかけて、夢中になっていやがるでしょう」

先行して町に潜入していた者たちが、この一団に合流し、町で得た情報を報告した。

「ここら辺で最も景気のいい町だ、きっと町の中は宝の山だぞ」

最初に呟いた、首領格の男が、彼らを鼓舞する。

テイグーンでは備蓄自体は十分にあったが、バルトの不在時に、急遽実施が決まった収穫祭を行うため、祭りで使用する食料、大量の酒などを、最寄りの町であるフランから輸送していた。

そのため、今は荷馬車や荷駄の隊列が、テイグーンの町に向かい延々と続いている。

期間労働者の割合が非常に高く、しかもその多くが力自慢の工事人足である町の事情もあって、テイグーンでは、こういった物騒な輩が紛れ込んでも、特に目立つことはない。

魔境に入る狩人たちも、一般の狩人とは異なり、命を危険に晒してまで狩りに出る連中である。見た目の印象だけなら、荒くれ者と大差ない。そんな強面の男もここテイグーンでは珍しくない。

そのため、荷駄を押しているこの怪しげな一行も、簡単な確認の後、いとも容易く町の正門を通過し、町の中に侵入することができた。

「にしても、この酒樽の一部に、物騒なものが入っていることを、奴らは気付きもしなかったな」

「ああ、あいつらも祭りで浮かれていやがる。酒がなけりゃ、祭りも盛り上がらねぇってことよ」

「今、町にいるのは兵隊や警備兵、傭兵も含めてせいぜい五十人程度、数で俺たちは倍の人数だ。きっと簡単な仕事に違いねぇさ」

彼らは仕事前から、今回の襲撃成功を確信していた。

荷駄を押して長いスロープを抜けると、目の前には第三区画の整然とした町並みが広がる。

「ほう、まだ建設途中だが、それなりに豊かそうだな」

「これは……、奪うものが沢山ありそうですぜ」

「夜になれば前夜祭で人も集まり、住民どもは浮かれ出すだろう、そうすれば……」

「他はガラ空きになる、というわけですな？」

「楽な仕事だ。奪い放題、殺し放題ってな」

「狙いは領主の館だ。先ずはそこを襲い、たんまり金貨をいただいたあと火をつける」

「火を見た奴らが慌てた隙に、その次は手薄になった商品取引所を襲う」

「そこでいただくものをいただいたら、さっさとヒヨリミ領に抜け、こことはおさらばだ」

「俺たち全員が、何年掛かっても使い切れないほどの金貨が、間もなく手に入るんだぜ」

「あーっ！　夜まで待ち遠しいや。どうだ、景気付けに娼館でも行くか？」

「馬鹿野郎っ！　足がついたらどうするんだ」

「女なんざ帰りがけの駄賃で、かっ攫えばそれで済むだろうが！」

物騒な会話をする怪しい一団が、ギラついた目で町を物色する姿も、祭りの前の喧騒にかき消されていった。


そして夜になった。

町の中央広場では、前夜祭がちょうど始まり、賑やかな喧騒が領主館分館まで届いてくる。

その音と闇に紛れ、密かに第二区画の駐屯兵詰所に近づく一団があった。

「おい！　ここは人目に付く、右手奥の空き地から進め！」

大通り沿いに進むと、通りの左手に駐屯兵詰所、その奥に練兵所が立ち並んでいる。右手は駐屯兵の宿泊施設があり、その更に奥は、今後の増設を見越した空間が、空き地として広がっていた。

空き地は町の区画から段差を登った先にあり、臨時で土を盛った土壁がある。彼らはこの土壁をよじ登り、さらに先に進むと、一段上の第一区画に広がる、農業試験場まで登っていく。

「なんだ、これは！」

農業試験場と領主館分館を区切る位置には、幅十メル程度の深い空堀があったが、辺りは暗闇に包まれ、その深さは全く分からない。

「縄梯子を下ろせっ、こんな面倒くさいもの作りやがって」

首領格の指示で、男たちは縄梯子を伝って下に降りた。暗闇の中、やっとのことで空堀の底まで降りると、今度は堀を登るだけでなく、立派な石造りの城壁がそびえたっていた。

空堀の底から見れば、堀の深さも足して優に十五メルを超える城壁が、果てしなく高く見える。

「この下からですと、上まで縄も梯子も届きませんぜ」

「しかたがねぇ、この堀を伝って正面の門まで移動する。そこから橋をよじ登って上に出るぞ」

一行は、闇を縫って空堀を移動し、正門にある橋の袂まで来ると、橋をよじ登り正門付近で身を隠した。その後、巡回する警備の合間を縫って、持ってきた梯子や縄を使って正門脇から、城壁をよじ登り始めた。

通常であれば、正門前には常時警備の者が佇立《ちょりつ》している筈だった。

ただ今夜は、兵士たちにも可能な限り祭りに参加するよう指示があり、更に祭りの警備で人手が割かれていたため、常駐する者はなく、警備兵が定期的に巡回するだけだった。

彼らはその隙を突き、城壁に辿りつくことができた。

そして、先頭で壁をよじ登っていた盗賊のひとりが、城壁の頂上の石に手をかけた瞬間……。

「うわあぁぁぁっ！」

大きな叫び声と、石が崩れる轟音と共に、真っ逆さまに落下した。

これが彼らの不運の始まりだった。

実は城壁の最上部、壁の一番外側の部分には、賊対策の仕掛けが施してあった。

人の体重程度の大きな力が掛かれば、その部分だけが簡単に崩れ落ちるよう、工夫がされていたため、不幸な一番乗りは、その仕掛けに見事に引っかかり、一気に空堀の底まで落ち絶命した。

「敵襲！」

大きな掛け声と、響き渡る笛の音、領主館分館から兵士と魔法士たちや、巡回していた警備兵が慌ただしく集まり、駐屯兵詰所からも人が駆けつけ始めた。

「ちっ！　仕方ねぇ、気付かれてもこっちの方が人数は多いんだ。奴らを血祭りにあげてゆっくりお宝を頂くとしようや！」

「応っ！　仲間の仇だ。奴ら全員、皆殺しにしてやる！」

首領らしき者の一喝で、盗賊たちは我に返り、集団で兵士たちに襲い掛かり始めた。

◇◇◇

最初の段階で、駐屯兵詰所から駆けつけることができた兵士は、僅か十五名程度だった。

そして領主館分館の正門には、僅か五名の警備兵が集まったに過ぎなかった。

「打ち減らされるなっ、左右の者と連携し防御しつつ、奴らの攻撃を受け流せっ」

多勢に無勢を悟った指揮官は、後退を指示し、全員が防御に徹し始めた。

彼らにできるのは、他の駐屯兵や傭兵団が駆けつけるまで、少しの時間を稼ぐことだけだった。

ただそれでも、圧倒的多数の盗賊たちに包囲され、防戦一方になる状況下で、このまま全滅するのも時間の問題、そう思われるほど、苦しい戦いを強いられていた。

「不埒者っ！　タクヒールさまの治めるテイグーンの町で、狼藉は許しませんっ」

突然、良く通る若い女性の声が、城壁の上から発せられた。

「火炎障壁！」

クレアは、魔法士の戦闘訓練で磨き上げてきた火炎の障壁を、警備兵と賊の間に展開させた。

彼女の目的は警備兵を守ることだったが、不運な一部の盗賊は、足元から突然出現した炎の壁に包まれ、絶叫し火だるまになりながら転げ回った。またある者は、勢い余って炎の壁に突っ込み、全身に大火傷を負いながら戦闘不能になっていった。

クレアの凄まじい怒りと共に、展開される炎の壁は、一分の隙も容赦もなかった。

「火魔法だと？　何故だっ！　こんな辺境に魔法士がっ……」

盗賊たちは、突然魔法士が出現したことに酷く狼狽した声を上げた。

ソリス男爵家が抱える魔法士の多くは、その存在が秘匿されており、盗賊程度がその秘事を知る由もなかった。

「我らはテイグーンの町を守護する者。ここは貴様ら風情が土足で踏み込んでいい場所ではない」

炎の障壁で辺りが明るくなったことで、彼らに寸分違わぬ正確な矢が放たれ始めた。

城壁の上からの撃ち下ろしで、この距離ならクリストフの弓は百発百中だ。


祭りの期間中、領主館分館では、バルト、クラン、ローザ、ミアを除く十一名の魔法士たちが、交代で居残り、領主館の警備にあたっていた。

その中でも、最も攻撃力の高い二人がいる時に襲って来た彼らは、とことん運がなかった。

こうして、テイグーン騒乱の夜は始まった。木霊《こだま》する絶叫と、大地を赤く染めた炎に彩られて。

第十三話　テイグーン争乱②　暗躍（カイル歴五〇五年　十二歳）

第一区画の正門前には、盗賊たちを分断するかのように激しい炎の壁が展開され、城壁の上からは正確無比な矢が、次々と撃ち下ろされ、盗賊たちの戦力は目に見えて削られ始めた。

「一旦町中まで引けっ！　数は俺達の方が多いんだっ」

首領格の男が叫ぶと、彼らは当初の目的であった領主館の襲撃を諦め、この危険な場所から、町の中心である中央広場に向かって逃走を始めた。

だがそれも、簡単なことではなかった。逃げようとする方向には、行く手を遮るように炎の壁が現れ、まごついていると、容赦のない矢が飛んでくるからだ。撤退しようとした彼らは、信じられないほどの距離から、凄まじい威力の矢を受けて、次々と斃《たお》れていった。


この時点で既に二十名近くの損害を出し、八割程度にまで減った一団は、第三区画へ逃走した。

「魔法士がいるなんて聞いてなかったぞ。いいか、この先に兵士がいたとしても数は少ない。奴らを蹴散らしながら、各所を襲い獲物をいただいてから逃げるぞ！」

まだこの時点で彼らに焦りはなかった。

奇襲には失敗したが、今テイグーンに駐留する兵は、警備兵や傭兵団を足してもせいぜい五十名程度、先ほどの場所には二十名程の兵がいたので、前方にはせいぜい三十名程度しかいないはず。

盗賊たちの人数、八十人対三十人なら、十分互角以上に戦い、蹴散らすこともできるだろう。

だが彼らの思惑は大きく外れた。

中央広場の方向から、彼らに向かって道を埋め尽くすばかりの数で武装した者たちが押し寄せ、一定距離まで近づくと一斉に矢を放ってきた。彼らは予想外の攻撃と、降り注ぐ矢の多さに驚き、真っすぐに伸びた道以外に逃げ場もなく、矢を受けて斃れる者が続出した。

「な、なんだこの人数は！　五十やそこらの人数じゃねぇぞ！」

「俺たちより数が多いじゃねぇか！　お前ら！　今すぐ裏通りに逃げ込めっ！」

盗賊たちは、祭りの最中に虚を突き、奇襲するつもりだったが予想外の反撃を受け、逃げようにも、前方から信じられない数の迎撃を受けたことで狼狽し、完全に混乱状態となっていた。

集団としてまともに戦うこともできなくなった彼らは、前方から降り注ぐ矢を受け、散り散りになって裏通りに逃げ込んだが、その人数は、当初の半分以下でしかなかった。


実際に盗賊たちが集めていた情報は正しく、この時中央広場方面から迎撃に出た兵は、傭兵団を中心とした二十名程度でしかなかった。ただ、それに加わる者たちが数多くいただけだ。

エストール領には日頃の娯楽や射的大会などで、クロスボウの腕を磨いた者がそこら中にいる。

もちろんテイグーンの住民や、人足の多くも例外ではない。彼らも日々町の射的場を訪れていた。

そしてテイグーンでは、タクヒールの指示で特別な試みが実践されていた。住民たちや人足は、定期的に行われる避難訓練や防衛訓練を通じて、こういった時の対応も準備がなされていたのだ。

そのため、住民たちは速やかに避難するとともに、腕に覚えのある者たちはいつもの訓練通り、射的場などからクロスボウを受け取り、迎撃の準備を整えて待ち構えていた。その数百名以上。

彼らは傭兵団や兵士の指示に従い、向かってくる盗賊たちに矢を放っていたのだった。

彼らの心の中にも等しく、凄まじい怒りの炎が燃え盛っていた。

「せっかく苦労して築きあげた、俺たちの町に何てことしやがる！」

「せっかくの祭りを、俺たちの祭りをブチ壊しやがって！」

「無粋な奴等め！　領主さまのためにこの町を守る！」

怒りに燃えた彼らは、即席の弓箭兵部隊となり、迎撃に出た兵に続き、盗賊たちを追い詰めた。

最終的に二十名以下に減った盗賊たちは、立場を逆転されて多勢に無勢となり、追い立てられて順次捕縛されていった。


この盗賊たちの醜態を、ひっそり物陰で眺めている、鍛え上げられた体躯の男たちがいた。

「ちっ、役に立たん奴らだ」

「せっかく良い獲物に誘導してやったのに、このような醜態を晒すとは……」

「せめて領主館だけでも、焼き討ちに成功していれば良いものを」

「前回も煮え湯を飲まされたのだ、今回こそ本懐を成し遂げねば、我らの立つ瀬がないぞ」

暗闇の中、盗賊たちに対して毒づく一団は、盗賊や元農民を唆し、昨年エストの街を襲撃させた者たちだった。彼らは今回も盗賊たちの首尾を確認するため、テイグーンに潜んでいた。

「どうする？　このままでは、王都よりわざわざご足労いただいたエロール様に顔向けできんぞ」

「それより、我らが忠誠を誓うあの方の、ご期待に添えなくなってしまう方が問題だ」

「我が領地の困窮を尻目に、我が世の春を謳歌するこの地に、裁きの鉄槌を下さねばならん」

「……そうだな。今回も失敗し、このまま何の成果もなく帰ることはできないだろう。町全体が混乱している今、戦える者は皆、奴らが引き付けてくれている。この機に乗じて手薄な商品取引所を

「我らで襲撃し、せめてもの手土産とするか？」

「そうだな、罪は奴らが全て被ってくれるだろうよ」

「我ら七名であっても、ろくな警備もないなか襲えば、それなりに成果も挙がるだろうな」

そう会話すると、彼らの姿は再び暗闇に消え、闇に紛れて町の一角を目指し移動していった。


テイグーンの町にある、公営の商品取引所はこの日、夜間も臨時で営業していた。

今のところ、領民たちの食糧や生活必需品の多くは、バルトがフランからテイグーンに輸送しており、ここでは、領民たちが個人で購入したり、商人や飲食店が仕入れを行ったりしている。

ここの仕組みとして、まとめ買いなどの大口購入については、二割程度の割引が適用されているため、敢えて個人や商人が、飲食店用の大口購入用窓口で商品を買い、それらを露店にて一般客に販売する者たちもいる。露店ならいちいちカウンターに並ぶこともなく、目の前に並べられた商品を購入でき、しかも購入者が払う代金はさほど変わらない。その気軽さから、好んで露店で商品を買う者も多く、商品取引所は露店などの小規模店舗を支え、共存できるように配慮されていた。

テイグーンでの生活を支える商品取引所は、常に混雑しており、まるで役所の窓口のように長く伸びたカウンターが並び、応接室や商談室を除けば、従業員はカウンターの内側、購入者は外側で窓口越しに受付する形になっていた。

そして防犯上の観点から、カウンター内部は分厚い木の格子や、頑丈な扉で守られており、外側から侵入できない構造にされているため、主に受付所出身の、女性職員たちで運営されている。

「ぐわっ！」

突然暗闇から現れた男が、商品取引所の入口に立つ警備兵に切り掛かった。

深手を負い、倒れた警備兵を踏み越えて、覆面をした一団がカウンターに雪崩れ込んで来た。

「目撃者は全員殺せ！」

「奴らの仕業に見せるため、持てるだけの金貨は奪っていけ」

「悪く思うなよ。蕪男爵の下で働いた、自身の愚かさを嘆くがいい」

口々にそう話す男たちは、先頭の男の合図で、続く六人がカウンターを越えて侵入を試みた。

先の騒動で来客は居ないが、残っている職員は女性ばかり十名ほどしかおらず、兵士として訓練を受けた彼らにとって、襲撃は至極簡単な仕事、そう思われていた。

ところがカウンターを蹴破ろうとした者たちは、ことごとく失敗した。思ったよりも頑丈な木の格子に阻まれ、無様に弾き返されていた。

「アイラ、みんな！　準備を！」

職員の一人であるリリアが、よく通る声を上げると、全員が一瞬テーブルから身を屈めた。

「ぐわっ！」

カウンターの上で勢いをつけ、開口部を蹴破って侵入しようとした賊の一人が、短い絶叫とともにのけ反り、そのまま反対側に倒れた。格子の向こう側では、最初に声を上げたリリアが、手に何かを持ち、切っ先を彼らに向けて構えていた。

「なっ！　なんだそれはっ」

倒れた者の隣にいた賊は、仲間の胸に深く刺さった短い矢を見て、思わず声を上げた。

同時にカウンター内部の女性達が一斉に、クロスボウに似た武器を構え始めた。

「一射目だけ気を付けろ、一度撃ってしまえば再装填まで時間がかかる」

気を取り直した彼らが、冷静に状況を分析し、再びカウンター内部に侵入しようと試みた。

だが事態は彼らの予想を裏切った。

「そんな筈っ、あの、武器は……、一体……」

襲撃者の一人が消失しかける意識のなか、かろうじて辺りを見回すと、先程まで周りにいた五人も全て、仰向けになって床に倒れていた。それぞれが数本の矢を胸に突き立てて……。

彼自身、射線を読んで一射目を躱し、あり得ないことだが連続して放たれた二射目も躱した。

だが、更に三射目、四射目、五射目と、矢は連続して一人の女性から放たれ、驚愕している間にも次々と矢を受け、遂には致命傷を負い床に倒れてしまった。

「この、ことを……、報告、しなければ……。リュ……、さ、ま……」

既に彼の思いは声にはならない。心でそう思ったところで、彼の意識は永遠に途絶えていた。

侵入した、腕に覚えのある七人の賊たちは、女性達の手によって全て撃退されてしまった。

商品取引所で女性たちが活躍していたころ、町を挙げて、逃げ散った盗賊の追捕が行われていた。

クロスボウを持った領民たちと兵士が協力し、町中をしらみ潰しに捜索した結果、各所で盗賊たちは追い詰められ、討ち取られるか捕縛されていった。こうして真夜中になる頃には、ほぼ全ての賊を討ち取るか捕縛したが、それでも、夜が明けるまでは警戒態勢が続いた。

なお、幸いだったのは町の住民には死者はなく軽傷者のみで、兵士や警備兵も数名の重傷者と、二十名近い負傷者を出していたが、ローザやミアの活躍で、瀕死の者も命を取り留め、傷の軽い者たちは既に完治していることだった。


テイグーンの町で初めて行われた収穫祭は、闖入《ちんにゅう》者により血塗られたものとなった。

幸いにもタクヒールらの陣営で、亡くなった者はなく、負傷者も命を取り留めていたが、全貌が明らかになるまで、祭りを継続することも、中止することもできないでいた。

いずれにしろ、闖入者の妨害に屈することはない。

取り急ぎ捜査を行い、襲撃者の正体や背景を暴くこと。これらを優先して、落ち着いた後には、前夜祭からの仕切り直しが行われる旨、町中に通達された。

「今回の襲撃……、腑に落ちない点が多過ぎるな。いずれ色々と調査をすすめないとダメだな」

当初は、盗賊の襲撃に怒り心頭だったタクヒールたちも、そう考える余裕が生まれつつあった。

その答えは、意外に早く彼らに知れ渡ることになる。前回の歴史から始まる因縁を以て……。

第十四話　テイグーン争乱③　黒幕（カイル歴五〇五年　十二歳）

盗賊たちの襲撃から一夜明けた。明るくなって改めて、町中の捜索がくまなく行われた。

定住者や期間労働者以外で、町を訪れていた者たち全ての身元確認が済み、恐らく全ての盗賊が捕縛または討ち取られたであろうことが確認された。

町は安堵の声と、改めて彼らに対する怒りの声で溢れていたが、一部の者たちは、今回の襲撃に大きな疑念を抱いていた。


「駐屯兵詰所で生き残りの取り調べを進めていますが、腑に落ちない点が幾つもあります。彼らはこのテイグーン一帯の開発で、金貨二万枚の資金があることや、傭兵団が魔境に出掛けて不在であることも、どうやら事前に知っていた素振りが窺えます」

ミザリーの言葉に、その場に居合わせた全員が息をのんだ。

「ハストブルグ辺境伯からの融資に関わる詳細は、領内でも一部の上層部や、テイグーン行政府で働く関係者しか知らないことです」

ミザリーが深刻な顔をしながら続けた。

「うん、多分身内じゃないよ。近隣の貴族たちも知っている話だし、そちらの方が怪しいかな？」

俺はミザリーの抱いていた懸念に対し、優しく回答した。

辺境伯からの融資について、そしてテイグーンの発展を妬んでいる貴族も、きっと存在する。

正直言って……、二万枚の金貨は既に半分以上を開発費で使ってしまっており、年が明けて税収が入るまでは、さほど残っていないのだけど……。

「商品取引所を襲った連中は、その身なりや覆面をしていたことなど、明らかに他の盗賊たちとは異なる点が多く、遺留品に身元が分かるものは、一切残されていませんでした。ただ、身体の様子や手の状態から、明らかに兵士として訓練を受けた者たちのようです」

現場を検視したクリストフからも報告が上がった。

「襲撃時の様子でも、奴らは気になる発言をしています」

彼らを撃退した女性たちからも、クレアが気になる報告を拾い上げていた。

奴らはその場に、女性ばかりが十名しか居なかったことに油断し、不用意な言葉を残していた。

『目撃者は殺せ』

『奴らの仕業に見せるため』

『蕪男爵……』

これらの言葉からは、今回の騒乱には黒幕が存在し、盗賊たちを手引きした上で、テイグーンを襲撃させ、ソリス男爵家の弱体化を狙う、そんな絵を描いている誰かがいることが推察できる。

「では、黒幕たちの目論見が、今回は失敗に終わったとしても、今後も安心できませんね……」

クリストフがそう言ったタイミングで、新たな急報が入った。

「魔境側の仮関門にヒヨリミ子爵の軍が現れました。その数、恐らく二百名前後かと思われます！　野盗の襲撃を受けたテイグーンへの援軍と称して、強引に関門を通過しつつあります」

「何故勝手に奴らを通したっ！」

クリストフが怒り心頭で使者を怒鳴る。

まぁ、報告に来た兵を責める訳にはいかない。両者をなだめつつ、俺は改めて思った。

今は平時であり、しかも同じ陣営の貴族、通過を断る理由はない。通常なら儀礼として、先触れを出し、事前に相手の了承を得るものだが、野盗に襲われている町の救援ならそんな猶予はない。

緊急措置、そういう名目で押し通っても十分言い訳は立つ。

「ふぅ、やっぱりか……」

俺は大きなため息を吐いてから、改めて皆を見回した。

「これで黒幕もはっきりしたな。まさか自分たちで名乗り出るとは、思ってもみなかったけどね」

はっきり言って証拠はない。なので表立って反撃はできないが、このまま黙っているのも癪だ。

……、やっちゃおうか？

「ちょっと、みんなに急ぎ話を通してもらえるかな？」

俺は急遽、町中の皆に向けて、新しい指示を出した。

◇◇◇

暫くして、ちょうどこちらの準備が整ったころに、奴は現れた。

「やぁ、タクヒールどの、此度は災難であったな」

軍の先頭に立つ男は、城門を出て彼らを出迎えた俺に、馬上から声を掛けてきた。

ヒヨリミ子爵軍二百名は、テイグーンの町に設けられた正門前まで来ると、まるで威嚇するかの如く半包囲する陣を敷き、今にも攻城戦が始まるかのような戦闘態勢を取っていた。

俺はひとり、悠然と騎馬に乗り、彼らの前まで進み出た。

「これはこれは、ヒヨリミ子爵家のエロールさま、突然のご来訪いかがされましたか？ またこの物々しさ、一体どういうことでしょう？」

俺は敢えてすっとぼけて、あくまでものん気に質問した。

「いや、我らが盟友たるソリス男爵領に、大規模な野盗の襲撃があったと聞いたのでな。たまたま我らも奴らの出没情報を入手していた故、我が領地の魔境側を警戒していたのだ」

「それはご苦労様です。それが何故こちらまで？」

俺は腸が煮えくり返る思いを隠し、平然と言葉を返した。

「そこよ！ 周辺に物見を放ち警戒していたところに、テイグーン危急を聞き、其方らの戦力では到底支えきれんと思って、増援のため精鋭を率いて駆け付けたまでよ。我らなら野盗など恐れるに足らんわ。立ちどころに撃退してみせようぞ。領民たちを守るため、協力を惜しまんつもりだ」

えっと……、翻訳したらこんな感じか？
・日頃から疎ましく思っていたソリス男爵領に、野盗が襲撃するよう仕込んでみた

・野盗たちの戦果も気になるし、少し離れた所からテイグーンの様子をずっと窺っていた
・そろそろ期待通り兵は全滅し、町も悲惨な状況になっているだろうと思って行動を開始した
・予め用意していた軍勢を率いて駆けつけ、助ければ、恩を着せる良い機会となると考えている
・その後は駐留兵の四倍の兵力で、有無を言わせずテイグーンを実効支配しようと思う

見え透いているし……、面倒くさい奴だ。

「これはどうも、皆さまの多大なるご厚情、感謝に絶えません。エロールさまもわざわざのご出馬、誠にありがとうございます」

「さもあろう、さもあろうて。さ、さ、直ちに城門を開き我らに活躍の場を与えたまえ。当面の間盗賊や魔物の襲撃などの不安もあろう？　我が精鋭二百名がテイグーンを守る盾となろう。なに、礼など気にせずともよい、其方と俺の仲だ。鉱山の恵みを、共に分かち合えば良いことよ」

『……、誰がお前との仲だよ』

「この町の統治も、まだ幼い其方には少々荷が重いのではないか？　男爵も罪なことをなされる。我らが代わって、町の開発や統治を進めていけば、今後はこのような事態にもなるまい。我が陣営には知恵者も多く、辺境伯が其方に託されている投資を、十分に活用できる術もある。見事それらを成し遂げて、互いに面目を保とうではないか？」

『……、俺が望んで、そうしたのですが？　それ以前に金よこせって、もう使っちまったよ』

俺が黙って聞いていれば言いたい放題、一気に自分の都合をまくしたてて悦に入っていやがる。

うん、君、頭の中お花畑状態だよね？　何故俺が、君の都合に合わせる必要があるのかなぁ？

自作自演の盗賊退治をしてやるから、鉱山の利権よこせ。

今後も盗賊団に荒らされないよう、連れてきた兵士を町に駐屯させろ。

町の開発も俺たちが面倒見てやるから、辺境伯から預かった金貨をよこせ。

えっと……、君たちの方が立派な盗賊だと、もしかしてこの僕ちゃんは気付いてないのかな？

「エロールさま、重ねてのお言葉、痛み入ります。ただ折角ですが、既に不逞の輩は全て捕縛または討ち取ってございます。更に盗賊共を指揮していたと思われる七名も、婦女子への暴行と強盗を働きました故、全員討ち取りました」

「そ、そうか、ただ盗賊団も相当な数だったと聞くが、守備する兵も心もとないのではないか？」

「幸い被害は非常に軽微で……、ご心配にはあたりません」

俺はさっと右手を上げた。

完全武装した傭兵団を含む駐屯兵約五十騎が、門から出て整然と並んだ。

エロール（の野郎）は一瞬、意外な顔をしたがすぐに不遜な目つきになった。

「被害が軽微なのは重畳、だがそれでもここを支えるには足るまい。我らは二百名いるのだぞ」

「はて？」

俺は奴の言葉を反芻した。

この二百名を相手にして戦っても、たった五十騎で何ができるというのだ？

この二百名の兵力こそ、今後ここを守るために必要だろう。そんなことも分からないか？

どちらにも取れる微妙な言い方だった。

「エロールさまのご心配はもっともなことだと思います。実は我らも、今後の盗賊などの襲撃に備え訓練中でした。これをご覧いただき、エロールさまのご意見をいただければ幸いです」

今度は掲げていた右手を前に振った。

整列していた騎兵たちが駆け出し、二百メル程度先まで進むと、赤い旗を設置し一角を囲んだ。

更に三百メル程度先には、的となる人型の金属版を二枚立て掛けた。

一体何が始まるのかと、エロールを始め、ヒヨリミ子爵軍の兵たちは茫然とそれを見ていた。

「ソリス弓箭兵、目標左前方の標識内、長距離制圧射撃準備！」

俺は殊更大きな声で叫ぶと、今度は左手を大きく掲げた。

それを合図に、正門の城壁上に潜んでいた約四百名の領民たちが、一斉に立ち上がり、一瞬だけ彼らに照準を当て、次にゆっくりとした動作で標的、赤い旗の位置に向けクロスボウを構えた。

「んんなぁっ！」

予想もしなかった四百名もの兵士の出現に、エロールは思わず狼狽した声を上げた。

そりゃそうだよね、四倍の兵力で包囲したつもりが、逆に自分たちに倍する兵力が出現し、包囲されている状況になったのだから……。しかも一瞬とはいえ、その四百名に狙われたのだから。

俺は奴に思いっきり作り笑顔を見せてやった。

「構えっ、よーい、撃てっ！」

俺の号令で四百本もの矢が一斉に放たれ、風を切る轟音と共に飛翔する。そして赤い旗で区切られた場所に全ての矢が突き立った……。

実はこれは、裏に隠れていたクリストフとカーリーンが風魔法をこっそり使い、射程距離の延長と標識内へ矢の誘導を行っていた結果である。

「な、な、なっ！」

奴から見れば、弓箭兵たちの熟練技を見せつけられ、驚愕して唖然とするしかないだろう。

さて……、ダメ押しと行きますか。

「これより敵指揮官を狙撃する！　超長距離狙撃斉射、目標三百メル、構えっ」

俺の言葉と共に、先の四百名は姿を隠し、二人だけが城壁上で立ち上がった。

「よーい、撃てっ！」

矢次ぎ早の指示のもと、今度は秘匿されているエストールボウを使用して、クリストフとカーリーンが射撃を行う。

そして数瞬後、見事に二つの人型をした的の心臓部分に、二本の矢が深く突き刺さった。

それにしても、誰だ？　標的に奴がしているのと同じ色のマントを纏わせたのは？

「……」

奴は微動だにせず、呆然と口を開けて、ただじっと金属板を見つめていた。

俺は暗に、あの程度の距離なら、十分に賊（エロール）を撃ち抜けると見せつけた形になった。

「いかがでしょうか？　野盗たちも首領を討ち取れば単なる烏合の衆、我が弓箭兵はたとえ鎧に身を包んでいたとしても、あの程度の距離なら容易く打ち抜きます。どうか、ご安心ください。此方は僅か五百名足らずですが、昨夜早馬を出しましたので、鉄騎兵百騎も間もなく到着します」

予想の何段も斜め上を突かれ、既にエロールは放心状態であった。

彼が率い、我々を威圧していた二百名の兵士たちも、今や完全に萎縮していた。

供周りと思しき男に誘われ、エロールは項垂れたまま無言で馬首をめぐらせると、兵士たちもその後に続き、すごすごともと来た道を戻っていった。

俺は薄ら笑いを浮かべ、撤退する彼らを見送った。

心の中では……。

『もう二度と、彼らがここに来ることがありませんように』

そう祈りながら。


テイグーン騒乱の第二幕も、こうして無事に幕を閉じた。俺たちの完勝という形で。

だがこの事件が、後の俺たちに大きな影響を及ぼすことに、俺自身はまだ気付いていなかった。

後日になって俺はそれを、苦々しい思いで再認識させられることになる……。

第十五話　テイグーン争乱④　後日談（カイル歴五〇五年　十二歳）

エロールたち、招かれざる客を迎えた日の午後、俺はヴァイス団長と今後の打ち合わせをしながら談笑していた。団長は、盗賊の襲撃とヒヨリミ軍来訪の報せを受け、急遽引き返して来ていた。

「あの時のバカ息子（エロール）の惚け面、団長にもお見せしたかったです」

「先ずは皆さまがご無事でなによりです。それにしても……、こうも早く、そして露骨に仕掛けてくるとは、思ってもみませんでしたね」

「はい、私もその点、油断していたと大いに反省しています」

「ヒヨリミ軍の関門通過を許したことも、今後は検討事項とせねばなりませんなぁ」

「団長の仰る通りですね。正式な関門もまだ完成してない上に、人手不足も大きな要因の一つですが、憂慮すべきは想定外の出来事に対する対応、指揮命令系統が未熟かつ不十分でした」

「それにしても……、彼らはタクヒールさまの嵌め手に、見事に引っ掛かりましたね」

「まぁ、居る筈のない兵士が、四百名も突然現れたのですからね。誰でも驚くでしょうね」

そう、ヒヨリミ子爵次男のエロールは、援軍を名目に押し掛けて、テイグーン一帯の乗っ取りを企んだが、自軍に倍する精鋭に包囲されていると知り、一気に恐怖に駆られて、すごすごと馬首を巡らせ帰って行った。

まぁ今頃は多分、ショックから覚めて地団駄を踏んでいることだろう。

実を言うと、彼らを城壁の上から取り囲んだ弓箭兵、彼らは兵士でもなんでもない。

本来は町の防衛訓練に参加していた領民たちで、昨夜の襲撃でもクロスボウを持って奮戦した者たちや、単に射的場で射撃訓練を積んだ経験があるだけの、普通の領民たちだった。

俺が新たに編成を進めている、自警団と呼ばれたこの組織には、女性や十五歳前後の少年少女も交じっている。エロールを始め、ヒヨリミ子爵軍の兵士たちは、まず彼らの出現に驚き、矢継ぎ早に出される指示と射撃、これに驚愕するあまり、離れた城壁上にいる彼らの、容姿や服装を注意して観察する余裕が無かった。俺も敢えてそうさせないよう、彼らの注意を他に向けさせていた。

テイグーン独自の取り組みとして、避難訓練や防衛訓練などを定期的に行い、準備を進めてきたのには幾つか理由があった。それもあって、たまたま今回は色んな点で事なきを得たに過ぎない。

ひとつ、魔境に隣接した立地では、どうしても魔物襲来の危険性を孕んでいること。

ひとつ、最辺境の地は一般的に治安も悪く、野盗や盗賊による被害や根拠地になりやすいこと。

この二点について、俺は最初から懸念していた。

入植が始まる前、昔のテイグーンなら目ぼしい獲物も少なく、狙われることもあまりなかったと思う。だが、開拓が進めば町も豊かになり、人や家畜が増えれば当然、危険性も飛躍的に高まる。

そのため、それらに対する訓練を、予め領民たちに課し、共に実施していた。更に、他にも防衛に関わる工夫を幾つも準備していた。

一つ目は新兵器の配備だ。

俺はゲルド工房長に追加発注した諸葛弩弓を、全てここに持ち込んでいる。女性でも簡単に扱うことが可能で、十回まで連射できるが、命中率と射程距離に劣り、鎧を貫通する威力は弱く、一見すると使い勝手の悪い武器だ。

それでも当初から俺は、使用目的さえ絞れば、十分に役立つ兵器だと考えていた。

そのため、最も適切な配置として商品取引所、行政府と領主館分館にそれぞれ配備している。

これらはテイグーンの町のなかでも、金貨や人が集まる場所であり、狙われやすい場所だ。

そこに諸葛弩弓を配備し、働く者たち全員に対して、定期的に射撃訓練も実施していた。

今回の襲撃でも、商品取引所のカウンター越しでの接近戦では、男性に比べ非力な女性が使える武器として、その連射性を十分活かすことができた。彼女たちの放つ矢を受け賊は全滅した。

今後も使用する場面を限り、適材適所で配備するために、二百台の追加発注を決めている。

二つ目は自警団を核とした独自の防衛戦略を策定した点だ。

元々エストール領内でクロスボウを活用した射的場、射的大会などを開催する目的のひとつに、領民の戦力化があった。テイグーンではそれをもう一歩進め、領民から成る自警団を組織し、定期的に幾つかの状況に応じた訓練を行っている。

自警団は定住者からだけでなく、他の町や村から出稼ぎで来ていた期間労働者にも門戸を開き、積極的に参加してもらうようにしている。当然だが、訓練参加者には手当も支給している。

自分たちの身を守る訓練というだけでなく、参加者には手当も出ることで、訓練には男女問わず四百名程度が毎回参加している。自警団では年齢制限も十五歳以上とし、性別も問わなかった。

更に自警団用に五百台以上のクロスボウを配備し、町の複数箇所に分散して配備しており、緊急時には真っ先に倉庫を開き、各自が速やかに受け取れるように手配していた。

今回、盗賊の襲撃に対し、即座に多くの領民が対応できた背景には、こういった事情があった。


三つ目は、領主館分館の防衛体制だ。

常に人手が不足しているなか、領主館分館の警備に割ける人員は、平時でも限られていた。

そこで、ヴァイス団長とも相談し、人手で補えない部分は、罠を張り対応することにした。

因みに、盗賊が掛かった城壁上の罠は、日本で子供の頃に読んだ、戦国時代にも採用されていた城壁防衛手段にヒントを貰った。他にも、領主館分館に居住する者と、限られた一部の者しか知らされていない、落とし穴や罠などが随所に仕掛けられている。

警笛によって、すぐ下の駐屯兵詰所から、兵士がすぐに駆け付けられるようにもしていた。

今回は、こういった事前の準備が役にたった。まぁ、他にも色々と対策を考えている点はあるのだけれど……。今の俺には、ヴァイス団長という優秀な参謀がいることが一番大きい。

「それにしても、テイグーンの守りは一層強化する必要がありますな」

「そうですね、あのバカは以前から懸念していたこと、国境から魔境の境を縫って進み、テイグーンへと到達できる道筋を示してしまいました。これは大きな問題として捉えています」

そう、ヴァイス団長を囲い込めた結果、前回の歴史の最後に受けたとどめの一撃、グリフォニア帝国の侵攻ルートを封じたつもりでいた。正直、このルートで侵攻されると、ソリス男爵領はひとたまりもないし、カイル王国全体でも、柔らかい脇腹を衝かれることになりかねない。

エロールを撃退できた喜びで、俺はこの脅威に気付かず有頂天になっていた。

落ち着いてから俺は、改めてこの事実に思い至り、愕然としていた。もはやこの経路が、周知の事実となってしまったのだから……。

まぁヴァイスさん以外は、大軍を運用してテイグーンを急襲するなんて芸当、とてもできないとは思うけど……。俺は歴史がもたらす悪意、それを改めて意識することになった。


因みに、収穫祭は仕切り直しを行い、日程を一日短くした上で、祭りの開始は二日ほど後ろ倒しのうえ再開した。

この前夜祭の冒頭には、協力してくれた領民たちへの酒と食事の大盤振る舞い、自警団への臨時報酬、商品取引所で活躍した女性たちの表彰と褒賞授与を行い、大いに盛り上がった。

そしてこの前夜祭では、もうひとつ小さな出来事があった。それは俺の、いや、俺や仲間たちだけでなくテイグーンの、そしてエストール領の運命を、この先大きく変えることに繋がる話だが、俺自身はまだそのことに気付いておらず、それが形となって表れるのは暫く後のことになる……。

　この祭りが終わった後、改めて駐留兵について再編成を行い、自警団からの新規雇用も進めた。

その結果、この町の兵員規模も一新し、大きな進化を遂げるに至った。

◇テイグーンの町　カイル歴五〇五年　秋時点
滞在人口　一二〇〇人（定住者六〇〇人、期間労働者六〇〇人）
常備兵　七〇人（二〇名から増員、主に兼業兵や自警団などから採用）
兼業兵　八〇人（三〇名から増員、主に自警団から採用）
臨時駐屯兵　五〇騎（エストより鉄騎兵団が交代で派遣）
双頭の鷹傭兵団　八〇人（うち三〇名は魔境側の関門防衛専任）

◇各兵力配置
テイグーン　常備兵四〇名、兼業兵二〇名
鉱山　常備兵一〇名、兼業兵二〇名
魔境側関門　常備兵一〇名、傭兵団三〇名
フラン側関門　常備兵一〇名、兼業兵一〇名
遊撃部隊　鉄騎兵五〇騎、傭兵団五〇騎

◇テイグーンでの動員兵力と出征可能兵力
ソリス男爵軍　二〇〇名　（出征可能一二〇名　※鉄騎兵団五〇名を含む）
傭兵団　八〇名　（出征可能　五〇名）
自警団　四〇〇名　（出征可能　なし）

こうして見ると……、一年目だけどそれなりになったよね？　増えた町の人口、千二百名に対し兵員数は突出したため、財政負担が大きくなったことは悩みの種だけど、背に腹は代えられない。

因みに、鉄騎兵五十騎は、父が盗賊の襲撃や前後の事情を知って激怒し、俺たちのために二百名の鉄騎兵団から、週替わりで五十騎をテイグーンに派遣し、常駐させてくれている。

自警団の新規補充も進み、半数以上は出稼ぎに来ている、期間労働者たちを採用していった。

ここは賃金も高く物価は安い。住みやすさを感じ、将来は移住してくれると嬉しいのだが……。

物価を安く抑えられたのには理由がある。食料や生活必需品は毎回、フランやエストにて安価で大量購入している。輸送はバルトの空間収納で行い、輸送費はタダ同然だから可能な裏技だった。

少しでも早く開発を安定させ、工事関係以外の仕事も充実させて、移住者をもう少し増やしたい。

まだまだではあるが、少しずつ、そして確実に、テイグーンは町として整いつつある。

町を支える全てが、まだ発展途上だが、俺達が住まう理想の町として着実に進化を続けている。

第十六話　第二回最上位大会と蠢動する者たち（カイル歴五〇五年　十二歳）

テイグーン騒乱の対応も落ち着き、俺はエストの街を訪れている。

定例会議の出席と、二回目の最上位（チャンピオン）大会が行われるためだ。

兄を除くいつものメンバーで定例会議は始まった。


「これより定例会議を始める」

父の進行で定例会議が始まった。

「ダレクより、タクヒールに向けて文が来ておる。学園でも、将来性が見込める文官候補の学生が沢山いるとのことだ。身分の壁に阻まれ、平民では主要な仕事にも就けず、あたら有為の人材が埋もれているらしい。エストール領、特にテイグーン開発の話に興味を持った学生を、何人か紹介してくれるそうだ」

「それは何よりの朗報です。今は文官の数が足りず苦労しております。凄くありがたいお話です」

「ところでテイグーンの状況はどうだ？」

「はい、父上が鉄騎兵五十騎を、交代で駐留するよう手配してくれたお陰で、治安や人心の安定に寄与しています。入植も順調に進んでおり、期間労働者と入植者の割合を今の五対五から、三対七にする事を目標としています。鉱山の開発も順調で、テイグーンだけでなくフランの発展にも、大きく寄与していると考えています。いずれ街道が整備されれば、流通面でも自立できるようになると思います」

「では現状で何か懸念はないのか？」

「特にありませんが、唯一の懸念はヒヨリミ子爵側の蠢動と魔境側からの敵の侵入です。今後も何を仕掛けてくるかわかりません。油断や慢心は禁物とし、対策を進め、加えて魔境側のルート、国境から魔境を抜けてくる侵攻に備え、目下、関門の要塞化など工事を進めています」

「では当分……、工事は続きそうだな」

「はい、そのため今少し魔法士の増員を検討中です。以前の取り決めに従い、魔法適性確認費用、発見後の褒賞、俸給などの支援は不要ですが、テイグーンで抱え込むことをご許可ください」

「こちらの負担がないのであれば問題ないが……、因みにどのぐらい目途がついているのだ？」

「こればかりは試してみないと分かりませんが……、二名から十名ほどを予定しております」

「はぁっ？　……まぁ……、其方の好きにするが良かろう」

父は呆れて開いた口が塞がらないようだったが、これでも俺は控えめに伝えたつもりだった。

実は、候補者だけなら三十名前後はいる。あくまでも候補者で、予定ではないけれど……。

「ところで父上、チャンピオン大会については今どうなっていますか？　来賓の状況が気になります。あと、今回も胴元をされる予定ですか？」

「状況が状況なのでな……、グリフォニア帝国の動向も気になる中、みな領内の対応で手一杯だ。

そのため、来賓や他領のことは気にせずとも良かろう。胴元も全てお前に預ける」

「では今回は、その前提で対応させていただきます」

俺はちょっとだけ楽ができると安心した。

今回の最上位大会だが、大会参加者としてこちらに来ているのは、クリストフ、ゲイル、ゴルドの三人だけで、前回優勝者のカーリーンは本人の希望で参加を辞退し、実行委員側でクレアたちと共に運営に携わることになっている。ただ開催前に、昨年優勝者として腕前を披露する予定だ。


最上位大会のなかで、昨年と変わった点が幾つかある。

そのひとつは、勝者投票券の購入がエストの街に加え、フラン、マーズ、フォボス、テイグーンと、新たに四つの町で購入できるようになったことだ。


ひとつ、エスト以外は、オッズなどのリアルタイムの情報は一切ないこと。

ひとつ、エスト以外は、投票券の購入は開催八日前から始まり、六日前に締め切られること。

ひとつ、エストのみ、以前と変わらぬ運用を行うこと。

ひとつ、換金は購入した町でしか受け付けないこと。


これらの条件を付け、わざわざエストに行かなくても買えるようにした。

この影響は非常に大きく、大会はエストだけのお祭りからエストール領全体のお祭りとなった。

結果として投票券販売は大いに賑わったが、受付所の負担も大きくなってしまった。販売時期をエストとずらして乗り切ったとはいえ、クレアを始め多くの者を忙殺させてしまうこととなった。

二つ目の変化は、新たに大口投票券を販売したことだ。

今回、父が独自で行っていた胴元が運営されないことから、一部商人が勝手に胴元になろうとする動きもあり、その牽制の意味も含め、一口金貨十枚枠を新設した。これはエストの窓口限定販売とし、一人当たり最高十口、金貨百枚までとした。この決定が大きな変化をもたらした。

開催当日、クレアから驚くべき報告が入った。

「今回の投票集計が出ました。前回より三千枚多く、投票総額は金貨六千枚を超えています！」

因みに、そのうち金貨二千枚相当は、新設された大口投票だった。

前回父がどれだけかき集めたか窺えるというものだ。

「ちなみに新設の投票受付所の状況はどう？」

「四か所の合計は金貨約千枚、フラン、テイグーン、マーズ、フォボスの順になっています」

好景気に沸くフランは一際目立って投票が多く、その六割強を占めたことも分かる気がした。フランは鉱山で働く者達がお金を落とす町、そんな町の特性を象徴しているかのような結果だった。

二割強をテイグーンが占めたのも、期間労働者が多く、彼らの投票で数字が伸びたようだ。

マーズでは投票数自体は多いが、皆、堅実に娯楽の範囲で投票したため、占める割合は一割強。新規窓口を開設した中では、一番人口が少ないフォボスでは、全体の一割以下の投票数となった。

ちなみにエストール領にはもうひとつ、ディモスという町があるが、ここは今回、投票券の販売を見送った。

投票所を分散させたにも拘わらず、エストでの通常投票は、前回とほぼ同数の投票金額だった。前回、見事的中させた者の話を聞いた人や、娯楽として楽しむ人も増えた点に加え、他の町での投票状況も踏まえたオッズが日々更新され、エストにて再投票も行う人間も少なからず居たため、投票数が更に後半大きく伸びる結果となっていた。

そのお陰で、胴元取り分は優勝賞金や運営費を除いても、金貨千枚相当にまでなった。毎月実施の定期大会賞金、射的場での日々の景品など、常に財源が必要な俺にはとても助かる数字だった。もう父からは魔法士発掘の報奨で金貨を貰えず、魔法士への俸給もこちらの負担となった今、個人の財源は少しでも増やしておきたかった気持ちもある。

◇◇◇

新しい施策も加え、第二回最上位大会の運営は順調に進み、本番当日もつつがなく終了した。

優勝　クリストフ　（白組　風魔法士　二番人気）
二位　ゲイル　（赤組　風魔法士　一番人気）
三位　ゴルド　（黄組　風魔法士　六番人気）
四位　傭兵団員　（青組）

五位　常備兵　（赤組）

結果、二番人気のクリストフが優勝し、カーリーン不在とはいえ、見事前回の屈辱を晴らした。

二位は一番人気のゲイル、三位はゴルトと風魔法士が独占した。

手堅いところで落ち着いたため、前回より的中者が多く、その為オッズも手堅いものとなった。

それでも優勝組投票は三倍、順位組投票は五倍の賞金が出たので、当選者たちは大いに喜んだ。

今回、六位から十位の中に領民から四人も入り、領民たちの技量の進化も目立つ大会となった。

今後、益々参加者が増えてくれれば、当初の目論見通り領民の戦力化も一層進むと実感できた。


こうして大会自体はつつがなく終了したが、予想はしていてもできれば起きてほしくなかった事件も各所であった。

「おいおい！　この当たり券、換金できねぇとはどういうことだ？」

風体の良くない人間が受付所で因縁を付けてくる。そんな事件が何か所かの町で発生した。

「こちらの投票券は無効です。ですので換金できません」

各地の受付所では毅然とした対応が行われた。もちろん彼女たちの後ろには兵士が控えている。

「この領地では掛け金を奪うだけ奪って、金は払い戻さねぇのか！」

「おい、聞いたか？　酷い話じゃねぇか。領主はこんなあくどい真似、平気でやっているのか？」

全く以て、酷い言われようだった。でもこちらも偽造対策はちゃんとやっているのだ。

受付所の人間から見れば、一目で偽物と分かってしまう仕掛けが、投票券には施してある。

「あなた方はこの投票券を、ここフランで買われたと言いましたよね！」

「ああ、そうだ。なけなしの金貨十枚、それで買ったからこそ投票券を持っているんじゃねぇか」

「ゴタゴタ言ってないで、さっさと金貨五十枚！　この兄さんに渡さねぇかっ！」

因縁を付けてきた人間とは別の者、恐らくはグルの男も加わり、脅しをたたみかけてくる。

「この番号の投票券はフランで販売していません。しかも金貨十枚の投票番号とも違います！」

「なっ！　何を証拠に……」

「あなたが持ってきたこの投票券が動かぬ証拠です！　こんな偽物を持ってきてもすぐに分かりますよ。そして何より、フランでは金貨十枚の投票は販売していませんから」

「へっ？」

こういった詰めの甘い不埒者も結構居た。

そして、不正行為を行った者たちは即座に、警備の兵士たちに連行されていった。

捕縛された者たちはみな、エストール領内の領民ではなかったのがせめてもの救いで、その全てが、他領から流れてきた自称身元不明（ヒヨリミ）の者たちであった。

当然彼らに説明はできないが、投票券にある十桁の番号は単なる通し番号ではない。

日本の免許証番号を参考に、番号自体に意味を持たせており、投票した金額に合わせて発行する券の種類を変えている。投票券にある、金額のチェックボックスは実は意味がない。偽造対応の罠に過ぎなかった。投票券の制作や割り振りに時間と手間は掛かったが、今回は最大掛け金が金貨十枚のため、そうも言ってられなかった。

番号の仕組みはこんな感じにした。

・最初の二桁の番号の和の下一桁が投票券を販売した町を指している
(例　九+二=一、八+三=一、四+七=一、一はエストの街を指す)
・三桁目から四桁目を引くと投票金額の種類
(例　六-二=四、七-三=四、九-五=四、四は金貨一枚を指す)
・五桁目と六桁目で投票した組を示す
(例　一一は赤赤、二一は白赤、順位組投票)
(例　一六は赤、二八は白、五九は緑、優勝組投票)
・七桁目から十桁目は単なる通し番号となっている

恐らくこの世界で、こんなことを考える人間なんて、まずいないだろう。
そう考えて対策を施したが、結果、危惧していた通りになってしまった……。

◇◇◇

投票券の払い戻しでは色々あったが、最終的に無事チャンピオン大会の運営を全て終えた。テイグーンの町へ帰還する日を前日に控え、領主館で寛いでいると、妹クリシアがやってきた。

「タクヒールお兄様、以前お話ししたとおり、今回お戻りになる時は、私も一緒にテイグーンに連れていってくださいね」

いや、それを俺に言われても……、父と母は反対するに決まっているし。

「ご安心ください。お母さまから許可を頂いています。ここ数カ月、騎馬に乗る練習もしました。お母さまは、お兄さまなら最高の安全を確保してくれる筈だと、笑って言ってくれましたよ」

妹よ、笑顔でそれを言うが、母のその言葉が一番怖いのを理解しているのだろうか？

絶対に小さな怪我ひとつさせられない。落馬したら大変なので、騎馬ではなく馬車で行こうね。

しかし、十歳にして既に、ウチの政治をちゃんと理解しているのには驚いた。

母さえ味方に付ければ、誰も逆らえないことを……。

こうなったらＶＩＰ待遇で連れていくしかないな。

それ以外には、出立前に父を通じ、ハストブルグ辺境伯には先の騒乱の報告をお願いした。


ひとつ、テイグーン騒乱の経緯と疑問点について。

ひとつ、その後の防衛体制の改善について。

ひとつ、特に自警団について、その仕組みと軍ではないことを明確に。

ひとつ、ヒヨリミ子爵のタイミングが良すぎる動きと、エロールの申し出について。

これらを、父を通じてこっそり伝えてもらう形で依頼した。

今後も引き続き、鉱山やハストブルグ辺境伯が投資した金貨の噂を頼りに、ヒヨリミ子爵が妨害工作を仕掛けてくることは目に見えている。

それ以外にも、俺を陥れるための讒言《ざんげん》や妨害などにも警戒しなければならない。

『テイグーン領には既に五百名もの兵がいる、これに鑑み、ソリス男爵の出兵数を増やすべきだ』

例えばこんなことを騒ぎだてられても迷惑千万だ。そのため予防線を張っておく必要があった。

後に父から聞いたところによると、辺境伯は苦い顔をしながら、一言だけ言葉を吐いたそうだ。

『度し難い奴！』

ただ、そもそも証拠もないうえ、次男の独走の可能性もあるので公には対処しない。

この方針で父は辺境伯と、内々に合意しているらしい。


さて、エストの街での所用も終わったので、明日はいよいよ、ＶＩＰ（クリシア）を護衛しつつテイグーンの町への帰路につくことになった。その日は、王都に旅立った兄を除き、家族皆で夕食を囲み、一家団欒を楽しむ……、予定だった。

だが、その日の晩餐は、終始無言で青い顔をしている父と、その父に対し、すこぶる不機嫌な母……、異常な緊迫感に包まれており、何故かクリシアも、父を軽蔑するような目で睨んでいた。

一体何が？　エストをずっと離れていた俺は、この状況が全く理解できなかった。

そして俺は、夕食後に見てはいけないものを見てしまった。

「父上、母上、就寝の挨拶に参り……、ま、し……」

そう言い掛けた俺は、少しだけ開けた居間のドアを、直ちに閉じると無言で寝室へと移動した。

見てはいけないもの、それは般若となった母と、小さくなって正座し、項垂れている父……。

「うん、俺にとってはもう、テイグーンが一番落ち着く我が家だ。君子危うきに近寄らず、だね」

そう呟いて、何も見なかったことにした。


翌日、顔に痣と引っ掻き傷のある父と、怖いほどの笑顔の母に見送られ、俺とクリシアはエストの街を出発した。今や我が家となった、そして多くの仲間たちが待つ、テイグーンに帰るために。

しかしその後、出発前日に起こった騒動に関わり、妹が新たにテイグーンで巻き起こすことになる騒動を、この時点の俺はまだ知らない。

第十七話　クリシア訪問①（カイル歴五〇五年　十二歳）

俺は妹のクリシアを伴い、テイグーンへの帰路についた。フランを出て暫くは、農村や林が点在する田園風景を彷彿とさせる道が続くが、テイグーン山が近くなると、周囲の風景は一変する。

一応春から整地を進め、道幅を少し拡張したとはいえ、周囲には遮るもののない草原が広がり、さらに進むと、あちらこちらで岩がむき出しの、荒涼とした景色に変わっていく。

「お兄様！　あちらの草地を詳しく見せてほしいです」

途中で妹は、不定期に何か所かで小休止を要求してきた。そして馬車を降りると走り出し、大地に手を付け、何かを確認しているようだった。

「この辺りの大地も、力が弱いようです。残念ながら豊かな実りは期待できないと思います」

そう、彼女の血統魔法である地魔法は、母の影響を強く受けている。

母の能力である大地の力、地下に眠る鉱物や地盤の状況、耕作の向き不向きを鑑定できることに酷似しており、彼女は大地の潜在能力、農耕地に適しているかどうか、推し量る能力があった。

歴史書にあった彼女の能力は土壌改善だったけど、ちょっと違っていることが不思議だった。

そんなことを繰り返しながら、岩石地帯の隘路を抜け、そして草原が広がる扇状地の大地へと進んでいった。


「ここがお兄さまの町なのですね！　エストとは違い、何もかもが整然として綺麗な気がします。お兄さま、是非この町を案内してくださいな」

テイグーンの町の正門をくぐると、妹のテンションは最高潮になった。

「テイグーンは縦長の長方形の町で、山の中腹、緩やかな斜面を利用して作られている町だから、町の中は大きな階段状に四段に分かれており、入り口側から順に高くなっていくんだ」

俺たち二人は、徒歩で道すがらの町割などを説明しつつ、最奥の領主館分館を目指した。

「正門から大きな道が、ずっと先まで続いていますね？」

「そう、正門から領主館分館まで、真っすぐに伸びる道は中央通りと呼ばれ、この道を境界線に、町は北街区、南街区に分かれているんだ」

「ちなみに今いる場所が、町の入り口となる第四区画だよ。道の左右に警備兵の詰所と、受付所があるだろう？　そして、左奥が傭兵団の詰所や駐屯地、右奥は人足たち専用の居住区や長屋だ。特にこの第四区画は、クリシア一人では絶対に出歩いたらダメだからね」

ここは定住者が住まう区画でもなく、外部から人が紛れ込む可能性が、非常に高い場所となる。

そのため、テイグーンで最も治安の安定しない場所であり、その対策として、傭兵団の詰所や駐屯地をこの区画に置き、目を光らせてもらっているのが現状だ。

妹には絶対に一人で出歩かないよう、強く念を押した。もちろん、他の場所でも、彼女の一人歩きを許可するつもりはないけど……。

「わかりました。ちなみにお兄さま、入口の門の近くに、凄く広い空き地があるのは何故ですか？　お兄さまも、これから何かを誘致されようと？」

「ああ、あれは自警団の訓練、防衛戦などに備えて兵を配置できるよう、わざと空けてあるんだ」

恐らく妹は、エストの例を挙げて言っているのだろうな。そう思いながら歩いて行くと、目の前には、第四区画と第三区画を区切る隔壁が広がっていた。ここを越えると第三区画、テイグーンの町のメインエリアとなる。第三区画は山の斜面に沿って、ゆっくりとした上り坂になっている。

治安維持の観点から、境界には隔壁と段差が設けられており、第三区画に入るには、中央通り、北通り、南通りの三本の道以外からは進入できない。またこの三本の道は、警備兵詰所や受付所、傭兵団詰所の前を通る必要があり、そこに詰める者たちが不審者チェックを行っている。

「この隔壁を越えた先が、本当のテイグーンの町だよ。ここから中央広場まで、道の左右には商店が並び、南通り側の南街区には宿屋や飲食店、賃貸型の住居区画になっている。この辺りも決して奥に行ってはだめだよ」

「お兄さま、それは何故ですか？」

「まだ空地も多く、隔壁があるとは言え第四区画からは行き来はできるからね。特にこのあたりの南街区は、飲食店だけでなく酒場や宿もあり、定住者じゃない人も沢山出入りしているから……」

まぁ、それだけが理由ではないのだけれど……。

「あと反対側の北街区は分譲地だけど、ここもまだ空き地が多く、閑散としているから危ないよ」

そんな話をしながら歩いていると、大きく円形に広がった中央広場に出た。そこは直径二百メルの広さがあり、行き交う人も非常に多い。

「お兄さま、ここはお店がたくさんあって賑やかで……、おいしそうですっ！」

俄然、妹の目が輝きだした。ここはイベント等の開催場所として使用する目的で作られており、平素は多くの露天商が、外縁部に沿って円形に立ち並び、買い物をする人、食事を楽しむ人、ただ見て回る人など、常に多くの人々が集まり、賑わっている場所だ。

「露店は後で誰かに案内させるからね。美味しい物も沢山あるけど、食べ過ぎに注意するんだよ。中央広場左手の北街区には、官営の商品取引所があり、その後ろの大きな建物は義倉を兼ねた商品倉庫になっているんだ。その奥は分譲用の住宅街だよ。反対の南街区には、行政府、その建物の裏に射的場があって、その奥は賃貸型の住居エリアになっているんだ」

一通り露店巡りを妹に堪能させた後、中央広場から奥へ向かって再び歩みを進めた。

中央広場を越えると、両脇に高級志向の商業施設が並び、その裏の北街区は高級分譲住宅街となる予定だ。南街区は工房エリアで、職人達の作業場と倉庫、店舗も兼ねた一帯が広がっている。さらにその奥側は再び賃貸型住居エリアとなる。

第三区画の一番上側、第二区画との境界には、中央通り沿いに教会と施療院があり、その左右、北街区は分譲用の高級住宅地に、南街区側には学校兼託児所、孤児院などが立ち並んでいる。

「ところでお兄様、なぜ道は全て掘り下げられているのですか？　それがすごく不思議で。どのお店に入るときも、何段か階段を上るようになっているのが、すごく不自然に思って……」

「……」

「あと、道が交差するところは、必ず石畳が途切れて土の部分があるのも、凄く変に感じて……」

最初の問いだけで驚きのあまり絶句したのに、これはとどめと言うべきか！　参ったな……。

「クリシア、初めてなのに凄いことに気付いたね。今から話す内容は絶対内緒だよ。いいかい？」

俺は妹に念を押してから、周囲に聞き耳を立てている者がいないか、確認した。

「万が一、町が盗賊や魔物に襲撃され、止むを得ない状況になった場合、一番上にある領主館分館に設置された堀の水門を開く。そうすると大量の水が道路に流れ込む。するとどうなる？」

「まぁ！　そうなれば、濁流が侵入者や魔物を押し流してくれますね！」

「流されて一か所に集まったら、容易に撃退できるからね。であれば土の部分も分かったかな？」

「はい、私も地魔法士の一人ですもの。流れの向きを変える堤を作るためですよね？　お兄さま。そして段差は、店内に水が入ってこないようにするため……、凄いです！」

「いや、これに気付いたクリシアこそ凄いよ。本当にびっくりした」

俺は妹の観察力と急成長を誇らしく思い、照れる妹の頭を撫でた。ただ、この観察力が俺を追い詰めるとは、この時は思いもよらなかった。ただ妹から、尊敬の眼差しで見られ、嬉しかった。

「ハハハ、これは一度使ってしまったら、暫く……、多分半年以上は使えないので、本当に困った時の切り札なのだけどね。さぁ、この石段を上れば、第二区画だよ」


第二区画は駐留兵のエリアとなる。中央通りを挟んで、北街区側が駐留兵詰所、その奥が練兵所、反対の南街区側は兵舎や厩舎、武器庫となる。また南街区側は、万が一多数の兵が駐留した際も、仮設兵舎などを設置できる、広大な空き地を確保しているが、妹があまり興味なさげだったため、第二区画はほぼ素通りして、境界線の石段を上り、第一区画へと足を踏み入れた。

正面の領主館分館に進むには、空堀と城壁が遮っており、それらを越えないと中に入れない。

「そっか、この空堀が……、水が溜まれば先ほどお兄さまが仰っていた作戦が使えるのですね？」

「うん、まぁ今は……、来年の春、雪解け水が来るまで空堀のままだけどね」

妹の関心は、防壁で囲まれた領主館分館の左右にある、広大な実験農場の四か所に移っていた。

「お兄様、まずは試験農場を拝見させてくださいませ？　これを一番楽しみにしていましたの」

「もちろん、地魔法士として、クリシアの意見を聞かせてもらえるとありがたいな」

途端にクリシアはあちらこちらと走り回ったかと思うと、地面に手をつき、目を閉じて何か考え、そこに育つ作物を触りながら、不思議な顔をしていた。

「何故でしょう？　町の外とここの大地とでは、農作物を育てる力が全く違って別物です。ここの農地の方が、大地の力がすごく強いです。あれ？　でも場所によって少し違っている感じも……」

はい、正解です。牡蠣殻石灰、撒く適量が分からなかったので、区画ごとに分量を変えて……。

ん？　いや……、試行錯誤で頑張らなくても、妹に聞けば、一発で正解が分かったってこと？

それが分かり少し落ち込んだが、その後も俺は丸一日、妹のエスコート役を楽しんだ。


うん、やっぱり妹は可愛いよなぁ。ウチの家族で、一番妹に甘いのは、間違いなく俺です。

翌日から俺は、不在中に溜まっていた仕事に忙殺されたため、妹にはアンを護衛に、クレア、ローザ、ミアを案内人にして町中を、特に施療院や学校、託児所と孤児院を見学してもらった。

その自由行動が……、後々まで尾を引く悩みの種になるとは、思ってもみなかったが……。

第十八話　クリシア訪問②（カイル歴五〇五年　十二歳）

妹の接待も順調に進んでいるようで安心していたある日、夕食前にそれは突然やってきた。

彼女がテイグーンに来たいと言ったとき、俺が一番恐れていたことが……。

「お兄さま、ちょっとお話があります。今日は町で不思議な場所を見たのですが……」

「ん、どうした？　何か気になる露店でもあったかな？」

「第三区画の南街区、一番奥の所で気になった建物があって、そこだけ雰囲気が凄く変でした」

ま、まさか！　第三区画、宿泊街の裏手、飲食街の端にあるエリアに行ったのか！　あれほど危ないから近づくなと……、動揺する俺に、アンがバツの悪そうな顔をしている。クレアも……。

「沢山の綺麗な女性たちが、薄いはだけた服を着て、入口で歩いている男の人の手を引いていました。男の人たちも皆、何だか嬉しそうな顔をして建物の中に……」

ああああああっ！　大丈夫、もう全部言わなくてもいいから、ね、ねっ、お願いっ。

「お兄さま、あれって……、エストの街にある娼館と同じですよね？」

突然クリシアの顔つき、言葉遣いが一気に変わり、俺は全身から血の気が引いた。

いや、ここで天然モードから、母さま似の糾弾モードに切り替わらなくていいから。

「エストを出る前に、お母さまがもの凄くお怒りになっていたのを、お兄さまもご存じですよね？

『エストの街に何故そんなものを、しかも直営事業とは何ですか！』、そう言って、お父さまが酷く叱られていたことを、お兄さまも見ていましたよね？　もしかして……、お兄さまもですか？」

妹の追及するような目が俺に突き刺さる。勘弁してくれ……。お前も母さまと同じか？

妹よ、心の中で少しだけ訂正しよう。父が母から断罪されたのは、エストに娼館を造ったから？

それは違う。表向きではないものの、そういった場所自体は以前から存在していたんだ。ただ父は自身が嗜むために、秘密裏に娼館を誘致し、その経営に乗り出し、しかも自ら通っていたんだ。

だから母は激怒したのであって……、俺は違う！　そしてなにより俺は無実だ！

そう、少なくとも俺は、見た目なら十二歳の子供だ。望んでもそんな場所に行ける訳がない。

自分が通いたくて、直営事業と号して、自分好みの娼館を造った誰かさんとは全く違う！

でも、ここからが大事だ。まだ潔癖な妹には、この話も通じないだろう。さて……、どうする？


「クリシア、大事なことだからちゃんと聞いてほしい。この地を治める領主の役目として、あれの誘致は必要なことなんだ。開発途上のテイグーンは、工事に携わる人足の数がとても多い。人足は働き盛りの男たちばかり、この町では女性より男性が圧倒的に多い、いや、多すぎるんだ。人足だけじゃない、鉱山で働く人たちも、娯楽や日々の疲れを癒しにこの町にやって来るし……」

ここまで言っても、妹のジト目は変わらない……。どうすりゃあいいんだ？

「彼らがテイグーンで、羽を伸ばせる場所が必要なことは、クリシアにも分かってもらえるかな？そのために設けられた施設であって、色々深い訳があるってことを分かってくれれば……」

「お兄さまの言いたいことは、なんとなく分かりますが、何故それを黙っていたのですか？」

必死で説明する俺に対し、妹も譲らなかった。エストでの騒動後、父に対して一線を引き、まともに目すら合わせないように変わった妹と、それに落ち込む父を俺は見ていた。

◇◇◇

妹には敢えて説明を省いたが、こういった新興の出稼ぎ労働者が極端に多い町では、治安維持や犯罪防止の観点でも、娼館は必要不可欠な存在とされているし、俺の知る歴史上の事例もある。

しかも、多くの領民が利用してくれることで、礼金《ぜいきん》も増え、領民《おとこたち》も喜ぶし、町も賑わう。まさに一石三鳥！　領地経営の面から見ても圧倒的にメリットがある。

そりゃあね……、最初に俺が『娼館を誘致する』、そう発言した時は、周りの女性たちも、誰もいい顔はしなかったよ。

「エストでは困窮した女性たちを救い、お父君の娼館建設を妨害した、タクヒールさまが何故？」

ポツリと呟いたクレアの言葉は、正直言ってかなりグサッときたよ。

「クレアさん、ミザリーさん、お気持ちは分かりますが、タクヒールさまもお考えあってのこと。私たちはまだ、そのお心うちを理解できていないだけです。異を説えずお力になるべきでしょう」

そう言ってくれたアンに対し、一石三鳥なんて考えていた自分が、少し恥ずかしかったよ。

「ただ、ひとつだけお願いがあります。娼館で働く女性の多くは、望んでそこで働いている訳ではないと思います。せめてこの町は、彼女たちを守り、優しく気遣う町であってほしいです」

俺はミザリーのその言葉を真摯に受け止め、行動に移った。

誘致の相談をした父は、何故か凄く乗り気で紹介……、と言うよりは、全て話を付けてくれた。

家宰は、制度上の留意点や行政府としての関わり方、関係各位に対し色々と調整してくれた。

俺の方では、誘致に際し土地を無償で提供する代わりに、それぞれの娼館に条件を付けた。

『働く女性たちに、少しでも働きやすい環境と、健康管理、そして相応の報酬を用意すること』

町としても彼女たちを大切に扱い、領民のひとりとして扱うこと、仕事以外は彼女たちが自由に過ごせるよう、気遣うことを徹底させた。その結果、他地域と比べると少し敷居の高い、高級店や中級店ばかりになったが、それは仕方のないことだと思っている。

関係者全員の努力の結果、この町で彼女たちは大切にされ、領主の方針として、様々な点で保護されている。日中や非番の際は娼館で働く女性たちも、気兼ねなく食事や買い物を楽しんでいる。

◇◇◇

この町に移り住んでからというもの、偶然だが俺自身も彼女たちと話をする機会もあった。

あれは仕切り直しで行われた収穫祭の、前夜祭の夜だった。

俺とアンは、中央広場の露店で買ったお気に入りのパイを、近くのベンチに座り食べていた。

その横では、たまたま同じ店で同じ物を買って食べている、若干衣服のはだけた女性たちが居た。

そう、彼女たちはこの町の娼館で働く女性たちだった。彼女たちは決して日陰者ではない。どのお店からも、町からも大切にされており、テイグーンでは、ごく普通に見られる光景だった。

たまたま隣にいた女性の一人は、俺たちを町の子供、恐らく姉と弟とでも勘違いしたのだろう。

「あ！　同じ物だね～。ここの露店のパイって美味しいよねっ！」

そう言って、気軽に話し掛けてきた。

「はい！　この店のパイはお気に入りです」

「だよね～。君はよくこれを買いに来ているの？」

「ちょっ、ちょっと！　ヨルちゃん！」

話し掛けてきた女性に対し、仲間の女性が血相を変えて制止した。

「……え？　姉さん、何か？　……、あああっ！　し、失礼しましたぁ～っ！」

同僚の女性に咎められてやっと、彼女は俺の正体に気付いたようだった。

まぁ俺も、前夜祭の冒頭では表彰を含め、領主として壇上で挨拶していたから、それを見ていた人は俺のことを知っているだろう。彼女たちは慌てて平伏した。

俺は折角の機会だし、恐縮する彼女たちと一緒に食事することを提案して、色々と話を聞いた。

「こちらでお仕事していただく環境とか、何か問題点はないですか？　客層とかも大丈夫ですか？　気になることや要望とかあれば、是非この場で教えてください。可能なことは直ちに改善します。もし今後、何か理不尽なことがあれば、すぐに行政府のミザリーという者を訪ねてくださいね」

「いえいえ、とんでもないっ！」

「他の町と比べて、ここは住みやすくて働きやすい、私たちにとって凄く優しい町ですよ！」

「こんな私たちにまで気を配っていただける町なんて、他にないよね？」

「そう、教会で身を清める費用だって、補助金でしたっけ？　そんな制度、他にはないわ」

彼女たちは口々に、笑って答えてくれた。そのことが俺には凄く嬉しかった。

「大変なお仕事だと思うけど、テイグーンに来てくれて本当にありがとうございます。領主としていつも皆さんには感謝しています」

俺は恐縮する彼女たちに、きちんと頭を下げて礼を言った。

「皆さんのお陰で、元気に頑張れる人も沢山います。仕事の張り合いや明日への活力だけでなく、犯罪抑止にも力をお借りしています。女性の少ないこの町では、皆さんが頼りです。働く環境に問題が有れば、ぜひ行政府に相談してください。私たちは皆さんの味方で、力になれると思います」

俺の真摯な態度を見たアンは、驚き、そして何か誇らしげな顔で、嬉しそうに笑っていた。

でも、俺のこんな気持ちや取り組みも、恐らく妹には言い訳としか思われないだろうな……。

◇◇◇

「お兄さま、娼館の件、お母さまはご存じなのですか？　既にお母さまが了承されているのなら、私は何も言いません。でも、どう考えてもそのように思えません。そうですよね？」

「……」

「娼館がこの町にあるということは、お兄さまがお造りになった、それで間違いはないですね？　少なくとも新しいこの町で、お兄さまの許可なく店を開くことが、できる訳がないですよね？」

「……」

「この件について、今まで定例会議でも一切お話しされていませんよね？」

「……」

妹の責めは容赦なく、俺はサンドバッグ状態だ。もう嫌な汗が止まらない。誰か助けてくれ。

アン、どこに行く？　いや、今はお茶をいれなくてもいいから、ここに居てくれ！

クレア、どうした？　突然急用を思い出したって？　そんなの後でいいから、ここに居てくれ。

ローザ、ミア、お前ら！　こっそり後ずさりして、さり気なく抜け出そうとするんじゃない。

その後も俺は、僅か十歳の妹に散々責め倒され、その後は何を食べたか覚えてないほどだった。

クリシアがエストの街へと帰るまでに、なんとかうまく取り繕って、口封じをしないと……。

このことが母の耳に入ると……、まずい、非常にまずい。俺は確実に詰む。

妹は恐らく、いや、絶対に母に報告するだろう。俺と父は、断罪イベントに召喚される……。

その夜は一睡もできなかったのは言うまでもない。

そして寝ずに考えた挙句、賄賂でご機嫌を取り、口封じをすることしか思いつかなかった。


妹が以前から興味を持っていたのは、魔法士の存在そのものだ。俺たちがエストの街に居た頃から、妹はローザやミア、二人の聖魔法士に混じって、医学の講座に参加していた。

その時から魔法士について、魔法適性を確認する儀式について、並々ならぬ興味を持っていた。

「私も魔法士になれたらなぁ」

当時は、そんな呟きを幾度となく漏らしていたのを覚えている。今は妹も血統魔法に目覚めて、念願の地魔法士となっているが、俺は歴史書からもう一つの事実を知っている。妹は非常に珍しいダブルスキル、血統魔法を行使できるだけでなく、一般の魔法士適性をも持っていることを……。

切羽詰まった俺は、それを妹に対する賄賂のネタとすることにした。幸い今は、テイグーンの町でも魔法士の適性確認ができる。ただ、事前に内容を伝え、準備をしてもらう必要はあるけれど。

今日は丁度その日だ。先日エストの街に行った折、父にも確認を取り許可を得ている。

触媒も指定したものを事前に準備してもらっているので、一個程度の追加なら何の問題もない。

魔物を狩ることを生業にしている者たちにとって、魔境に近く便利な拠点となるテイグーンは、彼らの滞在場所として重宝され、狩りの成果、触媒もエストに比べて驚くほど入手しやすい。

この町の受付所では、優先する触媒の種類、それぞれの買い取り価格を掲示しており、大きな街と同じ価格で売ることができる。彼らが触媒を売るため、わざわざ遠く離れた街に売りに行く手間や、仲買人に安価で売る必要もない。そのお陰で、狩人や腕試しで一獲千金を狙う者、魔物を討伐した傭兵団など、受付所に持ち込まれる触媒も多く、俺は容易にそれらを入手することができた。

「クリシア、今日俺は、魔法士の適性確認儀式に立ち会うのだけれど、一緒に来るかい？」

「ホントですかお兄さま！　前から是非一度見たいと思っていたのです！」

妹は目をキラキラさせながら、こちらを見上げてくる。

餌で買収……、そんな邪《よこしま》なことを考えていた俺は、ちょっとだけ心が痛んだ。

今日確認を行う者は総勢十二名。いずれもテイグーンの町に移住してきた領民や駐留兵、期間労働者たちで、現在はテイグーンの町に滞在している人たちだ。

戸籍がないこの世界でも、テイグーンだけは移住者や期間労働に就く者も全て、きちんと情報を登録させており、確度の高い情報が入手できていた。これは俺にとって大きな利点だった。

同じ名前、同じ年齢の別人、その可能性も多分にあるが、候補者の半数以上は、恐らくアタリで、歴史書に記載されている魔法士として、適性がある人物だと思っている。

もちろん、性格や日々の行動や言動など、事前確認をきちんと行った上でこの段階に進む。

「ずっとお話には聞いていましたが……、聞くのと実際に見るのは大いに違いますね。この儀式、なにか凄く神聖な感じと、不思議な力を感じるような気がします」

教会で順次儀式を受けている十二名の男女を、妹は興奮した様子で見ていた。

「こんな感じで試せるのなら、私にも何か適性があるのか、試してみたくなりますね」

キター！　妹が俺の望んでいる言葉を発したので、俺はすぐさま飛びついた。

「内緒で試してみるかい？」

「いいのですか？　私は医療にずっと興味があったので……、聖魔法に凄く興味があります」

うん、正解です！　妹の直観力は凄い！　実は君には、聖魔法の適性があるのだよ。

もちろん俺は思ったことは言わずに、儀式の最後に追加で、妹の魔法適性確認を依頼した。

果たして……。

「お兄さま！　わ、私、聖魔法も使えるんですっ！　二属性持ちなんて、し、信じられません！」

驚きと興奮で妹は大はしゃぎだった。

ものは試しと、興味本位で受けた儀式にも拘わらず、望んでいた聖魔法士の適性が確認できてしまったのだから、そりゃあ喜びも格別だろう。

「クリシア、これは父上と母上には当分内緒で……、できるね？　ちゃんと根回しをしたうえで、もう一度テイグーンに招待するから、確認できたのはその時に、そういう筋書でどうかな？」

「また招待してもらえるのですね！　もちろんです。お兄さまと私の秘密ですね？」

「ああ、そうだよ。二人だけの秘密だ。あと……、町のあの場所の件も、当分は二人の秘密でね。

母上には、折を見てちゃんと話すからさ」

「ふふふっ、お兄さまと二人だけの秘密ですね。私ばかりご褒美をもらう訳にはいかないし……。分かりました、約束ですよっ」

「ありがとうございます！」

夢が叶い上機嫌で喜ぶ妹に、俺は最敬礼した。


結果として、今回は十三名の適性確認を行い、妹を含め十一名に魔法士の適性が確認された。

妹だけは予定外だったけど……、帝国との戦いを前に、十名の魔法士たちが新たに仲間に加わったことは非常に大きい。もちろん、残念ながら適性が確認できなかった者二名も、ちゃんと新しい仕事を与えて召し抱えた。

今回新たに仲間に加わった者の中には、前回の歴史で今から八年後、ここテイグーンにて俺と共に戦ってくれた者が四名も含まれていた。ゲイルたちもそうだったが、彼らと再びこの地で共に戦う仲間として巡り合えたこと、これも歴史が前回と同じ道を繋ぐための所業なのか、運命の繋がりなのかは分からない。だが、今回の世界では彼らを守り、共に戦いを勝ち抜く！

俺は改めて自分自身を奮起させた。

◇ソリス魔法兵団　所属魔法士一覧

魔法士適性	名前	出身地や経歴	現在所属
【第一期】			
① 風魔法士	クリストフ	東部辺境農村出身の狩人で実行委員会所属	（防衛部隊）
② 風魔法士	カーリーン	エスト出身の領民で実行委員会所属	（行政府）
③ 風魔法士	ゲイル	エスト出身の人足で弓箭兵所属	（防衛部隊）
④ 風魔法士	ゴルド	エスト出身の人足で弓箭兵所属	（防衛部隊）
【第二期】			
⑤ 火魔法士	クレア	エストの孤児院出身で受付所所属	（行政府）
⑥ 地魔法士	エラン	エストの貧民街出身で実行委員会所属	（開発部門）
⑦ 地魔法士	メアリー	マーズ出身の領民で受付所所属	（開発部門）
⑧ 水魔法士	サシャ	辺境農村の難民で受付所所属	（開発部門）
⑨ 聖魔法士	ローザ	エストの施療院出身で実行委員会所属	（施療院）
⑩ 時空魔法士	バルト	エストの孤児院出身で実行委員会所属	（領主直属）

【第三期】

⑪　火魔法士　マルス　エストの常備兵出身で騎兵部隊所属　（防衛部隊）
⑫　火魔法士　ダンケ　エストの常備兵出身で騎兵部隊所属　（防衛部隊）
⑬　水魔法士　ウォルス　エストの常備兵出身で騎兵部隊所属　（防衛部隊）
⑭　聖魔法士　ミア　エストの孤児院出身で実行委員会所属　（施療院）
⑮　光魔法士　クラン　エストの貧民街出身で実行委員会所属　（兄直属）

【第四期】

⑯　風魔法士　アラル　エストの常備兵出身で鉄騎兵団所属　（防衛部隊）
⑰　風魔法士　リリア　フラン（エスト）より移住し商品取引所所属　（防衛部隊）
⑱　地魔法士　アストール　エールより人足として移住し自警団所属　（開発部門）
⑲　水魔法士　アイラ　エール受付所より移住し商品取引所所属　（行政府）
⑳　火魔法士　クローラ　エール受付所より移住し受付所所属　（行政府）
㉑　聖魔法士　ラナトリア　フォボスより移住し施療院所属　（施療院）
㉒　聖魔法士　マリアンヌ　エストの施療院より移住し施療院所属　（施療院）
㉓　氷魔法士　キニア　エストの孤児院より移住し受付所所属　（行政府）
㉔　闇魔法士　ラファール　フランより鉱山関係者として移住し自警団所属　（領主直属）
㉕　時空魔法士　カウル　辺境農村より人足として移住し自警団所属　（領主直属）

第十九話　戦乱の年（カイル歴五〇六年　十三歳）

新しい年が明け、ついに後期四大災厄、その一番目の災厄が到来する年になった。

ここからが災厄の本命であり、これまでは前哨戦にすぎない。恐らく今年、グリフォニア帝国が本格的に侵攻してくる。そして、前回の歴史では兄や多くの兵が、戦場で命を失うことになった。

ただ兄は現在、王都の学園に通っているため、既に前回の歴史とは異なるルートを辿っており、回避できる可能性も十分ある。だが、既に歴史自体が各所で変わっており、その悪意は予想もしない形で修正され、結果的に同じ歴史を辿るか、等量の異なる代償を求めてくる懸念もある。

むしろ修正後の歴史で、侵攻軍の規模が大きくなれば、俺たちは窮地に陥る。色々考えるとキリがないが、今できる戦力の強化と兵力の増強、守備力の強化、そこに全力を注ぐしかない。


年も明け、暫く経った頃、俺は行政府で大きな息をついた。

「ふぅ、何とか一年乗り切ったか？　ホント、開発予算はギリギリで綱渡りだったね」

「はい、二万枚もの金貨も、あっと言う間に無くなるものですね」

ミザリーは笑って答えたが、俺は知っている。俺があれこれ無茶な大規模開発を進めたことで、彼女を始め行政府が立てた計画を、大きく狂わせてしまったことを。その帳じり合わせで、彼女たちは必死に、支出の調整に奔走していたことも。

「人口以上の人足を抱える今は、仕方のないことです。その分工事は、計画以上に捗りましたし」

そう、テイグーンでは最大で六百人を超える期間労働者を抱えており、人足の賃金払いだけでも金貨にして一万枚相当、更に開発資材、直営施設の建設、賃貸用家屋の建設、家畜の大量購入などにも金貨一万枚相当を投入していたのだから……。

「三年分の開発を、一年で一気に実施した気がします」

クレアもミザリーと並んで、金貨の残高を睨みながら、調整のため苦労をさせた一人だった。

「年が変わり、人頭税や交易税、その他税収が入ったので、やっとタクヒールさまからお借りしていた金貨もお返しできます」

実は一時的に、俺の手持ち金貨も全て、開発系の予算として彼女たちに預けていた。

文字通り俺たちは、身ぐるみ剥がされる手前まで先行投資に費やしていた。それだけ焦っていた。

「そうだね。でも町の防壁や堀も、そして正式な魔境側の関門も完成したし、最低限の防衛体制は整ったと言える。後は細かい細工を整え、やっと入植地の整備にも掛かれるようになったしね」

「雪解けまでに町の外周を巡る外堀、第一区画の内堀、そして水路が完成したことも大きいです。これで今年は、念願の雪解け水が全て活用できます！」

水問題で一番頭を悩ませていたサシャが嬉しそうだ。

「なお現時点で、北街区及び商業地区などの土地売却費を加えて、投資用の金貨は九千枚まで回復しています。更に今年は、テイグーン鉱山の収益、賃貸料収益、商品取引所収益、公営牧場収益が安定し、固定収入として昨年以上を見込めると思います」

「ミザリーさん、と言うことは今年も、金貨一万枚以上の開発投資ができると考えて良いかな？」

「未売却の土地、その販売状況次第ですが、人足も今年ほどは必要ありませんし……、恐らく」

うん……、表情でわかりました。可能な限り一万枚以内で努力しますね。

改めて思ったのは、俺の暴走により、本来なら飛んでいてもおかしくない、まさに自転車操業の綱渡りだったということだ。幾つかの救いが有ったからこそ、なんとか持ちこたえられた。


一つ目の救いは、地魔法士たちの活躍に他ならない。

サラ、エラン、メアリー、コーネル男爵家より派遣してもらった二名、この五名の活躍があったからこそ、基礎工事、水路、城壁工事などを非常に早く、そして安価で完成させることができた。

なお、最後にアストールも加入してくれたことで、今は身内だけの四名体制に移行している。

仮に今の人足の数で、全てを人力による工事を行っていたら、数年どころか十年単位の工事になっていただろう。それらがあってこそ、まさに奇跡といえる結果に結び付けることができていた。


二つ目は、輸送コスト無視の大量輸送だ。

バルトが収納魔法を活用し、人間ダンプカーとも言うべき活躍で、工事資材や土砂、岩石を大量輸送し、人間トラックとして大量の商品や物資、そして鉱石を輸送できたことも大きい。

これに加え、同じ時空魔法士のカウルが仲間に加わったことで、輸送能力は更に向上した。

フランに鉄鉱石を大量輸送し、フランやエストから必要物資を安価で大量購入してくる流れで、効率的に流通を管理し、卸先として商品取引所の存在を際立たせることに成功していた。

三つ目は、公営の商品取引所による収益だ。

本来は、物資の入手が困難な辺境地域の物価を安定させること、それを目的に設立したが、これが思わぬ収益を生んだ。困難な輸送路もバルトにかかれば、輸送コスト無視の大量輸送が可能だったし、大量購入により安価で仕入れ、テイグーンで定価販売すれば自ずと利益が出る。大口購入者向けに卸価格を設けているが、それでも十分利益はとれた。食料や生活必需品は常に回転しているので、意図せず常に安定して収益が入る仕組みが構築された形になった。

四つ目は、土地売却による収益だ。

新しい町づくりの利点を活用し、北街区の宅地を区画ごとに分譲販売したこと、商業区画の土地も売却用に一部を開放したことで、まとまった売却益が手に入った。特に商業区画は、エストール領の好景気で、多くの商人がエストに集まっていた事情もあり、初年度からそれなりに売れたことも、テイグーンを収支面で大きく支え、俺たちは非常に助かっていた。

今後町が発展すれば、南街区の賃貸物件も、収益に寄与してくれることになるだろう。

五つ目は、行政府の事務処理能力の高さに助けられたことだ。

ミザリー率いる行政府は、その人員たちも全て、レイモンドさんが鍛えた者たちばかりだった。

彼らは皆、有能な師匠の教えを受けていただけあって、その活躍は多方面に渡り、俺の考える町づくりを反映し、収入と支出のバランスを的確に見極めてくれていた。そのお陰で、思い切った綱渡りともいえる先行投資ができ、優先したい工事や準備は、全て前倒しで完成している。

そして、以前エストで設立した学校の効果は、着実にその成果を残し始めている。テイグーンやエストでは、読み書きや計算のできる若者も多く、上級教育を受けた者たちもいる。彼らが現在、行政府や受付所、商品取引所などの主要機関で、ミザリーやクレアの手足となって働いている。


正直言って、この五つのどれか一つが欠けていても、テイグーンの開発は思うように進まなかっただろうし、財政的に危機的な状況に陥っていたと思う。

今後は極端に多い人足の数や、膨大な開発関係費も、徐々に右下がりになり安定していく筈だ。そうなれば、何年か先には単年度黒字も見えてくるだろう。そこで初めて、目指していた力、家族を、そして仲間たちを守る力、あらゆる面で歴史と戦う力を手に入れることができる。

そのために実施しなければならない施策はまだまだある。まだ道半ばの俺は、町づくりの大変さと、色んな意味で武力を蓄える苦労、それらをやっと体感したばかりだ。

◇◇◇

開発に目処がついてからは、妹がテイグーンに来た折、新たに召し抱えた魔法士たちも合流して、総勢二十五名！　兄の従者として王都に同行しているクランを除き、二十四名の魔法士たちが、今後は俺の切り札となり、次回の戦いの戦局を変え、歴史を変える原動力となる。

　そのために彼らは、ヴァイス団長及び傭兵団と共に、テイグーンの平地部や魔境の手前、比較的安全な場所で、日々厳しい訓練を受けている。

　彼らのうち半数以上は、次回の出征で俺と共に従軍してもらうが、テイグーンの守りも重要で、それなりの数の魔法士たちを、留守部隊として残していく予定だ。ただ留守部隊も決して安全とは言えない。俺はエロールが起こした一件に、歴史の悪意と修正力を感じていたからだ。団長も何か思うことがあったのか、日々の訓練は一層厳しさを増していた。今のテイグーンには聖魔法士が四人もいるため、殆どの負傷はその場で回復できる。必然と団長《おに》の訓練は苛烈になった。

「防御班、風壁の範囲が狭く展開も遅過ぎる！　そんなそよ風で、矢を防げると思っているのか！　攻撃班、全員失格！　味方の矢を風に乗せ的確に導くこと、先ずはそれだけを考えてやれ！　カーリーン、クリストフ、リリア以外の全員！　この後は特別訓練を行うから覚悟しろ！」

「くっ、何故だ？　カーリーン殿のように全体を……、どうやって？」

「地魔法と風魔法士、二人とも連携を考えろ！　そんな砂塵では騎馬の突進を妨害することすらできんぞ！　クリストフ！　そんな一点集中の砂塵など意味がないだろう！　特別訓練追加！」

「くっ、無念だ……。やっと攻撃と防御は合格点がもらえたと言うのに……。繊細な調整が……」

「そこっ！　水流が届く前に強固な堰を構築しろ！　そんなんでは濁流で町中が水浸しになるぞ！　アストール！　土木作業と戦場は違うぞ！　特別訓練追加！」

「何故俺の堤だけ崩れる？　速さなら俺が一番なのに……」

「水の勢いが弱い、それで敵を押し流せるのか！　水と地が連携しないと泥濘《でいねい》になどならんぞ！

アイラ、怖がってどうする？　もう一度やり直し！」

「は、はい！　サシャお姉様のように……、頑張ります！」

「火の壁、展開が遅くて弱い！　そんなの通用せんわ。クローラ！　クレアに倣ってもう一度！

マルス、ダンケ！　火球の狙いが甘過ぎる！　それでは敵の防御陣に穴を開けられんだろうが！

クレア以外の全員、特別訓練を追加！」

「はい……、クレア姉様のようになりたいですっ」

「そこっ！　治療は優先順位を決めてから行え、さもないと助からんぞ！　ラナトリア！　どこで
治療している？　自分も一緒に負傷する気か！」

「は、はいっ！　申し訳ありません」

「ラファール！　それで隠行したつもりか？　斥候は見つかったらおしまいだと肝に銘じろ！」

「いや……、俺って、そもそも隠れるのは苦手なんだよなぁ。目立つほうが好きだし……」

「キニア！　氷壁の展開が遅い！　陣地構築はより厚く、より速く展開できるように繰り返しっ！

カウル！　お前が倒されれば物資は全て無駄になるぞ！　先ずは自分をどう守るか考えて動け！」

訓練場では、常にヴァイス団長の怒号が飛び交う……。

特に新しく加わった者たちには、初めての経験に戸惑っている者も多いが、彼らをじっくり養成
する時間の猶予はない。戦場で役に立てるよう、俺と団長で考えた戦術に連動した魔法を、何度も

繰り返し行って実戦向けに磨いていくこと。そのために厳しい訓練と習熟が続けられていた。

「魔法士が揃えば幾重にも戦術が広がりますね。これまでこんな戦術、考えてもみませんでした」

訓練を指揮しているヴァイス団長自身、高揚した口調だった。

「はい、俺もそう思います。これらが実戦で活用できれば、ソリス男爵軍は戦場で目覚ましい活躍ができると思います。いや、そうでなくてはなりません」

「次の戦では、全員をお連れになるのですか？」

「いえ、今回は魔法士のうち半分をテイグーンの守りに残していきます。キニアのようにまだ幼い者もいますし、それに、昨年余計なことをしたバカが、今回も何かする可能性もありますし……。今のところ、こんな感じで考えています」

◇出征組十一名
風魔法士　ゲイル、ゴルド、アラル、リリア
地魔法士　アストール
火魔法士　マルス、ダンケ
水魔法士　ウォルス
聖魔法士　マリアンヌ
闇魔法士　ラファール
時空魔法士　バルト

◇残留組十三名
風魔法士　クリストフ、カーリーン
地魔法士　エラン、メアリー
火魔法士　クレア、クローラ
水魔法士　サシャ、アイラ
聖魔法士　ローザ、ミア、ラナトリア
氷魔法士　キニア
時空魔法士　カウル

「ほう？　面白いところに目を付けた人選ですね。ほぼ理に適った適材適所かと思いますが……。テイグーンの守りが厚いですね。クリストフとクレアを残留組にしたのは、何か理由でも？」

「クリストフは今いる魔法士の中で唯一、団長から用兵を学んでいます。そしてテイグーンの開発初期段階から、関門や隘路の事情にも精通し、他の魔法士たちの特性もよく理解していますので。クレアは魔法士たちの中で、内政面とソリス男爵家への忠誠度、この二点で突出しています。留守中はミザリーさんを支え、残留組を後ろから支えてくれると期待しています」

「なるほど……」

俺の説明に納得したのか、そこから団長は何も言わなかった。

◇領地収支（カイル歴五〇六年年初時点）
　領地資金残額　金貨　九〇〇〇枚（税収後）
　借入金の残額　金貨一九〇〇〇枚（利子は含まず）

◇個人所有金貨（カイル歴五〇六年年初）
支出　射的場関係費　三九〇枚（景品代一五〇枚、年間定期大会賞金・他二四〇枚）
　適性確認費用　三二五枚
　最上位大会費用　一九五枚（投票券三〇枚、準備費五〇枚、賞金一一五枚）

外注製作費他　二四〇枚
その他　三〇枚
収入　前年繰り越し　一八五〇枚
投票券収益　一二〇〇枚
バルト交易収益　五〇枚
残高　手持ち金貨　一九二〇枚

第二十話　残留部隊（カイル歴五〇六年　十三歳）

タクヒールらがテイグーンに移り住んでから、二回目の春が訪れた。

雪解け水が山の頂から流れ、西側の平原にも幾多の小さな流れがそそぎ込み、大地を潤す。

内堀と町の外周にある外堀にも、少しずつ水が溜まり、日々増えていく水嵩は、彼らを安堵させるまでになっていった。

日々厳しい訓練を行っている魔法士たちも、訓練地で春の訪れを感じる余裕も出てきた。

これまでは俺も、じっと訓練の推移を見ていたが、かねてからヴァイス団長とは協議していた、予想される次回の戦役に対して、仲間の魔法士たちの役割分担を発表することにした。

だがこの発表は色々波紋を呼んだ。

俺と共に参陣する者と、テイグーンを守る残留組に分けたのだが、残留組から色々不満が出た。

「なぜ私をご一緒させてくださらないのですか？」

魔法士全員を一堂に集めた会議にて発表を行った際、クレアが詰め寄ってきた。

「うん、クレアならそう言ってくれると思っていたよ。正直そう言ってもらえてとても嬉しいよ。この後で個別の面談を行い、その時にちゃんと理由を伝えるから、少しだけ待っていてね」

クレアをなだめながら、会議は一旦散会し、全員を対象にした個別面談に入った。

他の残留組にも、不満な顔をしている者は何人もいた。彼らにもきちんと説明する必要がある。


先ずはクリストフだ。

彼も残留組と言われたことに、物凄く不満な顔をしていたひとりだった。

ちなみに、個別面談の席には、俺、ミザリー、アン、傭兵団からはヴァイス団長、二人いる副団長のひとり、キーラ副団長が同席している。キーラ副団長は女性ながら、剣技は剣豪レベルで拠点防御戦を得意としており、双頭の鷹傭兵団の中でも若いが傑出した存在だ。

「クリストフ、今回の割り振りで思うところはあるかと思う。その気持ちは凄くありがたい。では何故君を、敢えて残留組にして防衛を担ってもらうか、分かるかな？」

少し脹《ふく》れていた顔のクリストフに対し、俺は自身の思いを説明した。それは以前、団長に説明した内容と同じものだ。団長自身、クリストフは当然出征組だろうと思っていたのだから。

「クリストフには今回、関門防衛の指揮官を任せたい。その理由はたくさんあるから聞いてくれ。一点目は、仲間の魔法士の中で唯一、クリストフがヴァイス団長から用兵を学んでいるからだよ。二点目は、テイグーン一帯、特に回廊内の隘路地形に通じており、防衛戦に応用できるからかな。三点目は、初期段階から関門建設に携わり、その運用について誰よりも詳しく精通しているから。四点目は、魔法士の中では最古参であり、他の魔法士の魔法や特性を十分に理解しているからだ」

ここまで説明して、クリストフの表情が徐々に変わっていった。

「自警団を率いた関門防衛の指揮は、クリストフが最も適任だと考えている。風魔法士としても、弓箭兵の運用を任せたいし、最上位大会優勝の経歴も、士気の向上に大きく寄与すると思う」

「そこまで信頼いただいていたとは知らず……、大変失礼いたしました」

「クリストフ、前回の収穫祭の争乱、その後に起こったことを覚えているかな?」

「はい、ヒヨリミ子爵軍が魔境を抜け、ここに到来した件ですね?」

「俺は次の戦いで、帝国軍の一部が同じ道を辿り、攻めてくる可能性を一番危惧している。それが可能だと証明してしまった者が居るからね。ここが最前線となる可能性は十分にあると思うんだ。だからこそ俺は、信頼する者に魔境側関門の守りを託し、この町の未来を託したい」

「私がその任を? そこまでご信頼いただけていると……」

「当然だよ。因みに補佐として、傭兵団からはキーラ副団長が参謀として従う話はできている」

「なーに、三千名程度の敵なら、今の君が指揮すれば簡単に撃退できる、そう思っていますよ」

ヴァイス団長もクリストフに優しく語りかけた。

「微力ながら、ご命令謹んで拝命いたします。私は小事に拘り浅はかでした。申し訳ありません。テイグーンと残る皆の命は、身命にかけてお守りいたします」

納得した、晴れやかな顔でクリストフは深く一礼した。

「クリストフは残留組と協議して、この後も防衛体制の強化に取り組んでほしい。準備にあたって予算や人手が必要なら、遠慮なく言ってね」


「クレア、待たせてごめんね。今からちゃんと説明させてほしい」

泣いた後の様子が残るクレアの顔を見たとき、俺はかなり心が痛んだ。

「クレア、俺は今でも覚えているよ。俺と共に戦場に行けるか？　皆にそう質問した日のことを。真っ先に手を挙げて応えてくれた時、凄く嬉しかった」

「では何故今回、私をお連れいただけないのですか？　私ではお役に立てませんか？」

「今回の戦、我々にとって非常に厳しい戦いになると思う。恐らく帝国は、以前と比較にならない大軍で攻め寄せる可能性が高い。翻って我々は、王都の援軍が来るまでは数で劣り、サザンゲート砦にて籠城することになると思う」

もちろん、この時点ではクレアの表情は晴れなかった。

「もしそうなった場合、敵軍が兵力の一部を迂回させ、魔境側からテイグーンに侵攻する可能性もあると考えている。加えて前回の事件、ヒヨリミ子爵は全く信用できないしね」

「では私は……、そのために敢えて残されたと？」

「うん、クレアは長年俺の傍に居てくれた。だからこそ、有事には俺が何をしたいか、俺の考えを最も理解してくれていると思う。だからこそクレアに頼みたい。関門の防御指揮官にはクリストフを据え、そこは万全だが、軍事以外は彼の得意とするものではないからね」

「それでは、私の役目は彼の補佐を、軍事以外でも全体を俯瞰して見る、そんなことですか？」

「うん、やはりクレアだ。もう分かってくれたね。あとは、防衛総指揮官のミザリーさんの参謀としても、クレアが必要かな。彼女は戦術については門外漢だし、魔法については更に疎いからね」

「戦局に応じて、タクヒールさまのお気持ちで、お二人に提案すること、ですか？」

「そう！　流石はクレアだ。時には二人を支え、時には引っ張る形で二人の間に立ち、うまく連携するよう補佐してほしい。予想外の事態でも、俺ならきっとこうするはず、そう考えて対処できるのはクレアだけだ。その点で俺は、クレア以外には任せられない任務だと確信している」

話すうちに、クレアの表情が変わってきたので、俺は安心して続けた。

「クレア、テイグーンは俺が心血を注ぎ、一緒に作り上げた町であり、言ってみれば俺の分身だ。クレアには俺の分身を守る役割、それを引き受けてほしいと考えているのだけど……、ダメかな？」

「確かに承りました。私にとってもテイグーンは我が身も同然と考えています。テイグーンの町、もう一人のタクヒールさまを、命を懸けてお守りいたします。是非そうさせてください！」

入ってきた時とは打って変わった、明るい顔でクレアは微笑み、その目は決意に溢れていた。

その後、同じく残留組で不満顔だったエラン、メアリー、ローザたちにも個別に話をした。

それぞれ理由と俺の思惑を丁寧に説明した結果、皆一様に晴れやかな表情で納得してくれた。

特にエランは関門防御戦で要となる存在だ。エランとメアリーがいるからこそ、強固な防御陣地を構築できるし、その維持や有効活用が可能になる。彼らは守りに欠かせない人材なのだから。

残る出征予定者、残留予定者の全てと面談し、意思確認と状況の説明、任務内容を伝えた。

そんな中、早速クレアが中心となって、風魔法士のクリストフとカーリーン、地魔法士のエランとメアリー、水魔法士のサシャとアイラ、火魔法士のクレアとクローラたちで、お互いの持つ魔法を連携させた防衛戦術や、防衛設備、追加工事の議論を始めていた。

彼女らが本気になってくれれば、もう一安心だ。


一方、個別面談を進める中でも、人選に驚きの声を上げる者もいた。

「今回、リリアとマリアンヌを連れて行かれるのには、非常に驚きました」

ミザリーの言葉にヴァイス団長が応じた。

「二人とも肝が据わり十分な覚悟もある。訓練を見ていて、傭兵団に欲しいと思った逸材ですよ」

団長の評価通り、俺も彼女たちを選んだのには明確な理由があった。

元々リリアは商品取引所で囲っていた魔法士の候補者だった。テイグーン騒乱時に彼女は、侵入した賊を率先して討ち取った功績もある。七人の賊のうち、彼女は一人で三人を討ち取っていた。

これには少し事情もあった。彼女は幼いころ家族を盗賊に殺されており、理不尽に他者の命を奪う輩に対し、毅然と立ち向かう強さがあった。そして、仲間を守ろうとする気持ちが一際強い。

団長曰く、それが彼女の覚悟となって、魔法の強さに表れているらしい。実際、彼女の行使する風魔法は精緻を極め、誘導や防壁ではカーリーンと最上位を争うほどの実力を持っている。

そして何より、彼女は既に戦いを経験している。戦場ではこれが一番大事になる。

マリアンヌはもともと、エストの施療院出身だった。俺がテイグーンに移る時に引き抜いた一人であり、それ故に彼女は負傷者の処置に慣れ、テイグーン騒乱時には、盗賊に重傷を負わされた、商品取引所の警備兵や駐留軍の兵士に対して、すぐさま適切な治療を行っていた。

普通なら、目を背けたくなるような深手を負った彼らに対し、直ちに応急処置を行い、聖魔法士として各所で治療に当たっていたローザたちに、対処の順番などを冷静に、かつ的確な指示を出していた。その結果、彼らを始め多くの者の命を救うことに繋がっていた。

今回俺は、こういった実績を評価し、女性ながらこの二人を出征メンバーに入れていた。

こうして俺たちは、全ての者と個別面談を終え、その後の準備に専念することができた。

「クレア殿が納得してくれて良かったですね。彼女ならミザリー殿の補佐も十分こなせ、盗賊たちとの実戦も経験しております。クリストフの尻も、上手く叩いてくれると思いますよ」

ヴァイス団長もほっと溜息をついた。

あ……、もしかして最初に人選を見せた時、団長はそこを心配していたのかな？

あの時の微妙な反応は、この点についての懸念だったのかと、俺は妙に納得してしまった。

全ての個別面談が終わり会議室を出た時も、クレアたちはまだ残って協議を進めていた。

そして翌日には、クリストフ以下連名で、魔境側の隘路、関門防衛に関わる新たな作戦案と、必要箇所への工事申請、防衛に関わる武具の追加購入希望が提出されてきた。

「うわぁ、エグいなぁ。これ」

彼らの作戦内容を見て、俺は思わずそう呟いてしまった。攻めてくる敵に対し、思わず同情してしまいそうな作戦だった。俺は最優先で決裁を行い、工事を急ぎ進めてもらうよう手配した。

まだまだ準備することはあるが、ひとまず体制は整った。月日の流れるのは思ったよりも早い。

新たな追加工事は、地魔法士たちにより密かに進められ、他の者たちも訓練に余念がない。

その頃になると、季節は既に夏へと変わっており、残された猶予は殆どなかった。

後期四大災厄、歴史の織りなす悪意との戦いは、既に目前まで迫っていた。

第二十一話　暗躍する者たち（カイル歴五〇六年　十三歳）

カイル王国に夏が訪れたある日、夜も更けた時間に密かに集う者たちがいた。

そこは豪華な絨毯と調度品で装飾された、とある場所の一室だった。

燭台の火は敢えて小さく絞られており、向かいに座る相手の顔がなんとか見える。そんな程度の明るさでしかない。それが部屋に漂う陰鬱な雰囲気を更に増している。

「で、どうなのだ？　帝国側の首尾はどうなっておる？」

三人の男達、その中でもひと際豪華な絹の服を着た男の問いに、深くローブを被った老人がしわがれた声で答える。

「あちらへの根回しは抜かりなく。国境を抜けた後、本隊が睨み合う隙を突き、左翼側から一軍を抜けさせるよう誘導しております。ついでに右翼側についても同様に手配しております」

「ふん、亀のように首を引っ込め、砦など後生大事に守っているとよいわ。まさか攻め寄せた本軍が囮だとも知らずにな……。これで事は成ったも同然だな」

「そうですな、我らが砦で悠々と眺めている間に、奴らの領地は蹂躙されることとなりましょう。その時になって気が付いたとしても、遅きに失するというものです。奴らの慌てふためく姿こそ、我らの勝利の証。それを見るのが今から楽しみでなりません」

豪奢な服を着た男が毒づくと、三人のなかで一番若い男が追随した。

「彼方にとっても奴は、四年前の戦で手酷くやられた、恨み余る仇敵です。仇の領地を蹂躙して、長年の憂さを晴らすことでしょう。これで、我らの苦々しき思いも晴れ、重畳なことで」

そう言って、しわがれた声の老人が低く笑う。

「ところで、肝心の左翼側への誘因の手筈、抜かりはないであろうな？」

「もちろんでございます。かねてから我らと帝国で結ばれた約定どおり、我々の領土との境界線を通過するのみ、万が一のことが起こらぬよう、案内人を付ける手筈も整えております」

若い男は胸を張って答えた。

「その案内人から事が露見する危険はなかろうな？」

「その点も心得ております。我等は案内人とは直接繋がっておりませぬ。そこから糸をたぐるのは到底無理な話でございます。奴らは使い捨ての駒、惜しむ点は何もございません」

若い男は冷たい笑みを浮かべ、男の疑念に答えた。

「ふぇっふぇっふぇっ、案内人共は昨年の襲撃失敗で多くの仲間が討たれ、奴らを酷く恨んでおります。奴らに金を握らせた折には、敵討ちに参加できると大喜びではしゃいでおりました」

しわがれた声の者も補足した。

「万が一捕縛されて詮議を受けたとしても、逆恨みで動いた盗賊共の復讐劇、そんなところにしか行き当たらない、そういうことか？」

「ふぇっふぇっふぇっ、仰る通りでございます」

「此度の戦で我らの本懐は叶いましょうか？」

若い男が質問した。

「急くでないわ、あちらのお方が正式に皇位を継がれたのち、全軍を以て押し寄せ、この国が蹂躙される日が来よう。此度の戦はそのための準備、そう心得よ。国境付近で抵抗する邪魔な石ころ共を排除し、来る《きた》日のために道を拓き、国境のこちら側に堅固な橋頭堡《きょうとうほ》を築き上げることが目的だ。その戦果を以て皇位継承を優位に、そして確実にすること。これがあのお方の基本戦略よ」

「では……、我らはどう動けば？」

「予想外の侵攻と、領地陥落の報に奴らが浮足立ったところで、我らが砦の内側から城門を開く。さすれば囮だった軍が、再び本隊となって雪崩れ込む。そうなれば中央も思うがままよ」

「ははは、なるほど。さすが父上、策は何段も用意されている、そういう訳ですね。奴らは自国を守るための砦が、自らの首を絞めるとは、思ってもいないでしょうね」

「若さま、砦を起点に右側と左側で国境一帯を押さえる。今回の目的はそんなところじゃろうて」

「では引き続き、我らの謀《はかりごと》がつつがなく進むよう、二人ともしっかり頼むぞ」

「ふぇっふぇっふぇっ、畏まりましてございます」

「はっ、抜かりなく」

三人が部屋を出ると、燭台の火も消え、辺りは再び暗闇と静寂につつまれた。

◇◇◇

同時刻、先ほどとは全く異なる場所でも、三人の男たちが集まり、密談を行っていた。

明るく煌々と照らされた華美なつくりの室内には、豪華な椅子に腰掛けるものが一人、その向かいにある長椅子に腰掛ける者が一人、傍に跪いている者が一人いた。

「あ奴めの申し出、其方はどう思う？　そもそもあ奴は信の置ける者なのか？」

「恐れながら殿下、信用し用いることと、利用して使い捨てることは、全くの別物でございます。我々はただ奴らを利用し、必要がなくなれば打ち捨てればよいのです」

「この際、あ奴が信頼できるかどうかなど、気にせずとも良いと？」

「左様でございます。自国を敵国に売るような輩です。遅かれ早かれ切り捨てる予定で宜しいかと」

「それで……、この情報の信憑性はどうなのだ？」

「かねてより配下の商人を通じて確認したところ、確かにその経路からの侵攻は可能です。しかも一旦攻め取ってしまえば、攻めるも守るも自在の地、敵の虚を突く面白き作戦かと思われます」

「提案自体は汲むべき点があると、そういうことか？」

「左様でございます」

二人の会話に、これまで跪いたままで会話に参加していなかった、三人目の男が顔を上げた。

「お願いがございます。どうかその任、私めにお任せいただけませんか？　奴は我らが同胞の仇、兵達も雪辱を果たす絶好の機会と奮い立つでしょう」

「この方面は敵の虚を突くだけ。たわいもない戦いじゃて。其方の戦力は主戦場こそふさわしい。再建中の鉄騎兵や騎馬隊も主戦場であればこそ、活躍の機会もあろう？　しかも其方の仇は、本隊が対峙する砦の中におるのだぞ」

「ですが……」

長椅子の男の言葉に、傍の男はそれでも食い下がる。

「辺境伯、今回は控えよっ」

最上位の男の一言で、三人目の男はうなだれながら沈黙した。

「いくら天然の要害といっても、守る兵の大半は出征中、留守を突けば簡単に落ちるでしょうな。そして、そこから先は王都までまともな防御線もございません。妻子の住まう本拠地を落とされ、更に王都に向けて兵が動けば……、奴らの慌てる様が目に浮かびますな」

「今回はそこまで止まりなのか？」

「残念ながら……、あと五万、いや、せめてあと三万もあれば、何とかなりましたが……」

「未だに軍団長でしかない我が身が恨めしいな。それにしても、イストリア皇王国との話はついておるのか？」

「はい、奴らは王都という目先の宝に目が眩んでおりますゆえ。我らと時を同じくして、東側より攻め込み、最も手ごわい王都騎士団を、餌として十分引き付けてくれることになりましょう」

「そのために、我らは積極的に、狂信者共にも王国の馬鹿共にも、情報を流しているのだからな」

そう、彼らは侵攻先と一時的に同盟を結んだ隣国、その両方に都合の良い情報を流していた。

前年、ハストブルグ辺境伯が察知したのも、実は彼らが意図的に流していた情報の一つだった。

「騎士団の連中は南への援軍に動けず、王都を守るため距離の近い、東国境の守りを優先してくるでしょうな。噂に踊らされて、我らが望むままに」

「そして、騎士団全軍が東を守れば、皇王国の侵攻も思うに任せず、国境あたりで互いに無意味な泥試合、消耗戦を繰り返してくれるということか？　我らにとっては至極ありがたい話だな」

「はい殿下、騎士団が動けぬなら、南に集まる兵は単なる寄せ集めの烏合の衆です。戦の経験も乏しく功名心に駆られた者ばかり、一度崩れれば一気に崩壊するのは必定かと」

「唯一、統制の取れたハストブルグらの軍団も、腹に獅子身中の虫を抱えている、という訳だな？これは敵ながら哀れと言うしかないな」

殿下と呼ばれた男は、言葉とは裏腹に陰湿な笑みを浮かべて笑った。

全ては手の中にある。

入念に準備も整えた。後は、眼前の果実をもぎ取るだけ。彼には実に簡単なことに思えた。

「これで奴に大きく差をつけることができるな。せいぜい南で蛮族と互いに潰し合うが良いわ！

して、奴は今……、どうなっている？」

「はい、一旦は国境を越え進出いたしましたが、蛮族共の反攻にあい戦線を縮小しております る」

「帝都の方への手回しも、抜かりはないであろうな？」

「はい、今回も要望のあった増援ですが、あちらに送られるのは、老兵や初陣の新兵ばかりです。

とうてい戦では、全く使い物にならん者たちばかりでございます」

「ほう……、それは難儀なことだ。せいぜい南で足掻くとよいわ。その間に北で大勝利を収める。

そして、帝国は俺のものになる」

男はそう言ったのち、高らかに声を上げて満足気に笑った。

兼ねてより進めていた謀が、順調に推移していることに満足すると、手にした酒杯を傾けた。

喉を潤す酒の心地よさを、ゆっくりと感じながら。

「奴らに此方の侵攻時期を伝えよ、正確にな。そして言ってやれ。共に勝利を分かち合おうとな。

そう伝えてうまく煽れ！　王国側の間諜にも心せよ、引き続き皇王国の動向が伝わるようにな」

「畏まりました。未来の皇帝陛下の御為に！」

「我らゴート一族、殿下に変わらぬ忠誠を捧げまする」

カイル王国に大きな試練が訪れようとしていることを、タクヒールたちは未だに知らない。

彼らが想像していた以上に、災厄は大きな波となって押し寄せる手筈が整えられていた。

これより、歴史の反攻が始まる。カイル王国陣営に多大な損害を与え、本来の歴史に修正すべく整えられた流れは、ここで最初の大きな転換期を迎えることになる。

第二十二話　子弟騎士団結成（カイル歴五〇六年　十三歳）

カイル王国王都カイラールでは、タクヒールの兄ダレクが、従者となったクランと共に学園での生活を送っていた。クランは従者として、身の回りの世話から学園への出入りまで許されている。

そのため、王都での生活も一年を過ぎると、彼にも学園内の噂話が耳に入るようになっていた。

「貴族って、本当に度し難いどうしようもない奴らを指す言葉なのですね……」

クランが思わずこぼした愚痴に、ダレクは苦笑して答えた。

「僕もその、どうしようもない貴族の一人なのだけどね……」

「いいえ、ダレクさまはあいつらとは全く違いますよ。奴らは貴族という血統だけで、何でもできると思っているのですから」

クランは昨今、王都の学園内で起こっている出来事に対して憤慨していたのだ。

ダレク自身、クランの気持ちは痛い程に分かる。それぐらい度し難いと思える事態が、学園内で進行していたからだ。この出来事の発端は、少し前に遡る。

◇◇◇

「おい、聞いたか？　いよいよグリフォニア帝国が攻めて来るらしいぞ」

「国境の辺境伯は、迎撃の準備を進めているそうだぞ。今回も勝てるのか？」

「ふん、前回は無様に負けたからな。何でも次は数で押し切る作戦らしいぞ」

王都に住まう貴族の中でも、辺境の情勢に精通している者は少なからず存在する。まして国防に関わる内容なら、貴族でなくても有力商人、官僚として働く者たちの間でも強い関心を持って話題に上る。その一端を聞きかじった子弟たちの間では、秘匿情報が公然の秘密として囁かれていた。

「前回はあれだけ醜態を晒して懲りない奴らだ。数倍の兵力で攻めて来ても恥の上塗りだけさ」

「ふん、辺境の蕪男爵にしてやられるような奴らだ。由緒ある貴族、我々の相手にもならんわ」

「その蕪男爵の長男も運の良いことだ。蛮族の弱兵相手に武勲を上げて、今や既に準男爵様よ」

「私も武勲を上げる機会に恵まれたいものですな。たかが準男爵の称号など御免被りたいがな」

「そうだな、そんな爵位は要らんが、彼の幸運にはあやかりたいものだな」

「我らが出陣すれば、それに倍する戦果を挙げられたものを。誠に残念なことではありますな」

戦を知らず、貴族の身分だけを矜持にしている彼らの会話は、あまりにも程度が低過ぎた。

そんなもの子供の妄想話に過ぎない。ダレクはそう思って、学園内でも彼らと交わろうとせず、意識的に距離を置いて超然としていた。

だが、上級貴族と呼ばれる子弟たち、彼らの虚栄心から出た話はやがて大きく膨らみ、いつしか単なる妄想話が、見過ごせない事態へと発展した。

「我らは上級貴族の子弟、この難局に対し出陣し、貴族としての範を示すべきではないか？」

「賛成だ！　辺境の田舎貴族とは違う、王国を支える真の貴族の有様を、見せてやるべきですな」

「武勲や恩賞は選ばれた我々にこそ、遣わされるべきものだ」

「我々の武威を示せば、南方に住まう蛮族など、二度と侵攻する気にもならないだろうて」

彼らの思考は、もはや子供じみた蛮勇としか言いようがないところまで至っていた。

だが当事者たる彼らは気付いていなかった。いつの間にか彼らに巧みに取り入り、彼らの虚栄心や嫉妬心を煽り、この愚かしい行動に盲信的になるよう、密かに誘導していた者の存在を……。


ただ導かれたままに雄弁を振るう彼らだが、自身が実際に戦場で戦うことなど想定していない。戦場では安全な後方に隠れているだけで、戦いは配下の者たちが行うもの、そして配下の者が、命を賭して得た戦果を、主人として手にするだけのこと。それを当然のことと思っていた。

王都の学園で過ごして一年、ダレクは剣技において学園一、既に『剣聖』と称される階位にまで腕を上げ、王国全土でも比類なき者として注目されるまでになっていた。

そんなダレクも、彼らにとっては前線で戦う使い捨ての手駒の一つ、その程度の認識しかない。

中級貴族以上の身分を持つ生徒たちからは全く人気のないダレクだが、平民や騎士爵、準男爵などの準貴族以下の家系に連なる生徒たちからは、非常に人気があり、尊敬されて慕われていた。

それが中級以上の爵位に属する、貴族の子弟からすれば面白くない。人望・能力・武勲、どれを取っても、彼らには無いものをダレクは持っていたからだ。

「男爵といっても所詮辺境の成り上がり、自らも先陣に立ち、見苦しく戦うのが似合いだな」

「どうだろう。我ら貴族子弟で子弟騎士団を結成し、此度の戦、出陣を陛下に願い出るのは？」

「それは面白い！　我ら門閥《もんばつ》貴族が中心になって声を掛ければ、賛同、参加する者も多かろう」

「今回は我らが武勲を立て、本物の貴族とは如何なるものか、正しき姿を民にも見せるべきだな」

このように、高位な立場にある貴族の子弟間で、無謀な提案が議論されていることを、ダレクは知る由もなかった。

そしてこの無謀な提案はいつしか……。

『若者たちの心意気やよしっ！　古《いにしえ》の倣いに従い、全軍の士気向上に充てるべし！』

そう意気上がる門閥貴族を通じて国王に上奏され、子弟騎士団の設立と出征の認可が下りてしまった。

これを後押しした大人たちの胸中には、永き平和の時代に美化され、既に形骸化してしまった、初代カイル王が定めたと言われる、貴族としての戒めがあった。

『王族、上位貴族たるもの、率先して陣頭に立ち、王国を守る礎とならんこと、ここに定める』

これは本来、上に立つ者は率先して領民たちを守り、行動するよう定めたものだった。

王国創世の時代、カイル王は常に民を守るため、陣頭に立ち戦った故事からきていると言われ、それが伝承となり、いつのまにか最前線で戦うことが、貴族の定めとして形づくられていった。

門閥貴族たちはその故事を持ち出し、強引ともいえる形で国王の承認を取り付けていたのだ。

王都の騎士団長や実戦を知る貴族たちは、このことを知り、頭を抱えて対応を悩んだという。

こうして、子弟騎士団が設立される土壌は整っていった。戦いを知らぬ者たちの手により……。

だが、彼らと関わりのなかったダレクは、そのことを全く知らなかった。そしてある日、思いも寄らぬ相手から、その事実を知らされることになった。


「自領をも巻き込む大戦が起こる中、王都にてご遊学とは、蕪男爵のご子息は優雅なものですな」

「これはヒヨリミ子爵家のエロール様、先年はテイグーンにて弟が大変お世話になったそうで」

ダレク自身、大人気ないとは思いつつ、小憎らしい相手に正面から言い返す決断をした。

「お噂は兼ね兼ね聞き及んでおります。エロール殿は王都にご遊学中と思っておりましたが……。ある時は、疾風の如く領内に駆け戻られ、王国南部辺境にて盗賊団の警戒や殲滅の任に当たられ、ある時は、隣領の窮地を知るや否や、まるで事前にそれを予期されていたかの如く駆け付けられ、ある時は、王都の学舎にて学生としてだけでなく、王国貴族として範を示しておられるとのこと。まさに八面六臂のご活躍と、常々感嘆しておりました」

エロールは昨年かいた大恥を思い出したのか、何も言えず怒りで顔をまっ赤にしていた。

「エロール様の御心配には及びません。私もソリス男爵軍の一員として、間も無くサザンゲートに駆けつける予定です。さて、エロール様の初陣は、いつ頃になりますかな？」

「ふん、今度は敵も大軍。しかも籠城戦では小細工する余裕もなかろう。せいぜい頑張るが良い」

「ありがとうございます。エロール様はこのまま優雅にご遊学ですかな？」

「この度王国貴族の子弟で結成された、栄えある子弟騎士団の一員として私は戦場に駆け付ける。その煌びやかさだけでも、目を奪われるような軍団となろうな。まさに私の初陣に相応《ふさわ》しい」

「そうですか、では戦場でお目に掛かることになりそうですね。ご健勝をお祈りいたします」

エロールの前から立ち去ったダレクは、独り大きな溜息をついた。

「あいつらは馬鹿か？　いや馬鹿とは分かっていた。が、それにしても……、度し難い馬鹿だ」

◇◇◇

どうやら子弟騎士団結成の件は、クラン自身も似たような状況で噂を聞きつけてきたのだろう。余りにも稚拙で、度し難い話に怒り心頭となり、それが思わず侮辱罪とも取られかねない、暴言を発することになったようだ。ただ彼は、真実を言っただけのことではあるが……。

「クラン、我らもそろそろエストに向けて出発しよう。今頃父上も兵を集結させているだろうし」

「承知いたしました。ただ、学園長からダレクさまに対し『急ぎ学園長室に来るように』、とのご伝言を承っております。如何いたしますか？」

「ちっ、あの狸爺か……、公爵閣下でもあるし、流石に無視はできんな……」

一抹の不安を感じつつ、ダレクは慌てて学園長の元に向かった。

「よく来たな、ソリス・フォン・ダレク準男爵よ」

学園長室には、学園長であるクライン・フォン・クラウス公爵と、何故か王都騎士団長である、ゴウラス・フォン・ウィリアム伯爵が待ち受けていた。

「まぁ掛けたまえ、ここには君と、我ら二人しかおらん。我らは君の本心が聞きたくてな」

ダレクは『何故王都騎士団団長がここに？』そう訝しみながら、彼に勧められて席に着いた。

「其方は子弟騎士団の件は聞いておるかの？」

神妙に頷くダレクに対し、学園長は続けた。

「全くもって、若者の暴挙に乗ってしまう大人も度し難いのじゃが……、此度の件で彼らが出征したとして、果たしてどうなるかの？　思ったことを話してくれんか」

「実際にグリフォニア帝国の将兵と戦った、君の思うところを忌憚《きたん》なく話してほしい」

王都騎士団長もそれに言葉を重ねた。

「無礼を承知で申し上げますが、グリフォニア帝国の将兵は皆精強です。前回我々が勝てたのは、敵が我らを侮っていたこと、策がはまったこと、ただそれだけです。同じ策は二度と使えません。戦を知らぬ貴族の子弟たちは暴走し、初陣にて最初で最後の経験を積むことになるでしょうね」

「つまり戦って敗れ、命を散らすか……」

「はい、騎士団長の仰る通りです。彼らは戦の経験もありません。また敵を弱兵と侮っています。統制も利かず、武功を焦り猪突すること、目に見えていますので」

「学園長……、我々と見解は同じようだな」

「ですな、度し難い者たちではあるが、若者たちがあたら無為に命を散らすのも見捨てておけぬわ」

「私の危惧は、彼らの暴走が引き金となり戦線崩壊を招くことだ。それだけは看過できん」

「あの……、よろしいでしょうか？　今回の戦いに王都騎士団は参加しないのですか？」

ダレクの質問に学園長から予想外の回答が返ってきた。

「王都騎士団のうち二万騎は別方面の危機に備え、今はそちらに向かっておるのだ。ハストブルグ辺境伯への援軍には、南方に領地を持つ伯爵以下の貴族たちが加わることになるじゃろう……」

「え？　別方面？　それはどういうことですか？」

「現在カイル王国には紛争中の国境が二か所あるのは知っておろう？　南と東がそうじゃ。現在はその二か所が最前線として緊張状態にある。南は其方を始め、ハストブルグ辺境伯らの活躍で守り切っておるが、東側のイストリア皇王国との国境は今、非常に危険な状態になっておる」

「クライン閣下、私は初めて知りましたが、どういうことですか？」

「情報は封鎖されておるでな……。東国境は敵の予想外の戦術に敗北し、痛手を受けたハミッシュ辺境伯軍は、国境の砦を奪われた。そのため、再侵攻があれば持ち堪えることが難しいのじゃ」

ゴウラス騎士団長も苦々しい表情で学園長の言葉に続いた。

「諜報によると、グリフォニア帝国とイストリア皇王国が裏で通じているらしい。それ故に次は、時を合わせて南と東の国境より両国が侵攻して来る可能性が非常に高い、そう考えている」

「情報を掴んでいるのであれば、王国の防衛体制はどうなっているのですか？」

「先程言った通り、ハミッシュ辺境伯軍は敗戦の痛手からまだ立ち直っておらん。それ故に敗北は必至、そうなるとこの王都まで敵国の侵攻を許すことになる。王都騎士団としては到底看過できない事態だ。故に王都騎士団は二万騎を東国境へ、一万騎を王都防衛に充てる。そこでだ……」

「状況は理解しました。そこで、私に何か関わりがあるのですか？」

「もちろんあるさ、君には第二子弟騎士団を率いてもらい、南の戦線に向かってほしい」

「騎士団長とも話したが、この任務、お主が適任……、いや、お主以外にはないと思うてな」

「はぁっ？」

長い前置きの後、唐突に踏み込まれた本題に、ダレクは思わず失礼な声を上げてしまった。

「失礼しました。第二？　子弟騎士団とは一体……？　しかも何故私が？」

ダレクの疑問に学園長が補足した。

「今回の門閥貴族子弟の動きに釣られ、準男爵や騎士爵、一部平民の子弟まで、子弟騎士団に参加を求めてきておるのじゃ。それが問題になることはお主も理解できるであろう？　そこで隊を二つに分割し、準貴族と平民からなる部隊を独立させて、第二子弟騎士団とした。無用の混乱と、彼らが無下に扱われるのを防ぐためにな」

「ちょっとお待ちください！　無礼を承知で申し上げます。南部貴族の寄せ集め混成軍に、戦を舐めきった、戦すら知らない第一子弟騎士団、第二子弟騎士団で一体何ができると言うのですか？」

ダレクは一旦言葉を切り、思いのたけをぶつける。

「王都の方々は、本当に、南を守りたいとお考えですか？　私には全くそうは思えませんが……。

正直これでは援軍にすらならないです。逆に足を引っ張るだけです！　第二子弟騎士団の者たち、彼らには戦場で盾となって死ねと、そして、それを私に率いろと仰るのですか？」

ダレクは怒っていた。

勿論無茶苦茶な命令だ。言っている方もそれを承知しているのだから、余計に腹が立つ。

「我々としては、君の実家にも大いに期待していてね。男爵家に似合わぬ数の魔法士を集め、日々訓練に余念がないと聞いている」

騎士団長の言っている言葉の真意を、ダレクは理解しかねていた。

「大量の魔法士を実戦投入、これは王国中の耳目を集める快挙となろうな。まぁ、事が公になるとすればじゃが……。力を持ちすぎた者には反動がある。それが位階の低い者ならば猶更な。我らはその反動の盾として、其方と其方の家を守ることも可能じゃ」

騎士団長、学園長の含みのある言葉に、ダレクは彼らの意図を悟った。

『タクヒールめ、魔法士の件が王都にまで筒抜けじゃんか。あいつ、ちょっとは自重しろよっ！』

ダレクは心の中で叫んでいた。

「私に拒否する権利は無いようですね……。お引き受けするに当たり幾つかお願いがございます。戦場の行動については、全て私にご一任いただくこと。万が一の際には、第二子弟騎士団の安全を最優先し行動すること、これらをお認めいただくことが大前提です」

「ハストブルグ辺境伯麾下のキリアス子爵は、かつては王都騎士団に所属し私の部下でもあった。

彼にも文を送り事情を説明の上、協力を仰ぐ予定だ。そもそも第一子弟騎士団の連中には最前線で戦う器量などない。せいぜい敗走する敵の背を討つ程度だろう」

戦場はそんなに甘くはない。そして騎士団長たちは彼らを見誤っている。彼らは必ず暴発する。そして、暴発した彼らに味方は引きずられ、混乱して犠牲を拡大することになるだろう。

奴らと心中など、以ての外だ。

ダレクは心の中でそう思っていたが、表面上は何も言葉にせず黙って頷き、念を押した。

「では、第二子弟騎士団と第一子弟騎士団は『完全に別部隊として個別に行動する』こと、戦場では『それぞれの部隊の安全を最優先する』ことをお認めいただいた、そう考えて宜しいですね？」

「ああ、それで差し支えないよ」

「仮に、第二子弟騎士団が独断専行により壊滅しても、第一子弟騎士団はその責を負わないものとし、『その逆も然り』この三点の記載を含んだ、騎士団長の命令書をいただきたく思います」

「ふふふ、兄弟揃って……、聞いておった以上に優秀じゃな？　誠に結構なことだわ。騎士団長、それぐらいは問題なかろう？」

「……確かに、命令書の件は承知した」


このような経緯で、ダレクは第二子弟騎士団を率い、王都から参陣することが決まった。

足手まといの味方を率い、信頼に足る者も少ないなか、困難に満ち溢れた任務であった。

それはまるで、歴史が彼の前回辿った運命に、見えない手を伸ばし導くかのようであった……。

第二十三話　子弟騎士団出陣（カイル歴五〇六年　十三歳）

カイル王国の王都カイラールでは、今正に二つの新設騎士団が、戦地に向けて出立しようとしていた。王都を出立する軍馬の列に、民たちは列を作り歓呼で彼らを見送る。

上位貴族たちが中心となる第一子弟騎士団は、それぞれの部隊が配下の者に至るまで軍装は統一され、非常に煌びやかな印象を受けるが、準貴族や平民たちで構成された第二子弟騎士団は、軍装もバラバラで、第一子弟騎士団と比べて華やかさにも欠けていた。

「見よっ！　あれが我が王国が誇る、華の第二子弟騎士団だそうだ。準貴族から平民まで勇ましく勢揃いした威容、見ただけで王国の武威が知れるというものだな」

「ははは、きっとあの荷駄には、蕪が山盛りに積まれているのだろうて」

「あの武骨な軍勢を見て、王国貴族はまともに武具すら揃えられない。そういった賛辞を敵だけでなく、味方からも受けることになるかも知れんな」

第一子弟騎士団の面々は、自らの軍団と対照的な、第二子弟騎士団を見て嘲笑する。

だがダレクは、そんな嘲笑すら全く意に介しない様子だった。

「クラン、やっとここまで来たな。本当に、ここに到るまでの方が戦場みたいだったよ」

「そうですね、あのままでは……、まともに出発すらできない状態でしたよね」

二人は、ここに至るまでの日々を思い浮かべ、互いの労をねぎらっていた。


学園長に呼び出しを受けた日、ダレクはやむを得ず、第二子弟騎士団を率いる件を承諾した。

そのために急遽予定を変更して、二人は準備に奔走した。それからは正に時間との戦いだった。

まず、実家のソリス男爵家に早馬を送り、事の経緯を報告すると共に、第二子弟騎士団の一員として彼に付き従う直属の兵、通称ダレク親衛隊から新たに騎兵を選抜し領地から呼び寄せた。

元々王都には、クラン以外に四騎が護衛として随伴していたので、総勢二十五騎を配下として第二子弟騎士団に参加させた。彼らの周囲には最低限この人数の、信頼に値する仲間が必要だった。


十二歳にして初陣し、敵軍殲滅の契機を作り、武功を挙げた豪の者。

剣技に秀で、王国内でも頂点に近い、剣聖の称号を持つ若き剣士。

戦功により僅か十二歳で叙爵された、準男爵の地位にある新進気鋭の男爵家次期当主。


そんなことを看板として、政治に利用されていることを、ダレクは十分に分かっていた。そしてそれ自体が、妬みや偏見に繋がり、味方の中においても孤立する危険があることも。

危険な任務で出る杭を叩く好機とすること、実家の力を借り出す人質として利用されること。

一部には、自身を疎ましく思い、排除したいと考える者がいることは重々承知している。だが、貴族の序列が最下層である今の立場では、不本意だが彼らの思惑に乗るしか選択肢はなかった。

「俺の中で、やれることをやるだけさ」

ダレクは諦めたようにそう呟くと、目前の課題に取り組んでいった。

兵卒が揃うまでただ待っていられるはずもなく、ダレクは集まった者たちから順次招集を掛け、戦闘に最低限必要な軍事教練、集団戦闘、陣形転換などの訓練をひたすら毎日行っていった。

「戦場で最低限の動きすらできない者は、自らの命すら守れんぞ！」

学園の修練場では、日々ダレクの叱咤が飛んだ。速成教育なのは仕方ない。だが集団として機能しなければ、戦場では敵軍の餌になるだけだ。ダレクの指導のもと第二子弟騎士団は、戦闘集団としての動きを徐々に身に付け、なんとかまともに動ける程度にまでなっていった。

その訓練の様子を見た、王都騎士団長は思わず感嘆の声を上げたという。

「ほう、あの小僧どもがいっぱしの動きをしておるわ。速成訓練で未熟な部分は目につくが……、あの者は今後、わが騎士団の指揮官として欲しいな」

王都騎士団長は、ダレクの評価を更に一段階上げていた。

出立の日まで残された時間は、日々、こういった激しい訓練に費やされていった。


だが、集まった者の中には、当然のようにダレクの指揮に異を唱える者たちも存在した。

「馬鹿な！　こんな小僧の指揮に従えだと？　王国はどういった人事をしている！」

もっともなことだ。俺だってそう思うよ。そう呟きながら、ダレクは冷静に対処していった。

そういった者たちの多くは、能力の高い者や腕に覚えのある者たちだった。反発する彼らは、最初こそダレクを手こずらせたが、強引な話し合い（剣術対戦や集団での模擬戦）を通じ、ダレクの力量を理解させていった。ひとたび剣を交えれば、剣聖のダレクに敵う者など誰もいない。

軍略についても、天性の才に加え、自他共に認めるヴァイス団長の一番弟子だ。

ダレクは自らの力でもって、第二子弟騎士団をまとめあげていった。

このような努力の結果、出発の前日には指揮系統を整えられた、五百騎の軍勢が勢揃いした。

集まったのは、準貴族の子弟や平民たちに加え、彼らの配下として参加した者たちであり、戦闘集団としては未熟で発展途上だが、個人の技量はそれなりに高い者たちが多く含まれていた。

準貴族以下の身分が低い貴族や平民が、王都の学園に通う理由は二つだけだ。文官として身を立てるか、騎士団に入団し武官として身を立てることだ。今回集まった彼らは、王都騎士団を目指すだけあって、腕自慢の者や従軍経験のある者、中には既に戦功を挙げていた者すら含まれていた。

その点は、初陣ばかりで配下頼みの、第一子弟騎士団とは大きく事情が異なっていた。

第一子弟騎士団の者たちに嘲笑された鎧や武具も、統一性こそなかったが、全てが実戦用で飾り気などを一切排除した無骨な、だが実用的なものだった。

そのため、第一子弟騎士団の者たちの心無い言葉も、実戦を知らぬ愚か者の言葉としか思えず、密かに嘲笑しながら、全く気にしていなかった。むしろ、傷ひとつない煌びやかな鎧を纏った、無知に笑う彼らの方が、哀れな道化者に見えていた。

第二子弟騎士団が抱える弱みはたったひとつ、参加兵力の少なさだった。

ダレクのように、二十五名もの配下を手配し、従軍させた者は他にいない。多くても十名前後、配下が誰一人としておらず、単身で参加する者も多かった。

こういった事情もあって、第一子弟騎士団が二千騎の数を誇るのに比べ、僅か四分の一の兵力である、五百騎しか集まらなかった。そのことは、第一子弟騎士団に所属する貴族子弟の自尊心を刺激し、彼らが第二子弟騎士団を蔑む理由のひとつにもなっていた。

王都を並走して出発した二つの騎士団のうち、第一子弟騎士団の武装は、配下に至るまでも煌びやかだが、実戦にはそぐわない華美な装飾が入ったものも多かった。

そして、それぞれが率いる従卒も多く、中には百名近い配下を招集して従軍する者さえいた。

「なぁ、あんなに着飾って、奴らは戦場で晩餐会でもする気か？」

「コックを戦場に連れて行くとか、俺には理解ができんわ！」

「あの装飾、戦場で奪ってくれと見せつけるつもりか？」

「いやいや、戦場で宝物を見せつけ、雑兵たちを引きつけて戦うつもりだろうよ。豪気なことだ」

「戦えない従卒を引き連れて行くとか……、奴らは遠足気分かよ？」

先程まで一方的に罵詈雑言を受けていた、第二子弟騎士団の者たちも決して負けていなかった。

ただ……、彼らの言葉は相手の耳に届かないような、小声で囁かれているだけであったが。

「ダレクさま、第一子弟騎士団ですが、実際の戦闘要員は千人から多くても千五百人程度ですね」

クランは苦笑しながら馬を寄せて囁いた。

「そうだな、彼らにとっては呑気な遠足なのだろうな。生涯最後の遠足になるだろうが……」

ダレクも苦笑するしかなかった。

「クラン、王都を出たら我らは進軍速度を速める。なので今から各隊に伝達を頼みたい」

「了解しました。騎馬を走らせながら、あれをやるのですね？」

「ああ、向かう途中でも時間は惜しい。少しでも生きて帰る確率を上げないとな。悪いが伝達が終わったら、我らから先行して進み、この先で行軍しながら陣形の展開や転換、そんな訓練ができそうな地形を確認しておいてくれないか？」

ダレクは出発前から、ひとたび王都を出れば、第二子弟騎士団は独立した別部隊として、別行動して構わない旨の許可を得ていた。第一子弟騎士団にも、行軍中に訓練を行いつつ戦場に向かう、その旨を伝えてある。そのため、のろのろ進む彼らの移動に合わせる必要は一切ない。

まして、戦場までの距離は長い。彼らと共に行軍するだけでも不愉快だし、彼らに合わせて行軍した結果、戦場に遅参するなどもっての外だ。少しでも早く、そして開戦前に到着し、現地にてできる限りの訓練や、戦場に合わせた陣形展開なども身に付けさせたい、そう考えていた。

それが、一人でも多く帰還できることに繋がるのだから……。

まだ幼さの残る自分と同年代の少年たち、果たしてこの中の何人を……、戦場から連れ帰ることができるだろうか？　ダレクはそんな不安でいっぱいだった。

そのために、戦場に向かう途中でも、ダレクの容赦ない訓練は続いた。

一人でも多くの者が、苦しい戦いを生き残り、再び王都に戻れるように。

「いいか！　この先の丘を越えたら直ちに陣形転換、先頭から順次、魚鱗陣に移行して進軍する。そのまま隊形を維持しつつ、次の丘まで整然と進めっ！」

またある時は……。

「この丘の先で敵に包囲されている味方を救出する。全軍突撃隊形を取れ！　いいか、駆け出しながら陣形を紡錘陣形に転換しつつ、全力疾走で突入するぞ！」

更に……。

「これより撤退戦を行う！　交代で最後尾を守りつつ、順次進行方向に後退する！　第一隊は敵軍に扮して後退する部隊を追い立てろ！」

ダレクの指示は容赦なかった。進軍しながらも休むことなく訓練は続けられ、それはさながら、ヴァイス団長の鬼っぷりに似ていた。自他共に認める一番弟子は伊達ではなかった。

学園では、授業の一環で部隊の展開訓練や陣形変更など、集団戦の訓練も行っているため、その授業を受けている者たちなら飲み込みは早い。更に戦場で実戦を経験している者もいる。

彼らは小規模集団、中規模集団の長として、配下の部隊を引っ張ってくれている。戦場に到着するまでには、なんとかなるだろう。あとは……。

「タクヒールのことだ。きっとアレを戦場に持ち込んでいる。アレなら短時間でモノにできる」

「ですね、まだ秘匿する必要がありますし」

「戦いの前までは、アレを兵に持たせているだろう。そして本番では不要になる。だから俺たちが使わせてもらう。そうすれば、戦いの経験が乏しい彼らでも、多少の活躍は期待できるからな」

「そうですね。数の力は大きいですからね」

「あとは、弟が魔法士を何人連れて来るか、だな？」

「はい、きっとタクヒールさまのことです。何人もの仲間を連れて来られるでしょう」

「そうすれば彼らでも、それなりの戦いができる。男爵軍と合わせて、総勢千名ともなれば数として力を発揮できる。魔法士との連携なら、彼らも十分に役立ってくれるだろう」

ダレクは期待に満ちた言葉で呟いた。

「だが……、ここに至っても弟頼みか。兄としては面目ないな……」

ダレクは憮然として呟くと、気を取り直して号令を発した。

「全軍！　サザンゲート砦まで通常七日の行程を、可能な限り短縮するっ！　一日でも早く戦場に到着すること、それが自身の活躍と生還を助ける、そう心得よ。遅れるなよ！」

ダレクは騎馬の脚を速め、可能な限り進軍を急いだ。


ダレクの思惑通り、タクヒールたちは戦場に、独自の兵器を二種類持ち込むことになっていた。

そのため、ダレクの期待していた兵器は第二子弟騎士団にも行き渡り、タクヒールが望んでいた戦局を変える手段として、大きな効果を上げることになる。そう、二人の思惑は、この先の戦場で完全に一致することになる。

第二十四話　戦場へ（カイル歴五〇六年　十三歳）

～～～～ソリス男爵領史　滅亡の階梯～～～～～～～～～～～～～～～～～～～～～～～～～～～～～～～～～～

カイル歴五〇六年、グリフォニア帝国の雄、ゴート辺境伯は再びカイル王国を侵攻する
実りの時期に戦禍に見舞われたハストブルグ辺境伯、麾下の兵を率いこれを迎撃
戦力は拮抗し互いに譲らず、対陣は永きに渡ると思われたが、味方の奸計により戦局は急変する
ソリス男爵家が誇る若き光の剣士、数多の兵を救うため奮戦するも、敵中に孤立し窮地に陥る
エストールの兵たち、敵中に突貫しこれを救わんと試みるも叶わず、光は大地に沈み再び還らず
この戦い、数多の帝国兵を葬るも、多くの味方もまた、再び還ること叶わず
エストールの民、深く悲しみ、失われた光を偲び祈りを捧げ、その大地は涙に濡れる

～～

秋の収穫が目前に迫ったある日、エストの父にハストブルグ辺境伯からの早馬が到着した。
タクヒールが恐れ、準備を進めていた後期四大災厄の最初の波が、現実となって襲ってきた。
『帝国の侵攻が確実となった。各位は手勢を率い可及的速やかにサザンゲート砦に参集せよ！』

父からの知らせを受け、俺はテイグーンの町から二百騎を率いて、エストの街へと出発した。

「タクヒールさま、これより別働隊は出発し、敵の動きがあるまで潜伏いたします」

「うん、潜伏場所も任務も危険だけど、皆の安全を第一に、危なくなれば撤退する前提で頼む」

そう言ってテイグーンから送り出したのは、闇魔法士のラファール率いる別動隊だ。彼らは斥候として脚の速い馬を揃え、魔境の境を抜ける国境線近くに配置して潜伏させる。

そこで彼らは、ラファールの闇魔法の助けを受けつつ、偵察の任に就く。万が一、テイグーン方面に異変があれば、テイグーンの町、及びサザンゲート砦の俺に、急報を届ける重要な役目だ。

俺の杞憂で終われば良いが……、湧き起こる不安、万が一の事態に備えた対処のひとつだった。

◇テイグーンの出征兵力
（本隊）
鉄騎兵団　五〇騎（父からの預かり駐留部隊）
軽装騎兵　八〇騎（兵士七〇騎＋魔法士一〇騎）
傭兵団　七〇騎
（別動隊）
軽装騎兵　一二騎（闇魔法士ラファールを隊長とした斥候部隊）
（残留部隊）
魔法士　一三名

弓箭兵　八〇名
傭兵団　三〇名

テイグーンを出立した兵士たちと共に、二百騎の軍勢がエストの街に向かう姿を振り返り、俺は少し感慨深かった。四年前はソリス男爵軍全体で、従軍した騎兵は二百騎。今はテイグーンだけで同じ数の二百騎を擁している。

「この四年間でウチの軍勢も大きく変わったなぁ」

「そうですね。数だけでなく、練度や打撃力の質も大きく変わりました。すこぶる良いほうに」

俺の独り言にヴァイス団長が反応してくれた。

「傭兵団も、初めてお会いした時の三倍以上になりましたよね」

そう、傭兵団も五年前の三十名から、今や団員百名を抱える規模に急成長していた。

「まぁ全て……、あるお方の企みのお陰ですけどね」

「……」

笑顔で笑う団長が、何を指しているのか理解できたが、あえて俺は沈黙した。

「傭兵団も、その方へのご恩を返すまでエストールの地を出ることはありません。できれば末永くご奉公したい、それが傭兵団の総意です……」

まぁ、引き留めるために色々やったのは事実だが……、その言葉は涙が出るほど嬉しかった。

そんなやり取りをしながら、俺たちがエストに到着した時には、全軍出撃の準備が整っていた。

穏やか貴族の休暇のすすめ。
A MILD NOBLE'S VACATION SUGGESTION
ドラマCD5
著 岬
イラスト さんど
穏やか貴族の休暇のすすめ。
ドラマCD5
【キャスト】
リゼル：斉藤壮馬
ジル：梅原裕一郎
イレヴン：柿原徹也
スタッド：福山 潤
ジャッジ：山下大輝
レイ：鳥海浩輔
シャドウ：安元洋貴
ヒスイ：小林千晃
ナハス：増田俊樹
宿主：KENN
ヴァーミリオン=ピケ：井上麻里奈
オリバー：遠藤広之
アメリア：稲垣 好
ケビン：河西健吾
穏やか貴族の休暇のすすめ。
迷宮品テディベア
レプリカ（リゼルver.）
A MILD NOBLE'S VACATION SUGGESTION COFFEE SET
4/15 発売！
穏やか貴族の休暇のすすめ。
ドリップコーヒーセット
穏やか貴族の休暇のすすめ。
陛下即位記念マグカップ
穏やか貴族の休暇のすすめ。
POP UP SHOP @SHIBUYA TSUTAYA
2024.4.25［thu］ START!
詳細はこちら！
SHIBUYA TSUTAYA
POP UP SHOP
2024.4.25［thu］ START!
TSUTAYA POP UP SHOP
先行販売グッズ続々！
詳細はこちら！
4/20 発売！
●水属性の魔法使い
ポストカードセット
Audio Book 配信中!!
断罪された悪役令嬢は、逆行して完璧な悪女を目指す
TOブックス Audio Book
朗読 志田有彩 内匠靖明 引坂理絵 呉よしたか
第1巻
NEW! 4/15 配信！
転生したら皇帝でした
TOブックス Audio Book
朗読 平川大輔 成塚衣和美 熊谷貴弘
第3巻
NEW! 4/25 配信！
攻略対象
TOブックス Audio Book
朗読 志田有彩 水島大宙
第5巻
NEW! 4/25 配信！
TOブックス Audio Book
朗読 山口勝平 羽飼まり
第10巻
好評配信中！
※諸般の都合により、配信日時が変更になる場合がございます。

そのため、俺たちはエストに到着してそのまま、集結したソリス男爵軍と戦場に向け出立した。

今回はバルトも俺に付き従って従軍しており、秘匿兵器であるエストールボウは全て、バルトが空間収納で輸送し、兵士は全員が改良型クロスボウを持って移動している。

更にバルトには、事前にエストの街で発注していた大量の矢と食料も収納してもらっている。これにより荷駄隊は、積載する荷物も少なくなり、俺たちは速やかな行軍が可能となっていた。

テイグーンの兵力も含めたソリス男爵の兵力は、これまでにない規模となっている。

その数五百名、それに加え、双頭の鷹傭兵団からは七十名だ。四年前と比べ、出征兵力だけでも百七十名増えている。更にこの五百七十名全てが、表向きはクロスボウを、実際はエストールボウを使い、弓箭兵としても活躍できるよう準備が進められている。

◇ソリス男爵軍（合流後）
鉄騎兵団　二〇〇騎
軽装騎兵　一〇〇騎
歩兵　二〇〇人
傭兵団　七〇騎

俺たちがサザンゲート砦に到着すると、ほぼ同時にゴーマン子爵軍も到着していた。先に到着していたキリアス子爵、ヒヨリミ子爵、コーネル男爵、クライツ男爵、ボールド男爵、ヘラルド男爵たちが率いる軍勢と合流し、ハストブルグ辺境伯軍が率いる全ての軍が勢揃いしたことになる。

ちなみに、各貴族軍の陣容は、俺たち以外は四年前とほぼ変わらなかった。

◇ハストブルグ辺境伯全軍　総勢七〇〇〇名
ハストブルグ辺境伯　　三二〇〇名
キリアス子爵　　一〇〇〇名
ゴーマン子爵　　八〇〇名
ヒヨリミ子爵　　六〇〇名
ソリス男爵　　五七〇名
コーネル男爵　　二三〇名
クライツ男爵　　二〇〇名
ボールド男爵　　二〇〇名
ヘラルド男爵　　二〇〇名

カイル王国南部に領地を持つ、その他貴族の援軍はまだ到着していなかったが、その日の夜は、全体の軍議が開かれ、ハストブルグ辺境伯より、最新の情報が共有された。

そこで俺は、自身の行った歴史改編の皮肉を、改めて思い知らされることになった。

「侵攻軍は二万名から三万名と予想され、主力は第一皇子が直轄する親衛軍一万五千名じゃろう。

親衛軍は数、装備、練度共に、帝国軍の中で最強と言ってよく、我らは心して当たらねばならん。今回は援軍が揃い、兵力差が拮抗するまでは待機し、ここサザンゲート砦にて籠城戦となる」

斥候の情報によると、戦闘開始は今日より三日から五日後、そう予想されているらしい。

予想された開戦までに、王都から出立した子弟騎士団二千五百名、近隣貴族率いる合計一万名の援軍が間に合うかどうか、その辺りは微妙な状態らしい。

「現在も、そして援軍が到着してもなお、数的に不利となることが懸念されておる。今回も国境の防衛が目的であり、不利な状況下で功に逸らないよう、各位は留意してほしい」


俺はまず、この時点で援軍がまだ到着していない事実に不安を覚えた。現時点で集結しているのは楽観的に見ても帝国軍の三分の一、悲観的には四分の一にも満たない状態だ。攻城戦において、攻撃側は守備側の三倍の兵力が必要と言われているが、今の俺たちはその条件でも厳しい人数だ。

前回の歴史では確か、この時期に侵攻してくる敵軍の数は、我々と同程度だったはずだ。だが、今回の世界で俺が改変した歴史は、より大きな波に代わり、再び牙を剥き襲ってきている。

歴史の悪意が、本来の流れに沿うよう修正を求めてきている……、そう考えて俺は戦慄した。

「なお、王国南部より援軍として参加するのは、伯爵家四家、子爵家八家、男爵家十二家となる。この二十四家が率いる軍勢の総数は一万名、このように軍務卿から通達があった」

「父上、今の辺境伯のお話、二十四家もあってそれで一万名って、少なすぎじゃないですか?」

俺は思わず小声で父に質問してしまった。単純計算でも一家あたり四百名強である。

「常に戦いを覚悟し、兵力を整えている我らと異なり、中央にいくほど認識は甘くなるでな……」

父は憮然として答えた。指揮官だけ多くても、肝心の兵が少なければ意味がないんじゃないか？

南部貴族伯爵軍	一二五〇名	四家	合計	五〇〇〇名
同　子爵軍	四〇〇名	八家	合計	三二〇〇名
同　男爵軍	一五〇名	一二家	合計	一八〇〇名
第一子弟騎士団			合計	二〇〇〇名
第二子弟騎士団			合計	五〇〇名

これって……、果たして援軍と呼べるのだろうか？

「指揮系統が統一されていない一万名の烏合の衆と、恐らく経験も乏しく、お荷物にしかならない二千五百名の新兵達で構成された援軍が、数通りの活躍ができるとは到底思えません。一体、王国の中枢に居る者は……、これで本当に勝つ気でいるのでしょうか？」

怒りに任せて思わず呟いた声が、予想以上に大きくなってしまったようだ。一瞬、軍議の席上は静まり返ったが、隣で腕組みしていたゴーマン子爵も、殊更大きく頷いていた。

「今回の援軍、指揮系統も大きな問題ですね……、辺境伯はどうお考えですか？」

少し離れたキリアス子爵も俺を見て、辺境伯に質問した。やべっ！　そこまで聞こえていたか？

「そうじゃな、子爵や新たに我らの仲間に加わった智者の懸念通り、非常に厳しいものとなろう。

王都の連中、特に軍務卿や中枢の者たちは、そんなことすら分かっておらん！　腹立たしくもあるが、皆堪えてくれ。我らは我らのやり方で最善を尽くすとしよう。一万の援軍は、四名の伯爵たちに預け、各々近隣の貴族をまとめ、各伯爵が二千五百名を率いてもらうこととする」

「辺境伯、それで……、よろしいのですか？　特にゴーヨク伯爵は復権派、軍務卿の……」

「構わぬ！　キリアス、皆まで言うな。思いは違えど奴も、矢面に立てばそれなりに働くだろう」

え？　この二人の会話……、さらっと流せる話じゃないと思うんですけど……。

俺の呟きが辺境伯の耳にまで届いていたこと、これはもうどうでもいい話だ。俺はこの時、前回の歴史では関わりの無かった、新しい、そして重大な事実『味方の中の敵』、その存在を知った。

父や辺境伯たちがこれまで、そんな中で戦っていたという事実も。

◇◇◇

翌日の朝、援軍の第一陣が到着した。

驚くことにそれは、王都から長駆《ちょうく》して駆け付けた、兄が率いる第二子弟騎士団の五百騎だった。

兄が率いていることにも驚いたが、一番遠くから出発した部隊が一番乗りって……。他の援軍の貴族たちは、やる気があるのだろうか？　益々不吉な予感しかしない。

「只今到着しました！　タクヒール、元気だったか？　父上もご壮健そうで何よりですっ！」

「ダレク兄さま、大役ご苦労様です。いつの間に……、驚きました！」

「これで三人揃ったな。どうだダレク、彼らは使えそうか？」

父も兄の到着が何よりも嬉しそうであった。

「まだまだ実戦経験は乏しく、練度不足は否めません。それでも最低限のことはできるよう、ここに来る途上でも相当仕込んで来ましたよ。ところで、クロスボウは持って来ていますよね？」

「兄上、都合五百七十台は用意できると思います」

「良かった！　父上、早速それを彼らにお貸しいただけませんか？　そうすれば籠城戦でも、ある程度の働きはできると思っていますので」

「良かろう、儂からも辺境伯には伝えておく。タクヒールは直ちに手配してやれ」

「ありがとうございます。あとタクヒール、魔法士発掘の件、王都の一部の人間には筒抜けだぞ！　俺がこんな役目を受けなきゃならなくなった理由の一つは、それが王都の連中にバレてることだ」

「何だと！　それは誠か？」

「えーっ！　何で……？」

父と俺は、予想外の知らせに大きな声を上げてしまった。

「俺が思うに、恐らく情報源は教会でしょう。あそこからなら、王都にまで情報が届く」

「そうだな、儂からも釘は刺しておくが、タクヒール、お前も十分に注意しろよ」

「了解しました。以後気を付けます……」

それは思ってもみなかった盲点だった。当然といえば当然のことだけど、適性確認の儀式を執り行うのは教会であり、その教会が俺たちを売り、王都の人間に情報を流しているということか？

情報を得た者はそれを基に、ソリス家を過剰に評価して危険視したり、矢面に立たせたり……。

今回はそれが原因で、兄が、そして間接的に俺たちが矢面に立たされた、そういうことなのか？

これも俺のやらかしか？　この件は今後対策を考えないとまずいな。今後があれば、だけど。

「麾下五百名には、直ちに弓箭兵として慣れてもらうことが必要です。早速始めたいのですが？」

「よかろう。手間を掛けるがよろしく頼む」

俺はソリス男爵軍が携行して来た、クロスボウを全て兄に渡した。どのみち戦闘ではエストールボウを使うから不要のものだ。代わりにバルトが持参した、エストールボウを配布すればいい。

早速兄は、第二子弟騎士団と共に、クロスボウの射撃訓練や城壁上からの試射を始めていた。

狙い方と、射程の感覚さえ掴めば、素人でもそれなりの斉射はできる。クロスボウのメリットはそこにある！　俺はこの戦いが始まる前に、エストの工房群に対し、通常なら持ち運べない大量の矢を発注しており、バルトがエストでそれを受け取り、戦場に持ち込んでいる。


父と兄、ヴァイス団長と俺は、今回従軍させている魔法士の情報、想定される作戦案などを共有し、敵軍が来る前に幾つかの準備に入った。迫り来る戦禍に対し、俺は正面から対峙し、勝つための準備を着々と整えていった。

そう、俺たちは絶対負けない！　そして兄の運命も変えてみせる！

第二十五話　サザンゲート防衛戦①　初手、弓箭兵対決（開戦一日目）

兄が到着してから三日目の朝、俺は各陣地を巡回しているハストブルグ辺境伯と、直接話す機会に恵まれた。以前から直接、かつ内々に話がしたいと考えており、ずっとこの機会を狙っていた。

そして今、やっとそれが叶った。

「タクヒールよ、久しいな。今回は其方の功績を聞き、儂も礼を言わねば、そう思っておったわ。開発が功を奏し、ソリス男爵が子爵級に迫る数の軍勢を率いてきたこと、其方の功績であろう？」

「ありがとうございます。これも偏《ひとえ》に、ハストブルグ辺境伯さまのお力添えあってのことです」

「それにしても一年目で、金貨千枚と利息として五百枚を返してくるとは、思わなかったぞ」

「いえいえ、これも余裕を持った資金を、お心配りいただけたお陰です」

「この戦が終わったらぜひ儂にも、其方が開発した、テイグーンの町を見せてくれんかの？」

「とてもありがたいお言葉です。町の領民一同で、誠心誠意お迎えさせていただきたく思います。そのテイグーンに関わることですが、この機会に少しお耳に入れておきたいお話があります」

そこで俺は、今回の戦いの根幹に関わる懸念、それについて説明した。

「これは私の杞憂であれば良いのですが……、この戦い、正面だけでは済まない気がしています」

「と、言うと？」

「この砦を巡る戦いが膠着状態に入った際、敵軍は新たな一手に出てくる可能性があります」

「何じゃと！　それはどういうことじゃ？」

「敵は今回、我々を優に凌ぐ大軍です。ならば大軍の利をいかして、新たな戦術を採ってくる可能性を危惧しています。例えば、一部隊が魔境を抜け、テイグーンに兵を差し向けることも……」

「うむ……、そんなことが果たして……」

「可能だと思います。盗賊《ヒヨリミ軍》すらそれが可能でした。無防備な裏口から敵軍に侵攻されれば、留守にしていた領地は彼らに蹂躙されます。我々だけでなく南部貴族たちの領地も……」

「ここに籠城する我らはこの上なく動揺し、少ない兵力を更に割かねばならんことになるか……」

「はい、エストからコーネル男爵領、そして王都にまで通じる道、我々の急所がそこにあります。そうなれば、戦線は崩壊します。なので我々はこの可能性を憂慮し、予め対策を講じています」

「ほう？　いったいどのような？」

「詳細は別途お話ししますが、万が一の場合、辺境伯には、お味方の動揺を抑えていただきたいと考えております。また、今の段階ではこの件を、お味方にも内密にしていただきたく思います」

「ふむ……、して、その可能性はどのぐらいあるのじゃ？」

「今は仮定ですが、前線から千人単位の敵軍が消えた時、この話が真実味を帯びると思います」

そんなやり取りをしているなか、早馬が到着し、味方の鐘楼からは警鐘が打ち鳴らされ始めた。

伝令の者が慌てて辺境伯に走り寄る。

「敵部隊およそ三万！　サザンゲートの丘陵地帯を越え、こちらに向かって進軍しております！」

「やれやれ、味方の援軍はまだ殆ど到着してないというのに、敵はもう出てきたか。しかも、予想したなかで最悪の数、三万とはな……。全軍に通達！　速やかに配置につくように申し伝えよ！　タクヒールよ、先ほどの話は後ほど改めていたすとしようぞ」

「はっ！」

短く答え、俺も配置に向かって走り出していった。


サザンゲート砦は、ほぼ四角形の形をしており、最大収容人数は二万五千人、東西南北を分厚く堅固な城壁で囲まれ、南と北には堅牢な城門が侵入者を拒んでいる。

俺は初めて見た時に、まるで春秋戦国時代の中国の城塞都市、これにそっくりだと思った。

防衛部隊はそれぞれ約千名が、四面の防壁上に配備されており、城門前と中央にはハストブルグ辺境伯の本陣が敷かれる配置で割り振られている。

【南壁】　ソリス男爵軍（五七〇名）、第二子弟騎士団（五〇〇名）　合計一〇七〇名
【東壁】　キリアス子爵軍　合計一〇〇〇名
【西壁】　ゴーマン子爵軍（八〇〇名）、コーネル男爵軍（二三〇名）　合計一〇三〇名
【北壁】　ヒヨリミ子爵軍（六〇〇名）、クライツ男爵軍（二〇〇名）
ボールド男爵軍（二〇〇名）、ヘラルド男爵軍（二〇〇名）　合計一二〇〇名
【砦内】　ハストブルグ辺境伯軍　合計三二〇〇名

国境側に面し、正面から帝国軍に相対する最重要地点である南壁の守備は、父が担当していた。

これは過去の戦いでの弓箭兵の運用や、最上位大会の実績に鑑みた辺境伯の差配だろう。

俺は迫り来る敵軍の姿を城壁上から眺め、異常に緊張していた。初陣だからという訳ではない。

前回の歴史で俺は、テイグーンの戦いで初陣を経験していた。今の俺は、兄を失う災厄に正面から立ち向かい、長年の思いとその準備を思い返し、歴史の悪意を考えて固くなっていただけだ。

緊張している俺の雰囲気を察したのか、兄は俺の緊張をほぐすために話しかけてくれた。

「タクヒール、どうだ戦場は？」

「凄く重苦しい雰囲気がありますね。ただ、兄さまと同じ部署に配置されたので心強いです」

「はは、まぁ父上と同じ、一番の難所に配置されてしまったけどな」

「それだけ信頼されているのでしょう。前回の弓箭兵の活躍もありますし」

「ところでタクヒール、最初からやるのか？」

「はい、対策される前に初手で敵軍の数を、一気に千人単位で減らしておきたいと考えています。風魔法士四名を分散配置していますから、クロスボウ部隊でもそれなりに活躍できると思います」

「そうだな、お前たちがテイグーンで猛訓練を行った成果、俺も楽しみにしているからな」

そう、俺には今回の戦いに備え考案した作戦がある。南側城壁上の中央には、各色の指揮旗を持った兵が立ち、その左右には等間隔で四か所に、同じ旗を持った旗手と風魔法士を配置している。

広範囲での統制魔法射撃、これは団長の指揮の下、テイグーンで散々訓練を行ってきたものだ。

◇◇◇　グリフォニア帝国陣営

グリフォニア帝国第一皇子の軍勢は、サザンゲート砦の手前まで進軍すると一旦停止した。

「敵軍は我々を侮っているのか？　諜報によると、砦を守る敵兵力は八千人程度と聞いたが」

「恐らく援軍が到着していないのでしょう。頼みの綱、王都騎士団は東に張り付いておりますし」

「そんなことなら、例の策を弄せずとも、容易く攻略できるのではないか？」

参謀に対する第一皇子の言葉は、決して大言壮語ではなかった。

『攻城側は防御側に対して約三倍の兵力が必要』と言われた要件は既に満たしている。

彼の軍勢は総数二万八千名であり、単なる力押しでも、十分に攻めきれると思われたからだ。

「まぁ良いわ。先ずは盾歩兵を先頭に、その後方から五千の弓箭兵で城壁上の敵を薙ぎ払えっ」

第一皇子の命令は即座に実行に移された。

◇◇◇　カイル王国陣営

帝国軍は五千名の盾歩兵に守られた同数の弓箭兵、合計一万人もの兵士が、砦に向かって進軍を開始した。それだけで、守備側の全軍より数は遥かに多い。兄ダレクは、恐怖に震えている第二子弟騎士団の兵士たちを、落ち着いて鼓舞しつつ、配備されたクロスボウを構えさせていた。

「団長、我らは高さの利点もあります。先ずは通常射撃で対応したいと思っていますが……。敵にエストールボウの射程を悟らせたくもないですし、如何でしょうか？」

「適切なご判断だと思います。先ずは敵の矢に怯える、新兵たちを安心させてやりましょう」

黄色の指揮旗があがり、四か所に配置した旗手も同じ黄色の旗を掲げる。

「間もなく敵の遠距離射撃が来る。だが、心配は無用だ。奴らの矢は決して届かんっ。俺を見ろ！

安心して任務に専念するといい」

そう言うと兄は率先して城壁の上に立ち敵に身を晒していた。

その間にも帝国軍の弓箭兵は、矢を構え、最大仰角で弓を引き絞っていった。

程なくして、五千本もの矢が風を切る轟音を伴いながら、南側の視界を黒く染めて飛来した。

兄はただ、城壁上で悠然と身を晒しそれを眺めていた。そんな兄を見てか、配下の子弟騎士団員も落ち着いている。

俺は兄の胆力と、兵を率いる将器に惚れ惚れした。以前とは比べ物にならない、兄の雄姿に。

帝国軍の放つ矢の雨が、俺たちの頭上に降り注ぐかと思った刹那、突風が巻き起こり直前で矢は失速し、バラバラと城壁の手前で落ちていった。城壁を越えた矢は一本もない。第二子弟騎士団が配置されていた場所から、大きな歓声が上がった。

そして第二射、これも同様の結果になった。

焦った敵軍の指揮官は、更に前進を命じているようで、じりじりと間合いを詰めて来ていた。

ここでヴァイス団長の右手が上がった。

「射撃用意っ！」

それに合わせて父の号令が飛ぶ。黄色の旗はそのまま掲げられているが、隣でゆっくり赤い旗も

振られている。そして敵が矢を構えようとした瞬間、ヴァイス団長の右手が振り下ろされた。

「撃てっ！」

父の号令と共に、赤い旗が振り降ろされ、一千本の矢が一斉に敵軍へ向かって放たれた。

射撃体勢にあった敵の弓箭兵は、撃ち下ろされる矢の雨を浴び、バタバタと倒れていった。

特にソリス男爵軍の矢は威力もひと際強く、中には盾を貫通して撃ち抜かれている者もいた。

「第二射、第三射、連続射撃用意」

父はこの機に、一気に畳みかけるようだ。俺もそれが正解だと思う。

「撃てっ！」

帝国の歩兵と弓箭兵たちが、大混乱に陥っている様子を遠目で見た俺は、少し哀れにも感じた。

そもそも射程内と確信して放った、彼らの矢は何故か全く届かない。それなのに、城壁上からは次々と苛烈な、考えられない威力の矢が、正確に自身へ向けて襲って来ているのだから。

「そんなバカなっ、たとえ城壁上の利点があるにしろ、こうも差が付く筈がないっ！」

帝国の弓箭兵たちは、口々に悲鳴にも近い狼狽した声を上げた。

何故自軍の矢は全く届かない？　いや、確実に届く距離なのに目標の手前で次々と落ちていく。

翻って敵側は、最初から効果的な射撃を繰り返してくる。この矛盾が理解できなかった。

正面城壁上の王国兵は、見たところたかが千程度、五倍の弓箭兵で圧倒し、城壁上の敵兵を薙ぎ払い殲滅するつもりが、逆に自分たちが殲滅の危機に晒されている。

帝国軍弓箭兵と歩兵部隊は、混乱で組織的な撤退命令もなく、第三射まで浴びてしまっていた。

そのため帝国軍は、かくも一方的に、都合三千本もの矢を受けてしまったことになる。

実はこの攻撃も三日前に仕込んでいたことのひとつだ。

砦に向かって進む敵からは見えにくく、逆に砦側からははっきり見えるよう、砦南側の大地には、一定間隔で線が引かれている。アストールに指示し、地魔法でちょっぴり土を弄ってもらい、大地に小さな隆起をつけているからだ。その隆起が、陽の光で影を作り、城壁上からは影が線状に見えており、それが射程距離の指標となっていた。

数日前に初めてクロスボウを手にした、第二子弟騎士団の新兵でさえ、予め練習で設定した角度に合わせ、矢を放つだけで面白いように当たった。しかも敵軍は一万人が密集し、帯のように横に広がり布陣しているのだから、正に打てば当たる、そんな状態だった。

そして、各所に配置された四名の風魔法士たちは、兵たちに分からぬようこっそり風魔法を使い、矢を誘導していた。放たれた矢は風に乗り、単に目標に誘導されるだけでなく、加速されて威力も上がっている。

「各隊は旗手の指示に従い、組単位で自由射撃を開始せよ！　打ち漏らすなっ！」

父の号令でソリス男爵軍、第二子弟騎士団の兵たちはその後も次々と矢を放っていった。

自軍より圧倒的に少ない敵兵と、矢の打ち合いで負けるとは思っていなかった、帝国軍の兵士たちは、一方的な攻撃を受け続け、ついに心が折れて算を乱して敗走を始めた。

敵の指揮が混乱し、組織的な反撃や撤退命令が出されなかったことには理由があった。

統一された第三射のあと、俺の指示で黄色い旗が下され、代わりに青旗が振られていた。

それを見たゲイル、ゴルド、アラル、リリアの風魔法士四名は、優秀な狙撃能力とエストールボウ、風魔法の合わせ技で、指揮官と思われる敵兵を、次々に打ち倒していたからだ。

帝国軍が潰走状態に陥り、本来ならクロスボウでは効果的な射撃が厳しい、そんな距離になっても、風に加速された矢は、恐ろしく遠くまで届く。威力は落ちても、背を向けて敗走する敵軍に対しては、十分に効果があった。

更にエストールボウの性能は、クロスボウを大きく上回る。六百名近くのソリス男爵軍が放つ矢は、敗走する彼らの背を狙って追いすがり、かなり離れた距離まで効果的な痛撃を与えた。

こうしてグリフォニア帝国軍は、緒戦の僅かな時間で、実に二千名近い死傷者を出し後退した。

先ずは、カイル王国側の圧倒的な完勝で、第一幕は下ろされた。

第二十六話　サザンゲート防衛戦②　搦手の奇策（開戦一日目）

グリフォニア帝国の本陣では、緒戦の推移を冷静に見つめ、動揺した様子もない男がいた。

その男は兵器の優劣よりも、この戦いで絶対的に揺るがない数の優劣、それを考えていた。

「あれがゴート辺境伯の鉄騎兵を倒したという弓箭兵か、なかなかやりよるではないか？」

緒戦で手痛い敗北を負ったものの、第一皇子は鷹揚に構えて言い放った。

「では大軍の利というものを奴らに教えてやるとするか。一旦全軍を下げ距離を取らせろ。兵たちには休息を与えて休ませろ。夜を待ち、奴らには眠れぬ夜を過ごさせて消耗させてやるとしよう。数の力、小手先の技ではどうすることもできない、力の差というものを思い知らせてやれ！」

グリフォニア帝国軍は、第一皇子の指示のもと、新たな戦術を行うべく動き出した。

◇◇◇　カイル王国陣営

「団長、奴らは次にどんな手で来ると思う？」

壊走する敵軍を城壁の上から眺め、父は次の策を講じるため団長に話しかけていた。

「そうですね、私であれば大軍の利を生かし、交代で夜通し夜襲を行い、我々を消耗させますね。それと、砦の左右に伏兵を置き、増援に来た我らの援軍を各個撃破するでしょうね」

「ふむ、そうなるとして対策は？」

「交代での夜襲であれば数は多くないでしょう。こちらも部隊を三隊に分け、交代で休息します。夜の暗闇でも、コーネル男爵家の地魔法士に仕込んでもらった、仕掛けが役に立つことでしょう。ただ、ダレクさまとクランは、交代で頑張ってもらうため、少し負担を強いることになりますが」

「うむ、二人には私から話しておくとしよう」

「援軍に関しては、王都方面に連絡兵を置き、こちらの指示で動いてもらう他ないと思います」

「分かった。その件は私から辺境伯に進言しておこう」

このようなやり取りがあったあと、日は傾き始め、辺りが夜の帳に包まれていった。

そして深夜、煌々と篝火が灯された砦とは対照的に、暗闇に包まれた大地を、音もたてず密かに移動する者たちがいた。明るい城壁上からは、彼らの姿は闇に包まれ、全く見ることができない。

ガラガラガラッ！

突然暗闇の一角で、金属を底に置いた簡易警報機の音が響き渡った。

すかさず駆け付けた兄やクランが光魔法を発動、音が鳴ったと思われる場所を明るく照射した。暗闇を照らす、まるでサーチライトのように明るい光の帯は、砦の前で蠢く人影を浮き出させた。

目が暗闇に慣れた帝国の夜襲部隊は、突然目も眩む明るい光に視力を奪われ、為す術もなく立ち尽くした。

「今だっ！　各自、三連斉射！」

父の号令と共に、彼らの頭上を約三百本もの矢が襲い、間髪入れず二の矢、三の矢が降り注ぐ。

城壁の上では交代で休息しているとはいえ、常にソリス男爵軍、第二子弟騎士団合わせて三百名を超える当直兵が、臨戦態勢で待機していた。そして休息している兵の武器は、当直の兵がまとめて持っている。つまり、一人当たり三台のエストールボウ又はクロスボウを所持していたのだ。

このように夜を徹して、夜襲部隊は音の罠で発見されては、光魔法で照らし出され、間髪容れず三斉射、九百本もの矢の雨に見舞われ続けた。

夜陰に紛れて城壁に忍び寄り、夜襲を行うため潜伏してきた帝国兵たちは、幾度となく手痛い被害を受け、撤退することを繰り返した。

この音は、俺の提案に基づき、予めコーネル男爵家の地魔法士たちが、砦を取り巻くように三重に掘った、細いが深い溝から発生していた。溝の周りには小石が撒かれ、暗闇で溝に気付かず足を取られる者、溝に落ちなくても、小石の落下で警報となる音を出してしまう者が続出し、その都度帝国兵の行動が露見していた。

底に配置した金属片の足らない部分は、緒戦で帝国兵が遺棄した楯や武具も流用しており、これらの警報装置と光魔法のお陰で、南側の城壁では特筆すべき戦果を挙げていた。

だが、守備兵たちの活躍は、南に限ったものではなかった。

驚くべきことに、夜襲の対応では、キリアス子爵軍、ゴーマン子爵軍、コーネル男爵軍も、南壁の守備軍には及ばずとも、それなりの戦果を挙げていた。

というか……、彼らの部隊も全員がクロスボウを所持していた。

それについては、俺だけでなく父も兄も、そのことに一番驚いていた。

サザンゲート殲滅戦後に、クロスボウを無償供与したコーネル男爵は別として、二人の子爵は、第一回最上位大会に来賓としてソリス男爵領を訪れた際、実物をつぶさに見分していた。

その時に思うところがあったようで、後日、見よう見真似で制作し、配備を進めていたらしい。

ハストブルグ辺境伯の娘婿であるキリアス子爵の場合は、辺境伯から技術供与された可能性も十分ある気はするが、ゴーマン子爵は……。まぁ深く考えないことにしよう。

しかも彼らは、明るいうちから音の罠がある地点に試射を行い、狙いにアタリを付けていたようだった。これも事前に俺たちが行っていた、試射の様子をしっかり見ていたからだと思うが……。

更にコーネル男爵からの情報によれば、ゴーマン子爵は今回、音魔法士二名を従軍させており、その特化した耳で、音が鳴った方位を正確に把握し、そこに向けて攻撃を行っていたそうだ。

まるで潜水艦のソナーマンさながらの活用に、俺は大いに驚いた。音魔法士は敵の位置を示す、予め割り振っていた番号を告げ、兵たちはその場所が示す暗闇に、射撃を集中させていたという。

これは単なる見よう見真似ではない。防衛戦に、新しい発想を取り入れていたことに驚かされた。

それにしても、ゴーマン子爵領に音魔法士って居たのだろうか？　それもまた驚きだが……。

この疑問については、後日になってその理由が判明する。ゴーマン子爵は、ある者の提言に従い、俺すら思いつかなかった発想で音魔法士の候補者を割り出し、魔法士を発掘していたのだ。

そして満を持して、今回の戦場でその運用を行っていたのだが、この時点での俺は、その事情を知る由もなく、ただ驚くばかりだった。

◇◇◇　グリフォニア帝国陣営

慣れぬ陣中で一夜を過ごした第一皇子は、非常に不愉快な目覚めを強要されることになった。

「敵を疲弊させるはずの夜襲部隊が、一千名近い損害を出しただと？　一体どういうことだっ！」

報告を受け、第一皇子は怒りに震えていた。

「南側を攻撃した部隊は特に、そして西側の城壁を襲った部隊でも、大きな損害が出ております。東側でもそれなりに……」

恐縮しながら参謀は答えた。

「忌々しい奴らめっ！　これでは当初の予定通り、例の案を発動するしかないではないかっ！」

彼は三倍を超える兵力で、敵を蹂躙できなかったことに激しい怒りを覚えていた。だが、それならば些か不本意ではあるが、じっくり構えて当初の予定通りの作戦を発動し、王国の脇腹を抉り、対峙する敵軍を動揺させた上で、存分に叩きのめせば良いだけだ。そう考え気を取り直した。

「ブラッドリー侯爵と、アストレイ伯爵を呼べっ！　今すぐにだ！」

第一皇子の怒りのとばっちりを受けないよう、従卒は急いで天幕から飛び出していった。

その後、早朝から急遽呼び出された侯爵と伯爵は、慌てて第一皇子の許に集った。

「例の作戦、それぞれの担当地域でこれより開始する。穴倉に潜む忌々しい奴らの留守を荒らせ」

「はっ！」

「ブラッドリー侯爵は旗下の三千名を率い、左から攻め上がり奴らの巣を蹂躙しろっ！」

「畏まりましてございます」

「アストレイ伯爵、旗下の二千名を以て、右翼から王国内に侵入しろ。それで奴らは浮足立つ」

「承知しました。奴らに目にもの見せてやります」

「ブラッドリー、特に貴様の軍は危険地帯を長駆することになる。騎馬部隊を中心とし、軽装歩兵での対応など、心して掛かれよ」

「はっ！　編成は既に済ませておりますゆえ」

「我々には不慣れな危険地帯だ。案内人も用意してある。途中で合流し対処せよ。直ちに出立！

それぞれの地域では、両名の裁量に任せる。捕虜はいらんゆえ、存分にやれ！」

「はっ！」

「御意っ！」

二人は早速出陣の準備を整えるため、戻っていった。

「砦の中で首を潜めている間に、妻子が暮らす領地を荒らされ、奴らはさぞ慌てることだろうな。これは見ものだな」

第一皇子は不敵な笑みを浮かべ、王国軍が狼狽し混乱する姿を想像していた。

「伏兵として砦の西側に伏せている、ゴート辺境伯にも使いを出せ。いよいよ始まる、それだけで十分だ。奴なら旗下の戦力で、砦に向かう王国軍を存分に血祭りにあげるだろう」

——これで奴も積年の恨みを晴らせるだろう。今回の働きによっては、再び重用してやるか？

そうすれば奴も、帝国貴族のなかで失地回復し、面目が立つようになるだろうよ。

「これからが戦の本番だ！　奴らは軍を引こうにも引けず、砦に釘付けとなって我らの餌となる。国境一帯を私が押さえ、その戦果で以て目障りな奴を蹴落とせば、次は皇帝として全軍を率いて、カイル王国を征服してやる。偉大なる皇帝として、帝国の歴史に名を残すことになるだろう」

そう呟くと第一皇子は、皇帝として君臨する自身の未来の姿を思い描き、上機嫌で杯を掲げた。

その日の朝、サザンゲート平原に展開する帝国軍の陣営から、密かに五千名もの軍勢が消えた。

事前に立てられた、周到な計画に従って……。

サザンゲート砦に立てこもる、カイル王国の陣営では、初日の勝利に沸き、そのことに気付く者は誰一人としていなかった。王国の南東部辺境域及び南西部辺境域は、まさに今、帝国軍の馬蹄によって踏みにじられようとしていた。

こうして、開戦二日目が始まった。

第二十七話　テイグーン防衛戦①　凶報に踊る間諜（開戦二日目）

サザンゲート平原に連なる、カイル王国南西部最辺境。そこに至るには、サザンゲート平原を取り囲むように広がる竹林を越え、誰もが通行を躊躇《ためら》う危険地帯、広大な魔境を抜ける必要がある。

この魔境が天然の防壁となり、これまでは帝国軍の侵攻を阻んでいた。本来であれば……。

その竹林を平原側に抜けた先、そこに密かに陣を張り、帝国軍の動静を見張る者たちがいた。

「本当なら俺も、前線に出たかったな。毎日ここで酒も飲めず、じっとしているのは性に合わん」

彼らはここに、隠れるように拠点を構築し、既に何日も滞在していた。

「ははは、兄貴が前線に出たら、山賊と間違えられて討取られてしまいますいぜっ」

「山賊顔はお前もだろうが！　それに今は隊長と呼べ！　他の兵士たちの手前もあることだしな。もっとも、俺だけでなくお前たちも、好んで兵士になるとは思ってもみなかったがな」

左頬に大きな傷のある、隊長と呼ばれた者は、山賊と言わずとも、荒くれ者と呼ぶに相応しい、そんな風体をしていた。元々彼はフランの町を拠点に、鉱山で働く男たちを代表し、口聞き役をしていたが、日々気性の荒い輩に囲まれ、幾多の修羅場を潜り抜けて来た度胸と漢気、腕っぷしの強さがあった。

テイグーンにて新たに鉱山が開発されると聞き、その待遇の良さから鉱夫として名乗りを上げて移住したが、気まぐれで自警団というものに所属し、当初は分隊長として役割を与えられていた。

その後になって彼の率いる隊は、町を襲った盗賊たちの討伐で大きく活躍し、領主から直接表彰されるまでになっていた。それが縁となり、彼は請われてその後兵士として採用され、しかも今は領主直属の魔法士として働いている。以前の彼からすれば、考えられない環境の変化だった。

「いや、兄貴……、ではなく隊長、自警団で隊長の隊にいた奴らは、全員希望したのですけどね、若い奴らは皆、年齢が足らないって言われ、断られちまって。で、俺たちが残ったという訳です。若いが腕の立つシグルなんか、駄々をこねて相当悔しがっていましたぜ」

「いや、あいつはまだ子供過ぎるだろう？　見てくれこそ大人に近い立派な体躯だが……」

「奴は鉱夫になる時は年を誤魔化していたらしいが、自警団に入る時にばれちゃいましたからね」

彼らはこんな軽口を叩きあいながら、特に何も変化もない日々を過ごしていた。そして、日常に倦み始めたころになって、変化は突然やってきた。

「隊長、報告します！　盗賊風の怪しげな男たちが、サザンゲート方面に向かい移動しています」

配下となった騎兵から報告を受け、隊長のラファールは一旦思案を巡らせたのち、決断した。

「この場所をか？　普通ではないな。一班と二班は気付かれないよう、遠巻きに尾行、何か動きがあれば二班は直ちに所定の行動を、一班はこちらに伝令を戻せ」

指示された兵たちは直ちに散開し、所定の行動を取るべく移動を始めた。

「これが、領主さまの言っていた話の通りになったら、ちょっとやべぇな……。念のため残った者も全員配置について見張れ！　いいか、無理はするなよ。俺たちは気取られないことが任務だ」

彼はそう指示すると、遠くにそびえるテイグーン山を仰ぎ見た。

◇◇◇　魔境の畔　盗賊たち

野卑《やひ》な顔をした身なりの良くない三人の男たちは、魔境の畔を抜けてサザンゲート方面に歩みを進めていた。普通なら、このような危険地帯を少数で、好んで通る者などまずいない。

「兄貴、やっと抜けますぜ。ほんと、ここを通るのはおっかなくて仕方ねぇ」

「なぁ兄貴、ほんとに大丈夫ですかい？　このまま捕まって縛り首はごめんだぜ」

「心配無用だ。この割符さえあれば、案内するだけで金貨五十枚だぞ！　ボロイ仕事じゃねぇか」

「まぁな。それにあの町の奴らが地獄に落ちる様が見られるなら、胸がすき恨みも晴れるってな」

「俺たちの仲間は、奴らのせいで殆どがやられちまった。これは仲間の敵討ちでもあるからな」

「ああ、ん？　兄貴！　あれって……」

国境に向かい進んでいた彼らは、進行方向から大規模な軍勢が進んで来るのを見つけると、手を大きく振りながら大声を上げて駆け出した。手にした割符がよく見えるように高く掲げて。

◇◇◇　魔境の畔　偵察隊

偵察中の一班から一人、血相を変えて隠れ家に戻ってきた。

「テイグーン方面に向かう、帝国軍の移動を確認しました。歩兵と騎兵合わせて三千、大軍です！　奴らは足早に魔境を抜けようと進軍しております。二班は所定の定め通り、その場からテイグーンに向けて先回りするよう出立いたしました。先程の怪しげな三名も、この軍に合流した模様です」

「やはり来やがったか！　タクヒールさまの予想した通りだな。お前は戻って偵察を継続。三班はサザンゲート砦に向かい情報を伝えろ！　四班五班はこのまま俺と待機、軍勢をやり過ごせ！」

この速度なら夜は一旦野営し、明日の午後あたりにはテイグーンの関門に到達するだろう。

それに対し、こちらの早馬は今日の夕刻までには関門に到着する。

「半日は準備する時間があるか？　まさか、魔境と隣接する危険地帯を、夜間進軍するほどの阿呆ではないと祈るばかりだが……」

ラファールは命令を下した後、ひとり小さく呟いた。

◇◇◇　テイグーン

ラファールたちが怪しげな軍勢を発見した半日後のこと。

「急報！　急報です！　直ちに開門願います！」

テイグーンの魔境側関門に、ラファールが率いる偵察部隊のうち、二騎が帰還した。

関門防衛指揮官であるクリストフは、情報を確認すると替え馬を手配し、そのまま二名を行政府まで向かわせた。

「やはり来たか。簡単にここを通れると思うなよ」

クリストフは不敵な笑みを浮かべ、守備兵に対し矢継ぎ早に指示を出していった。

この使者の急報に接し、行政府は一気に慌ただしくなった。ミザリーは予め決まっていた所定の行動を指示しながら、主人であるタクヒールが託した手紙を胸に抱きしめた。

「タクヒールさま、どうか私に勇気を……、そしてテイグーンをお守りください」

震えながら、周りに聞こえない程度の小さな声で呟くと、ミザリーは顔を上げた。

それはもう迷いのない、覚悟を決めた顔つきだった。


カン・カン・カン・カン・カン……。

夕暮れのテイグーンの町では、非常事態を告げる鐘が打ち鳴らされ続けている。この鐘が鳴れば全ての領民、人足などの期間労働者たち、町にいる者たち全てが、直ちに中央広場に集まる決まりになっている。鐘の音とともに領民達が集まり始め、中央広場は人で埋め尽くされつつあった。

その中心の一段高くなった場所に、テイグーン防衛指揮官のミザリーが立ち、彼女を取り囲むように警備兵たちが並ぶ。残留していた駐留軍は、既に関門に向かって走っており、一部は町の外にある入植者達への連絡に走っていた。

「みなさん、今、テイグーンは未曾有《みぞう》の危機に直面しています」

集まった領民は、ミザリーが話し始めると、静まり返って話を聞いている。

「現在、国境を越えて侵入してきたグリフォニア帝国軍の一部が、魔境を抜け、テイグーンに向かっているとの情報が入りました。侵略軍はおよそ三千名、我々ソリス男爵軍はテイグーンの関門でこれを撃退しようと試みています」

「タクヒールさまが助けに来てくれますよね？」

割って入った女性に対し、ミザリーは優しく微笑むと、静かに首を振った。

「タクヒールさまは現在、帝国軍の本隊、約二万の軍勢と対峙しています。膨大な数の敵軍を前にして、此方に駆け付ける余力も、また、その隙もありません」

「勝てるのですか？」

今度は別の男性が少し動揺した声を上げた。ミザリーは毅然とした表情で応じる。

「タクヒールさまが、と言うことならば、きっとお勝ちになります。私たちはそう信じています。私たちが、と言うことであれば、最善の努力をします。戦いに勝つためにお話を聞いてください。タクヒールさまは、この危機を予測されていました。そして我々は十分に策を講じています。ですので、皆様の協力があれば必ず勝てる、そうお約束いたします。そのために今から、皆様に宛てた、タクヒールさまの手紙を読み上げたいと思っています」

「お、おい、ちょっと待てよ！　そもそも関門《みかた》の兵力はどれぐらいなんだよ」

人足風の男が、声を荒らげてミザリーに詰め寄ろうとした。

「駐留兵と傭兵団を合わせて百名と少し、数には劣りますが我々には多くの秘策が……」

「か、勝てる訳がないだろうが！　お前らはそもそも、このことを分かっていて黙っていたのか？領主は俺たちを敵の餌にしよう、そう考えているのじゃねぇのか？」

激高して詰め寄った男に釣られ、更に他の男たちも声を荒らげる。

「おいおい！　俺たちの協力って、俺たちを盾として、敵の前に並べる気じゃねぇのか！」

「なぁみんな、こんな町と心中なんて、とんでもねぇ話だ。な、みんな、そうだろ？」

「俺たちが一緒になって死ぬ義理はねぇ。いただくものいただいたら、さっさとずらかろうぜ！」

次々と同じような風体をした男たちが、声を荒らげて周囲を煽り始めた。

ミザリーは騒ぎ立てる彼らの勢いに押され、激しく動揺して沈黙してしまっていた。

「ちょっとあんたらは黙っていなよ！　嫌なら黙って、尻尾を巻いてさっさと逃げちまいな！」

少しはだけた露出の多い、艶めかしい服を着た、黒髪の美しい女性が男たちを制して言った。

「私はここに残るよ。こいつらと違って、この町と領主様が好きだからね。私ら娼婦は、どこの町でもつまはじき者さ。擦り寄って来る男達も、上辺だけの甘い言葉を並べるだけ……」

そう言うと、冷たい、侮蔑するような目で騒ぎ立てていた男たちを見据えた。

「でもね、この町の領主様はこんな奴らとは違うんだよ！　私たちを気遣い、他の町では有り得ない待遇で迎えてくれた。日々働く男たちに、癒しと明日の力を与えてくれると、私らにとても感謝している、そう仰ったんだよ！　領主様が頭を下げて、礼を言ってくれた前夜祭のこと、私は一生忘れないよ。そんな領主様が他にいるかい？　私は領主様の頼みなら、そして、この町を守るためなら、喜んで力を貸すよ。こんなあたしでも役に立つことがあれば、だけどね……」

騒然となっていた広場は、彼女の言葉を受けて静かになり、集まった者たちは固唾を呑んで事の成り行きを見守っている。

「ありがとう。タクヒールさまは皆を守りたい。そう願っておられます。今の貴方が仰ってくれたこと、タクヒールさまが帰られたら、是非直接お話してくださいな。きっと喜ばれますから」

ミザリーは、感動し、涙目になった顔で答えた。

「ところで貴方たち、見た感じだと、ここに働きに来た工事関係者かしら？」

怒りに燃えるクレアの目に射すくめられ、強い語気で問われた男たちは一瞬萎縮した。

「そうだよ！　俺たちはこの町に住む人間じゃねぇよ。安い給金で散々こき使われただけで、この町にも領主にも、何の義理もねぇんだよ！」

「そうだ！　俺たちはただ使い捨てにされただけ、何の関わりもねぇ話だ」

そう言って彼らは、胸を張ってクレアを睨み返した。

「そう、安い給金、こき使う、ね……、なら貴方の組番号は？」

「そ、それがどうしたって言うんだ！」

男たちは狼狽した様子で、何も答えることができなかった。

「この町で雇われた者たちは、所属する仕事によって組番号が与えられているのよ。貴方たちは、そんなことも知らないの？　しかもこの町の給金は、エストール領内のどの場所よりも高いわよ。此処にいる方で、彼らと同じ組の方はいらっしゃいますか？　いらっしゃれば教えてくださいな」

周囲の人だかりからは、誰も答える者が居なかった。警報により、全ての領民や人足たちが集まっているというのに。それは本来、人足として雇用されている者なら、有り得ない話だった。

そのことを察知した者、尋常ではない空気を察した者など、彼らの周囲、そしてクレアの前からは徐々に人だかりが消え、領民たちは、遠巻きに様子を窺うように変わっていった。

「やっぱりね。昨年、野盗たちに襲撃された時も、奴らは人足に化けてこの町に入って来たわね。あなたたちもきっと、野盗かその類、敵の間諜のどちらか、そういうことかしら？」

「なにっ！　この女、俺たちにアヤ付けるとはいい度胸じゃねぇか。タダじゃすまさねぇぞ！」

「そうだ！　犯罪者呼ばわりとは、どういう了見だ！」

男たちがクレアに凄みながら、掴み掛かろうとした瞬間、クレアと彼らの間に、激しい炎の壁が出現し、燃え盛った。まるで、クレアの心を表すかのように。

「ひぃぃっ！」

「ま、まさか火魔法士！　そんな……、こんな所に何故……」

彼らは思わずのけ反り、腰を抜かして無様に崩れ落ちる。

「警備兵！　彼らを拘束してください。間諜の疑いがあります。貴方たち、もしその疑念を晴らしたければ、警備兵詰所で組番号と今している仕事、あと親方の名前を答えることね。無駄な抵抗をしたら、今度は命の保証はないわよ」

「……」

人足に化けた彼らは、恐怖に怯えながら警備兵詰所へと連行されていった。

「魔法士だ……」

「あれが……、初めて見た」

「火の魔法士だったのか……」

「きれい～」

周囲の人々がざわつく中、クレアは続けた。

「私たち魔法士は、戦場では貴重な戦力よ。なのにタクヒールさまは、テイグーンを守ってくれと頭を下げて……、私だけじゃない、何人もの魔法士を、この町の守りに置いていかれたの。だから……、みなさんお願いします。タクヒールさまの言葉を聞いてちょうだい」

騒然としていた領民たちも落ち着き、再びミザリーの方に向き直った。

これから発せられる彼女の言葉を聞くために。

第二十八話　テイグーン防衛戦②　立ち上がる者たち（開戦二日目）

テイグーンの領民たちは、一連の騒動のあと静まり返っていた。そして一点を見つめている。

その先には、タクヒールからの手紙を読み上げ始める、ミザリーがいた。

『やぁみんな、万が一に備えたこの手紙が読み上げられていること、少しだけ説明させてほしい。

ここテイグーンは今、帝国軍の別動隊により、侵略を受ける危機に直面しているってことだよね？

先ずは皆を不安にさせたこと、こんな大事な時に限って俺が救援に向かえないことを、深く謝罪したい。そしてできれば、これから俺が話すことを聞いてほしい。色々不安もあるだろうし、言いたいこともあると思う。だから、後になって、みんなの口からそれらを聞く機会を与えてほしい。

遠く離れた戦地にいる俺は、皆の危機に駆けつけることができない。だけど……、テイグーンには俺が心から信じている仲間たちを、町の護り手として残している。彼らの力は本当に凄いんだ。皆が彼らに協力してくれれば、どんな数の敵でも必ず撃退すると、そう胸を張って断言できる。その為の準備もずっと行ってきたしね。なので、この町を護るため、ぜひ皆の力を貸してほしい。助けが欲しいのは戦うことだけじゃない。食事の手配や、町の子供たちの面倒をみること、物資を運ぶ手伝いなど、戦い以外でも皆の手助けがほしい。

それと自警団のみんな、日頃の訓練で磨いたクロスボウの腕で、関門を守る兵士たちを助けてやってくれないか。自警団でない人でも、クロスボウが使える人なら大歓迎だから、是非手を挙げてほしい。もちろんこれは、決して無理強いはしない。

誰でも戦いは嫌だろう。戦禍を避け、避難することを止めないし、咎めたりしないと約束する。この町を離れることも自由だ。みんな、自分の意志で、そして俺たちに遠慮なく決断してほしい。たとえ、今回の防衛戦に協力しなかったからといって、後々不利益を被ることは絶対にない。俺が誓ってそうさせない。特にこの町に一時的に働きに来てくれている人たち、皆には帰るべき家や、待っている家族もいるだろう。だから絶対に遠慮はしないでほしい。

俺はこの町が好きだ。皆に愛される住みやすい町にするため、ずっと心血を注いできたつもりだ。テイグーンの町は俺の分身、そう言っても差し支えないぐらいだと思う。なので、この場に居ない俺が言うのは少し可笑しな話かもしれないが、何としても町を護りたい。どうか、この町を支えるために、皆ができることで構わない、力を貸してもらえると凄く嬉しい。

自警団、その他、何でも協力できることがある人は、この話が終わったら行政府にて登録してほしい。そんなことを何故するか、それは後でちゃんとお礼がしたいからだ。自警団として戦いに参加してくれた人には、金貨五枚を支給し、裏方として手伝ってくれた人には、金貨一枚を支給する。もちろん全て、行政府にて先払いで支払うものとする。

皆の気持ちを金貨で贖おうなんて、実は自分でもちょっと嫌なんだ。ただ少しでも見える形で、俺たちの感謝の気持ちを伝えたいと思っているので、ちょっとだけ大目に見て許してほしい。

どうか、テイグーンに住まう人たち、自分でできる範囲のことで構わない。力を貸してほしい。皆が不安ななか、俺からのお願いばかりで、本当に申し訳ないが、どうかよろしくお願いします。そして、戦いに勝ち皆と再会できる日を心待ちにしている。その時は皆と共に、祝杯をあげよう。

ソリス男爵家テイグーン地区領主　ソリス・フォン・タクヒール』

ミザリーが手紙を読み上げ終わると、静まり返っていた領民たちは徐々に騒めき出した。

暫く経つとそれは、中央広場全体に響き渡る、大きな歓声へと変わっていった。

「俺たちのテイグーンを守れ！」

「タクヒールさまのために！　テイグーンのために！」

「俺たちが作った町を守る！　侵略者を倒せっ！」

「お嫁さんにして～」

彼らの歓声は、暫く止むことがなかった。

そこで何故かクレアは、感極まった様子で大粒の涙をこぼしていた。

君が泣いてどうする……、その場に居た彼女の仲間で、思わずそう思った者が幾人もいた。


その後、行政府は大混乱になった。防衛戦に参加する意思を表明した者、裏方で支援を申し出た者、それらを登録するために長蛇の列ができていた。そこでミザリーの判断により、先ずは戦闘に参加してくれる者を優先し、列を分けて登録を進め、彼らの関門への配備を急いだ。

自警団については、期間労働者の団員からそれなりの欠員もあったが、実に三百五十名が戦闘に参加すると申し出て、自警団以外からも戦闘参加を希望する者も続出した結果、関門に派遣できた人員は総勢五百名にまでなっていた。彼らには早速クロスボウが支給され、クレアの引率のもと、関門へと向かい、関門防衛司令官であるクリストフの指揮下に入った。

裏方での支援を希望する登録者は、実に八百名を超えていた。期間労働者を含め、これはほぼ全てと言って差支えのない数の、領民たちが参加してくれたことになる。

「これは自分たちの町を守るお手伝いです。そんな水臭いことといりませんぜ」

そう言って半数以上の裏方任務登録者は、金貨を固辞して受け取らなかった。彼ら全員が、不眠不休で働く覚悟を決め、最前線で戦う仲間たちを支えることになる。

◇◇◇　魔境側関門

魔境側の関門では、自警団や領民兵の受け入れに、大慌てで対応していた。

「クロスボウは狙いをつける必要はない。予め指示された、二種類ある台座のひとつにセットし、号令に合わせて引き金を引くだけで確実に当たる」

「力自慢の方は、どうかバリスタを手伝ってください。バリスタも角度はセットしています。装填して弦を引き、引き金を絞るだけです」

傭兵団の面々とカーリーンは、各所で自警団や領民兵へのレクチャーで走り回っている。

クリストフたちが考えた秘策のひとつが、クロスボウを固定する台座である。これは、技量の無い者でも最大の効果を発揮できるよう、事前に照準を固定できるもので、クロスボウの利点を最大に捉えたものだった。彼らはカール親方に発注した台座を、隘路出口に集中砲火できる設定と、最大仰角で崖の向こう側の隘路、そこに矢の雨を降らせる設定、この二種の台座を準備していた。

そのため、矢を装填し、号令に合わせて引き金を引ける者なら、誰でも熟練兵並みの射撃精度で矢を放つことが可能となっていた。

急報を受けた時点で、クリストフ、カーリーン、傭兵団で行った最終調整も既に完了している。

これらの台座は、関門上の城壁に加え、地魔法士であるエランとメアリーが、急峻な崖を削って作りあげた通路、そして隘路を見通すことができる、見晴台と呼ばれた拠点にも配備されていた。

クロスボウ用の台座の総数は五百セットあり、バリスタは中距離殲滅用と、遠距離用にそれぞれ十基ずつ設置されている。

弓箭兵の力をいかすため、関門の城壁部分、最上部の構造にも工夫が加えられていた。

城壁上から、より多くの射手が一斉攻撃できるように、最上部は三段の大きな階段状に改築されており、三列になって一斉射撃ができるようになっている。それだけではない、台座のある部分、射撃位置には狭間と屋根が設けられており、射出口を小さくして、射手が敵の矢に当たらないよう配慮もされている。

関門の正面に広がる隘路出口より奥は、崖の向こう側で死角になっているが、それも切り立った崖の高い位置に設けられた、見晴台からは丸見えであり、そこから隘路のずっと先まで見通すことができ、戦況の把握や状況に応じた狙撃も可能だった。見晴台からの射撃は、高い位置からの打ち下ろしであり、発射される矢の勢いは鉄製の鎧も簡単に貫くほどだった。

因みに、平素から訓練を積んでいる駐留兵や傭兵団は、台座を使用しない。自由射撃により射線から外れた敵兵を仕留めるよう配置されている。彼らは台座がなくても、平素の訓練により照準に合わせた的確な射撃ぐらいは、当然のこととして習得しているからだ。

魔法士たちも臨戦態勢に入り所定の行動に移った。

クリストフは狙撃と防衛全体の指揮を執り、カーリーンは防御全般や、魔法による矢の誘導を。

エランとメアリーは罠の管理と発動を、サシャとアイラは火矢の対処と最終兵器の調整を。

クレアとクローラは罠の対応と防御を、ローザ、ミア、ラナトリアは関門内で負傷者対応を。

キニアは関門が破壊された際の応急修理を、カウルは兵站を担当し、町と関門間の輸送を。

それぞれが自身の役割を全うするため奔走していた。


「敵襲は恐らく明日午後だ！　各自武具の確認、持ち場の確認が終わったら、所属している組長に報告し、交代で食事と睡眠を取って十分に英気を養ってくれ」

クリストフが全体に指示を出す。

「食事はたっぷりあります。今もテイグーンの町から、追加分をどんどん送り出していますので、安心して、そして欲しいだけ食べてくださいね」

その他の魔法士たちも、今回参加してくれた自警団や領民出身の弓箭兵に感謝し、気を遣いつつ彼らの士気を向上すべく対応している。

「これで全ての準備は整った。皆、タクヒールさまの町、俺たちの町テイグーンを守るぞ！」

クリストフの顔には自信が満ち溢れていた。

そして、テイグーンにとって運命の夜が明け、未曾有の危機をもたらす来訪者たちが現れる。

第二十九話　テイグーン防衛戦③　恐怖の回廊（開戦三日目）

魔境側の関門にて、万全の態勢を整えて帝国軍を待ち受けているなか、陽が中天に昇る前、物見より敵兵の到来を告げる報告があった。

「敵の先頭集団が魔境側より隘路に侵入しつつあります！　その数、約三千！　騎馬と歩兵がほぼ半数ずつ、こちらに続く回廊を縦列で侵入しつつあります」

「では、機先を制するとするか？　クレア、クローラ、エランと共に仕掛けを頼めるか？」

「承知！」

「わかりましたわ」

「はいっ！」

クリストフは落ち着いて、敵軍に対して最初の攻撃を行う矢《策》を放った。

◇◇◇　グリフォニア帝国陣営

ブラッドリー侯爵率いる左翼部隊侵攻軍は、やっとのことで魔境を抜け、敵の拠点テイグーンに続く隘路を進んでいた。

「それにしても、ここは狭いな。先が詰まって、せっかくの軍が展開できんではないか」

魔境を抜けて一安心と思ったが、彼らには休息できる暇もなかった。目的地に続く回廊の隘路は道幅も非常に狭く、なんとか数騎の騎馬が横並びで進める程度だった。曲がりくねった回廊の片側は、よじ登ることも難しい急斜面の岩場が広がり、反対側は切り立った崖が深い谷に続いている。岩場は登ろうとすればまず転落するほどの急斜面で、深い谷側に落ちれば確実に助からない。

このような理由で、限られた数が徐々に回廊に入っていくことしかできず、この先への行軍は、遅々として進まなかった。それにしびれを切らした侯爵は、先頭集団に移動した。

今回の作戦では、侯爵自身、いろんな意味で我慢の限界にきていた。

『三千名もの部隊を率いた行軍ともなれば、その人数自体が魔物を誘引する切っ掛けとなる』

そう言われたため、いつ魔物の襲撃があるか分からない、竹林の中や魔境を進軍する恐怖とその緊張感から、やっと解放されたばかりだ。

『これだけの人数が食事のため肉類を使用すれば、それも魔物を引き寄せる結果につながる』

そう注意されていたため、昨日陣を出て以降、食事もごく簡単な携行食しか食べていない。

「今夜はテイグーンの町で、天蓋付きの寝台でゆっくり眠りたいものだな」

領主不在、しかも多くの兵は遠く離れた戦場に出ており、留守部隊などものの数ではない。

勝利は約束されたようなものだ。

今日の勝利後は町の美女たちを徴発して、戦場の憂さを晴らすことができるだろう。

侯爵は馬上でそんな甘い夢に浸り、それを果たすためにも進軍を急がせたかった。

「報告します！　この隘路の先、橋の上でただ一人、我らを誰何《すいか》し、立ち塞がる者がおります」

兵士の報告を受けた侯爵が先頭に出てみると、視線の先にはまだ十代と思われる若者がひとり、騎馬にまたがり橋の中央に悠然と佇《たたず》んでいた。

「ここはエストール領主、ソリス男爵の領地である。これより先は、侵入することまかりならん。我はこの地を治める男爵家、タクヒールさまの配下、防衛を預かる我が職責を以て卿らに尋ねる。いかなる理由を以て、我が主人の領地に侵入されるのか？」

予想外の堂々とした誰何に、帝国軍の兵士たちは一瞬固まった。

「我らはグリフォニア帝国ブラッドリー侯爵旗下の軍である。命が惜しければ早々に降伏し、関門を開いて、慈悲を請うが良かろう。そうすれば町を焼かれず、奴隷として生きる道もあるだろう。抵抗すれば全て抹殺し、町も焼き払われるだろう。自らの命の行く末、早々に決断するがいい」

代表して答えた兵は、半ば笑いながら彼に応じた。

「ならば是非もなし。こちらも容赦しない。これより先に進めば、侵略者として断定し攻撃する。自らの命の行く末を考え、心して進まれよ」

そう言い放ってクリストフは馬首を巡らせた。

どう考えても弱者の立場であるはずのテイグーンの使者が、毅然とした余裕のある態度で、口上を述べてきたこと、落ち着いた去り際に、帝国兵たちは唖然となり後を追うことすら忘れていた。

そして、一息おいて侯爵軍の兵たちの中には、嘲笑の渦が巻き起こった。

「なーに、降伏するにも一応格好をつけてみた、そんなところだろうて」

「あのような子供しか残っていないのか？　テイグーンに人なし、といったところだな」

「こうなっては、奴らも哀れとしか言いようがないな」

兵士たちの嘲笑のなか、ブラッドリー侯爵が叫ぶ。

「皆の者、聞けっ！　これよりテイグーンを押し潰す。行く手の町は我らの切り取り放題である。今こそ帝国に忠誠を示すときぞっ！」

「おおっ！」

ブラッドリー侯爵の言葉に兵たちは奮起した。

「これより弓箭兵部隊を先頭に、歩兵部隊、騎兵部隊の順で進軍を行う。全軍、進めっ！」

これまでの苦しい行軍の反動で、目的地を目の前にして血に飢えた獣となった集団は、勢いよく駆け出していった。自らの欲望に大きく後押しされて。

だが、彼らの思いとは裏腹に、細く険しい隘路は延々と続いていた。更にこのねじれた道は見通しも悪く、少し先の様子さえ突き出た崖に隠れて見えない。そのため、駆け続ける帝国兵の中にも不安と焦燥感が芽生えだしていた。


そして事態は急展開する。

突然先頭方向から轟音と共に、絶叫する兵士たちの声が響き渡った。

「何だ！　先頭で何が起こった？」

誰もがそう叫んではみたものの、崖と人馬の列に阻まれ、後続からは何も分からなかった。

隊列の先頭が急に停止したため、事態を把握できない後続が次から次へと押し寄せ、隊列は圧迫されて密集していき、ほどなくして、身動きできない程の寿司詰め状態になっていった。

それを図っていたかのように、今度は遥か後方から、轟音と悲鳴が谷にこだまして響き渡った。

「な、何が起こっておる？　誰か、確認して報告しろ！　こうも道が狭く、曲がりくねっていては何も分からんではないかっ！」

大声で叫ぶブラッドリー侯爵は、先ほどの鷹揚さとは打って変わって、顔を引き攣らせていた。

◇◇◇　テイグーン陣営

ここに至って、最初にクリストフが放った矢は、その効果を見せ始めていた。

「先頭と後方の橋は落としました。次は作戦通り、中軍を一気に焼き払いましょう」

エランの言葉にクレアとクローラが頷く。

実はこの三人、夥《おびただ》しい数の敵軍が進む、その隘路の真下を移動していた。正確には隘路の下に、エランたち地魔法士が苦心して作った、ごく一部の者だけが知る秘密の隠し通路を走っていた。

防御の切り札である隠し通路は、テイグーン回廊を縫うように続く、隘路の急峻な谷へと続く崖、その斜面を削り作られており、人一人が走り抜けられる程度の細い通路は、上の隘路から体を吊り下げ、崖下を覗き込む以外は、巧みに偽装されており見えない位置にあった。

更にエランたちは、回廊の隘路を掘削して、数カ所にわざわざ堀を作っていた。平素はその堀に橋がかかり、問題なく通行できるようにされていたが、その橋には罠が設けられていた。地魔法士がその罠を作動させれば、橋を渡る人馬の重みで、簡単に土台が崩れ崩落する仕掛けが施されていたのだった。

最初に先頭で起こった悲鳴は、エランの細工により土台が破壊され、橋が崩落したために先頭を進んでいた二十名ほどが、橋と共に堀に落下していった時のものだった。

更に不幸は続いた。延々と続く軍勢は急には止まれない。

眼前の崩落を見て、なんとか手前で停止していた者たちも、事情を知らない後続が押し寄せる煽りを食い、後続に押されながら次々と堀に転落していった。

更に意地が悪いことに、堀の底は断崖の谷に向かって斜めに傾斜しており、表面は硬く、そして滑りやすくなっていた。堀に落ちた後、更に下の、底の見えない谷底に向かって、死の滑り台を転げて行く兵たちが上げる絶叫は、侯爵軍の兵らの心胆を寒からしめた。

先頭を封じ込めたのち、エランが事前に仕掛けていた、もう一つの罠が発動した。それは、物資を満載し、最後尾を進んでいた荷駄隊が通ると、その重さに耐え切れず、橋が崩落するよう仕組まれており、荷駄隊は先頭の馬と荷駄と共に谷底へ消えていった。

その結果、前方の堀と後方の堀、ブラッドリー侯爵の軍はその大部分が、隘路に閉じ込められ、進むことも引くこともできなくなっていた。しかも先頭が先に詰まった為、隊列は密集している。

だが、もちろんこれで終わりではなかった。次に、帝国軍にとって悪夢とも思える罠が発動する。

エラン、クレア、クローラは最後尾の橋崩落を確認したあと、急いで隠し通路を戻り、今は閉じ込められた敵軍の中軍あたり、その真下に待機していた。

「では……、始めますね」

エランの言葉に二人は覚悟を決めて無言で頷く。

ここでエランは再び地魔法を発動した。

回廊の崖側の岩に偽装された、大きな粘土でできた甕《かめ》が割れ、狭い回廊上には油が溢れ出た。

「これは何だ?」

「あ、油だっ！　火矢に注意しろっ！」

「急いで土をかけろ！」

「油の広がる場所から、急ぎ退避しろっ！」

すぐ上の侯爵軍の兵らがそれぞれ叫ぶが、辺りは人馬に埋まり、思うように身動きできない。

「むごいようですが皆を守るため、ここで少しでも数を減らしておく必要があります。クローラ、大丈夫ですか?」

クローラは緊張しつつ、明確な意思を持った目を向け、クレアに頷いた。

「爆炎障壁！」

「火炎障壁！」

二人の言葉と同時に、火魔法は狭い回廊上に二つの炎の壁を出現させた。そして、人の背丈以上に立ち上った炎の壁は、地面に広がる油に引火し、一帯は紅蓮の炎に包まれた地獄と化した。火の海となった回廊、その罠を発動させると同時に、彼女たちはもう次の場所へと移動している。

回廊上では凄惨としか言えない光景が広がっていたが、彼女たちには、上で起こっていることが見えないこと、それがせめてもの救いだったかもしれない。

・密集して身動きできないまま、足元から湧き上がった炎に焼かれる者
・炎から逃れようと逃げ回った結果、崖下に転落していく者
・炎から逃れるために、周囲の兵たちを突き落とす者
・炎で暴れ狂った馬に蹴られて吹き飛ぶ者、踏みつぶされる者
・狂奔する馬に巻き込まれ、馬と共に崖下へと転落していく者

辺りは侵攻軍の悲鳴と絶叫がこだまし、収拾のつかない混乱と、目を背けたくなるような、凄惨な光景が展開されていた。

しかし、これだけではなかった。

中軍で発動されたこの悪辣な罠は、そこから順次、前方でも展開されていったのだ。回廊は細く曲がりくねり、前後の状況はどの場所にいても見えない。ただ悲鳴が聞こえるだけだ。そして、それが順次前方に近づいて来る。侯爵軍の兵たちは、例えようの無い恐怖に包まれていた。

最前方の集団近くに居たブラッドリー侯爵と配下の兵たちは、見通しの悪い回廊の各所から響き

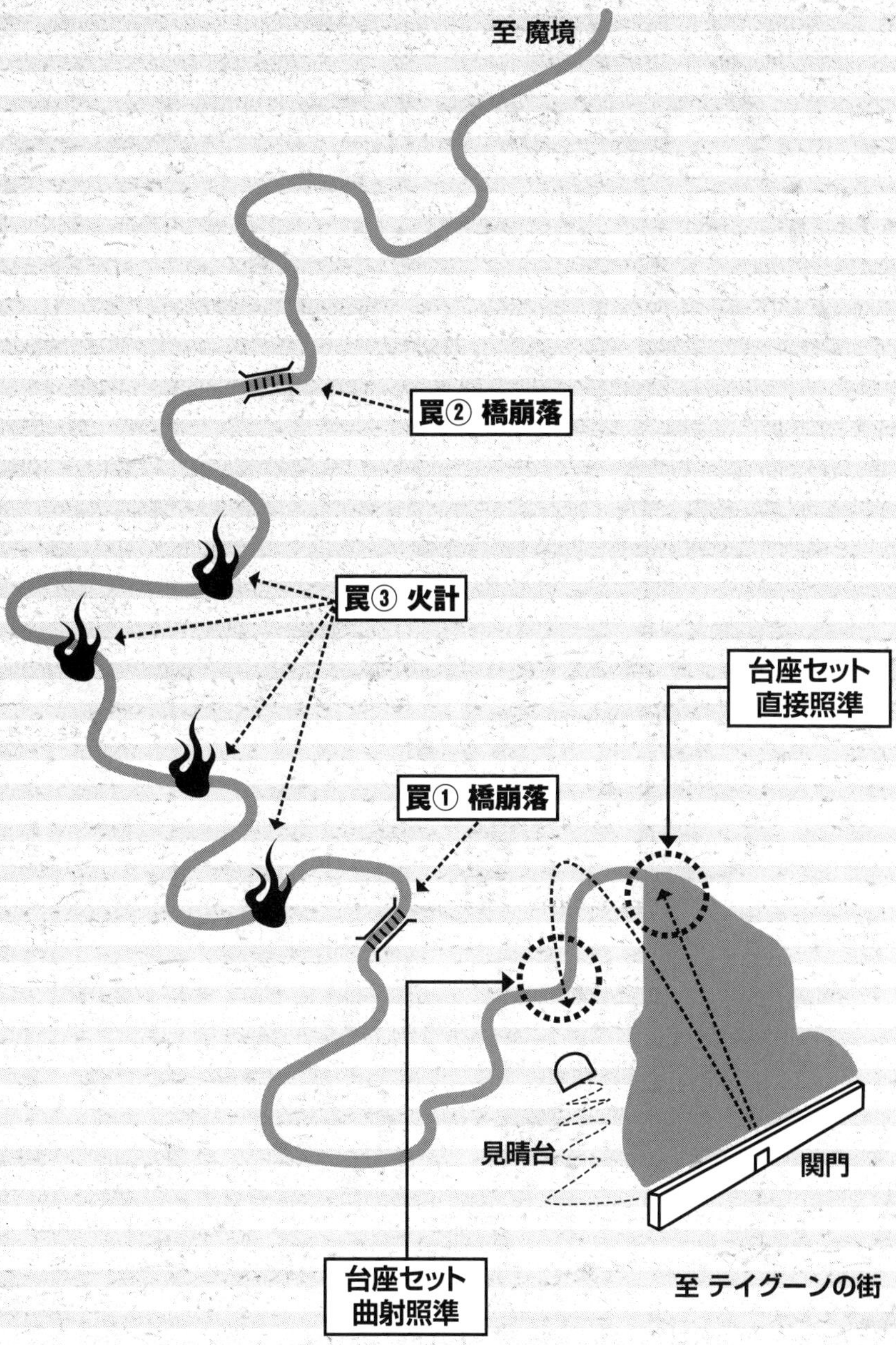

至 魔境
罠② 橋崩落
罠③ 火計
台座セット
直接照準
罠① 橋崩落
見晴台
関門
台座セット
曲射照準
至 テイグーンの街

渡る、味方の悲鳴や軍馬の断末魔のいななきに、放心状態になっていた。

以前タクヒールが、魔法士たちに残留を告げた会議のあと、彼らから提出された作戦案を見て『うわっ！　エグいっ！』と思わず発言したのが、正にこの罠の作戦案だった。

今回、緒戦でそれが発動され、絶大な効果を発揮していた。

ブラッドリー侯爵を始め、侵攻軍の兵士全てが、甘い勝利の幻想をいだいていたことを思い知ることになった。だが、まだ彼らの不幸は、始まったばかりに過ぎないのだが……。

第三十話　テイグーン防衛戦④　押し寄せる死兵（開戦三日目）

回廊内の各所で燃えていた火はやっと鎮火し、その混乱も収束に向かいつつあった。

ブラッドリー侯爵は、凄惨な状況と想定外の被害に言葉すら出てこないでいる。つい先程までは楽に勝てる、単なる草刈り場に過ぎないと考えていたことなど、既に頭の中から消し飛んでいる。

今、彼の置かれた立場は極めて過酷だった。敵の奇策により、既に五百名近くの兵士が戦死し、ある者は炎に焼かれ、ある者は崖下へと消え、二度と帰って来ることはなかった。

更に三百名余の負傷者たちも、酷い火傷で重症の者、馬に蹴られて骨折している者、馬蹄に踏み潰されて当面は立ち上がることができない者など、ほぼ全てが戦闘不能状態となっていた。

「は、八百名だと！　まだ回廊に入ったばかりだぞ。剣を交えることもなく、敵は一兵も倒せておらんのというのに、なんたる損害だ！　このままではグロリアス殿下に合わせる顔もない……」

損害の報告を受けたブラッドリー侯爵は、想像以上の痛手に蒼白となり、暫く言葉を失った。

「だ、大至急、橋を修復し、何としても進路と退路を……、直ちに確保せよっ！」

次に言葉を発したのは、彼を襲う言いようのない恐怖からだった。このままこの隘路に居ては、いつあの炎が襲ってくるか分からない。逃げ場のない死地では、無残な死しか残されていない。

そして、他にもまだ、先程のような悪辣な罠が仕掛けられている可能性は十分にある。

「さっさとこの忌々しい場所を抜けよ！　まだなのかっ？」

侯爵の指示に従い橋を掛け直すにも、一帯は岩だらけであり、材料となる木材が全くなかった。

食料や武具を積載し、同行していた荷駄を分解したとしても、資材とするには全く足らなかった。

結局彼らは、苦肉の策で剣をスコップ代わりにして、硬い岩場を掘削し始めた。

だが、急峻な崖側は足場も悪く岩だらけで、その作業は困難を極めた。しかも、狭い場所では作業に当たれる人数も限られており、焦れる侯爵を横目に、数時間かけてやっと崖の側面に、堀を横切る細い脇道をつくることが関の山だった。

侯爵は、崩落した後方の橋、その向こうに取り残された最後尾の三百名に対し、継続して二か所の工事を進め、より確実な通路を掘削するよう命じ、負傷者をその最後尾に後送した。そして、二千名を切った残りの兵士を伴い、即製の迂回路を抜けて、隘路の先へと進んだ。

「下民どもめっ！　我が怒り思い知らせてくれるわ！」

その言葉を吐いた侯爵だけでなく、多くの兵士たちの心は怒りに満ちていた。

だが、伴った戦力は大きく低下している。全ての騎兵は、騎馬を途中の隘路に残しており、徒歩で進んでいた。まだ馬が安全に通行できる道幅を掘削できていないこと、そして再度同じ火攻めを受け、馬が暴れた時の恐怖を考えれば、むしろ当然の決断だった。

もちろん侯爵や騎兵たちは、馬が通行可能な脇道の掘削が終わるまで、先程の場所に留まることなど全く考えていない。少しでもあの罠の恐怖から逃れたい、そんな思いでいっぱいだった。

不安と復讐心に燃える彼らは、ひとり、またひとりと脇道を抜け、隘路を先へと急いでいった。

「へへっ、やっとでさぁ。この崖を回った先に関門が見えますぜ」

「ひひひ、この軍勢なら、奴らはきっと皆殺しだなぁ」

「ふふふ、これでやっと、奴らが苦しみ死ぬ姿を見ることができるってもんよ」

案内人という名目で遣わされていたこの三人を、侯爵は快く思っていなかった。

彼らの野卑な態度や、明らかに盗賊と思しき者と共に行軍するなど、侯爵の矜持に反していた。

関門まで至れば、彼らの役目も終わったに等しい。思わぬ被害に侯爵の我慢も既に限界だった。

「やれっ！」

侯爵の合図と共に、配下の兵士たちが動き、同時に三本の剣が水平に払われた。

案内人たちの首と胴は、永遠に離れ、再びひとつになることはなかった。

やっと不快なことのひとつ、それが解消されたため、侯爵は少しだけ気を取り直した。

「全軍、一旦隊列を整えよっ！　これより我らを貶めた、卑怯者共が立てこもる根城を粉砕する。歩兵は全力で疾走し関門に取り付くのだ！　弓箭兵は後方から歩兵を援護し、関門の射手を潰せ！

騎兵（馬は後方）は予備戦力として待機！　突入順に隊列を組み直し、完了次第突撃する！」

◇◇◇　テイグーン陣営

関門の最上部から通じる、長い階段を上った先には、回廊に大きく突き出た斜面と、その一部を平らに削った見晴台がある。この場所には、これまでの戦いの経緯をじっと見守っていたクリストフが待機し、回廊全体を見渡しながら、侯爵軍の動静を正確に掴んでいた。

彼はまずエランが罠を仕掛ける時間を稼ぐため、ひとり魔境側の橋まで馬を走らせ、僅かな時間だが軍勢を足止めした。そしてその後、再び馬首を返すと関門まで戻り、ここに上っていた。

その後彼は、侵略軍が炎に包まれて大混乱する様子から、それ以降の動きまで全てを見ていた。曲がりくねって死角が多い回廊も、見晴台なら上からの俯瞰で全てを見渡すことが可能だった。

「そろそろか……」

クリストフは旗手に命じ、隘路出口に向けた一斉射撃を準備するよう指示した。

見晴台に上がった赤い旗に応じ、関門の最上部でも赤い旗が上がる。

魔境側の関門は、ずっと以前にタクヒールが提案した通りの位置に構築されていた。魔境側から曲がりくねった狭い道が続いた隘路は、最後に崖を迂回するように大きく右に曲がり、その先には一気に道幅が広がった空間となる。それまでは十メル前後の幅しかなかった道も、崖を曲がり切った途端、一気に百メル以上に開けた三角形状の空間が広がっている。そして、その幅が最大になった位置に、強固な門と城壁とともに、関門が回廊の出口を固く閉ざしている。

いってみれば、細い隘路の終点が三角形の頂点にあたり、関門は三角形の底辺部分に設置され、隘路の出口を睨むように建設されているのだ。そのため、守備側は三角形の頂点部分だけを正確に狙えば、侵略軍は狭い場所で集中砲火を浴びて殲滅されてしまう。

◇◇◇　グリフォニア帝国陣営

やっと回廊を抜け、目の前に広がる空間と、その奥の関門を目にした侯爵は、攻撃を指示した。

「全軍、関門は目の前じゃ！　押しつぶせっ！　突撃、突撃、突撃！」

歩兵たちは盾を掲げて全力疾走で突進し、たちまち五百名近くが関門の真下近くに迫っていた。

後方、回廊の出口辺りでは四百名の弓箭兵が矢をつがえ、関門上部に矢の雨を降らし始めた。

「もう小細工も終わりか？　存分に叩きのめしてくれるわ！」

侯爵がその言葉を吐いた瞬間だった。回廊出口付近で縦列に展開し、関門に向かい矢を放っていた弓箭兵たちの眼前に、信じられない数と威力をもった反撃の矢が、暴風のごとく襲ってきた。

帝国軍の弓箭兵は、遮蔽物に身を隠すこともできず、正面から矢を受け、次々と倒れていく。

攻め手の攻撃が怯んだ瞬間、それを見計らったように、ソリス男爵軍の弓箭兵達が関門から身を乗り出し、反撃を始めた。今まさに関門に取りつき、よじ登ろうとした侯爵軍の歩兵たちは、次々と狙い打ちに遭い倒れていった。その矢は強烈で、盾や軽装歩兵の鎧を容易く突き通していた。

「何故これだけの数の兵がおるのだっ！　そんなはず……、おかしいではないかっ！」

絶叫する侯爵をよそに、彼の目の前では、弓箭兵を狙った矢の暴風が、第二射、第三射と断続的に襲ってくる。吹き荒れる突風に乗った彼らの矢は、信じられない威力を保ったまま襲ってきた。たちまち回廊出口付近に、三百名近い帝国軍弓箭兵の骸《むくろ》が積まれ、ほぼ壊滅状態になったころ、侯爵は苦渋の決断を行い、関門の陰となる崖の後ろまで、一旦軍を引いた。

一旦は死角となる場所まで軍を引いたが、彼らには安全な後方、そう呼べる場所はなかった。

「もはや撤退すべきか……」

侯爵の心は揺れていた。既に全軍の三分の一を失い、それに加え戦闘不能な負傷者も多く、実質稼働できる戦力は、当初の半数強でしかない。

補給を受けるためには、崩落した二つの橋を越え最後尾まで戻り、そこで孤立した荷駄隊に合流する必要がある。そこには糧食などの補給物資と、それらを守る三百名の兵が残っている。

だが、今となってはこの戦力も攻撃側に補充する必要があった。そのため、掘削した狭い通路を使って物資を本隊まで手運びし、負傷兵は最後尾に搬送し、手当を受けさせている。彼らと交代で、最後尾から無傷の兵士二百名を前線に移動させた。そのため、最後尾で待機しているのは、荷駄を守る兵百名と五百名を超える負傷者たちであった。

一方、敵であるソリス男爵軍は先の関門攻撃の後、鳴りを潜めており、追撃の様子はなかった。

本来なら、敵の守備兵などせいぜい百人程の寡兵、それよりもっと少ない可能性すらあると予測していた。事実、事前に彼らが放っていた間諜からも、それを裏付ける情報を得ていた。

だが、実際に展開している敵軍の数は、恐らく五百名前後、もしかするとそれ以上とも思えた。

「そんな話、聞いておらんぞ。有り得ん、有り得んことじゃ……」

そう呟きながら、ブラッドリー侯爵は悩んでいた。今なら、五百名が守備する関門を攻めるに必要と言われる、守備側に三倍する兵力も残っている。もしここでおめおめと引き下がり、ただ多数の兵士を失っただけとなれば、侯爵家の名誉は地に墜ちる。

『攻める余力があるのに、なぜ撤退したのか？』、後日そう糾弾されれば、弁解のしようがない。

ブラッドリー侯爵は、新たな決意と共に顔を上げた。

「我が侯爵家の名誉にかけて……、ここは引けんっ！　全軍で死兵となり、関門を落とす他ない。奴らめ、待っていろ！」

そう決意を固めた彼の顔には、敵軍を舐めた様子も、安易な気持ちも一切無かった。

第三十一話　テイグーン防衛戦⑤　クレアの決断（開戦三日目）

魔境側関門を守る者たちは、敵が一旦引くのを見計らい、主要者が集まって今後の対応を議論していた。緒戦は勝利し、多大な戦果を挙げたとはいえ、敵軍には彼らの三倍以上の兵が健在だ。

関門防衛指揮官　クリストフ（風魔法士）
関門防衛参謀　キーラ（双頭の鷹傭兵団副団長）

魔法士指揮官　クレア（火魔法士）
工兵部隊指揮官　エラン（地魔法士）
兵站責任者　カウル（時空魔法士）

「クリストフ、今のところの戦況は？　俯瞰して見ていた貴方が、一番分かると思うのだけれど」

実際クレアたちからは、全体の戦況は全く見えていなかった。

「三千名の敵のうち、千名は確実に死亡又は戦闘不能だろう。恐らく今の敵戦力は、千五百名から千八百名ぐらいだな」

「半数近く！　凄いわ。常識ではまず撤退すべき損害ね」

「キーラさん、帝国の指揮官が、面子《めんつ》を捨てられる傑物なら、そうなると思うわ」

「クレアの言う通りだな。俺は開戦前に敵兵と話したが、兵卒に至るまで尊大で驕っていたよ」

「では、敵がこのまま撤退する見込みは、非常に低いと？」

「カウルさん、敵は撤退したくても迂闊に撤退できない、そんな中途半端な状況にあると思うわ。まだ私たちの三倍の兵力があるもの。恐らく今日の戦いで、こちらの数も察しているでしょうし」

クリストフと共に、関門の戦いを指揮していたキーラも、それは懸念していたことだった。

「ここで多くの兵を返してしまえば、国境で戦うタクヒールさまの負担が増えてしまうのでは？」

このカウルの言葉にクレアが大きく頷いた。

「私たちの使命は、少しでも多くの敵を撃退し、タクヒールさまの戦場の負担を減らすことです。

今、私が最も懸念していることは、帝国軍の負傷兵に対する対応が、この地では最悪なことです」

「確かに、奴らは安全と思い込んだ後方、魔境側に負傷者を送った。それでは何百名もの血の匂いを漂わせ、魔境中から大量の魔物を呼び寄せ……、自ら退路を失い、自滅するということか」

「帝国軍は何故そんな馬鹿げたことを？」

「カウル、グリフォニア帝国内には魔境がないの。当然彼らは、魔物の脅威、習性、禁忌事項などを知りません。このまま関門で睨み合いを続けていれば、結果はクリストフの言った通りです」

「ではクレアの懸念とは？」

「遠からず彼らは、後方から魔物の襲撃を受け、死に物狂いで応戦しながら、関門まで押し寄せて来るわね。テイグーンまでの道を血で紅く染めて……」

「なっ！」

カウルを始め、一同は改めて気付かされた。このことは帝国軍にとっての窮地だけでなく、自分たちも含め、非常に危険な状態に陥る可能性を。自分たちの敵は何も帝国軍だけではないことを。

「これは懸念の序の口です。魔物に追われ、前後を挟撃された彼らはどうなりますか？」

「形振り構わず、死に物狂いで関門を攻め立てるだろう。そうなれば此方の犠牲も無視できない」

「クリストフの答えもひとつです。でももうひとつ。私たちは人として、魔物に襲われて助けを求めた敵兵を、見殺しにできますか？　果たして、助けた彼らは、その恩を感じ降伏しますか？」

「難しい話だな。奴らは俺たちに、降伏すれば奴隷、歯向かえば皆殺しと言い切っていた……」

「助ければきっと、数は向こうが上になるわ。そして、私たちには魔物との戦いが待っています」

クリストフとクレアのやり取りを、他の二人は黙って見つめていた。

そして、クレアは何かを決意したように全員を見た。

「あの手を使います。指揮官としてクリストフの許可を貰えますか？」

「クレアの懸念、もっともな話だと思う。戦いに気を取られ、我らが魔境の畔に住んでいることを、つい忘れてしまうようだ。作戦の実行を許可し、クレアに任せるが……、いいのか？」

「はい、テイグーンを帝国や魔物から護ること、これが私たちにとって最も優先すべきことです。時間の猶予はありません。今日はもうすぐ日が落ちますので、明日の夜明けと同時に仕掛けます」

「俺は、奴らを関門前に誘導し、暫く足留めすればいいのだな？」

「はい、少しの間だけ、何とか持ち堪えてください。アレは発動してから、少し時間が掛かるのが悩みの種です。そして一発勝負です。タイミングを外せば二度目はもうありません。何人か旗手を配置してタイミングを計り、実行にはメアリー、サシャ、アイラを借ります」

「了解した。俺とキーラは、エランとクローラに協力してもらい、彼らを追い立てるとしようか」

「残酷なようですが、仕方ありません。彼らに、二度とテイグーンに攻め入りたくないと思わせることが大事だと思います。そのためには、即座に撤退を決断するほどの損害を与え、敵軍の撤退を促すことが、結果として少しでも多くの命を救うことになるでしょう。味方も、そして……、敵も。なので、明日は一気に決めます！」

悲壮な覚悟を決めたクレアは、目に涙を浮かべながらも、それでも気丈に前を向いた。

惨い戦法ではあるが、テイグーンの人々を守るため、自身は鬼になると。

◇◇◇　グリフォニア帝国陣営

昼間でも登攀《とうはん》困難な絶壁を、真っ暗な闇に包まれ、視界のない状態でよじ登る……、そんな無謀なことを考える者は誰もいない。普通ならば……。

「この困難な状況下で、我々には戦局を変える奇策が必要である。非常に危険なこの任務にあたる君たちは帝国の英雄である！　是非やり遂げて共に祖国に名を残さん！」

ブラッドリー侯爵の訓示に、身軽になるため鎧を脱ぎ、剣を背に差した百名が整列していた。

彼らはみな、この無謀ともいえる任務に志願した者たちだった。

作戦が開始されると、彼らは回廊の死角から関門の頂上部分を目指して、真っ暗な崖をよじ登り始めた。暗闇で志願者たちの様子は見えないが、一人でも多くの兵が任務を達成できるよう、祈りながら、見えない暗闇を見つめる兵も多かった。

「……っ！」

音の出ない悲鳴を上げて、またひとり、仲間の兵が崖から転落したようだった。彼らは困難な任務を志願した者だけあって、死に直結する落下の際も、悲鳴どころか声一つ出さない。

ただ落下の際に、途中で岩を巻き込み発生した落石は、隘路上にいる者たちに容赦なく降り注ぎ、この落石に巻き込まれ、死傷する者たちも続出した。

◇◇◇　テイグーン陣営

深夜、明日の作戦に備えて準備を行っているクリストフたちに報告が入った。

「見晴台から報告です。どうやら一部の敵兵が無謀な登攀を行い、崖に取りついているようです」

慌てた伝令からの報告にも、彼は落ち着いて対応する。

「見晴台やそれに通じる階段の通路は、侵入防止の格子があるから問題ない。射程内に近づけば、各自の判断で射撃することを許可する」

そうは言ったが、明日の作戦のため、見晴台の存在が露見することはできる限り避けたかった。見晴台の罠を発動すれば、登攀している敵軍など、一瞬で全滅させることができるが……。

「敵も我らが準備に専念する時間は与えてくれぬようだ。命令を変更し見晴台の存在は秘匿する。カーリーンに連絡を！　不可能だとは思うが、万が一のこともある。例の索敵と狙撃を頼むと」

クリストフは関門一帯の地形を誰よりも熟知している。それ故にこの暗闇の中、見晴台やそこに通じる階段まで、崖をよじ登ることは不可能だと思えた。だが敵も必死だ。

彼の指示に従い、関門から不思議な物が放たれた。百個以上のぼんやりと優しい光を放つそれはふわふわと宙を舞い始めた。まるで、戦いで亡くなった者たちへ贈る、鎮魂の光のように……。

それらの光は、風に操られたかのように隘路上を漂い、崖の斜面に潜む者たちを優しく照らした。

この天灯と呼ばれたものは、この世界で夜間索敵を行うために、タクヒールが利用した歴史知識のひとつだった。竹の骨組みと紙、油さえあれば簡単に製作でき、索敵用には個々の明るさが不十分だったが、数で補い、風魔法士と連携することで、思った方角に飛ばすこともできた。

◇◇◇　グリフォニア帝国陣営

数多くの者、いや志願した者のうち、既に九割近くが暗闇の崖から転落したかもしれない。

この絶望的な状況の中でも、任務を全うするため、必死の思いで断崖に張り付く者がいた。

「くそっ、普通の奴にはこの崖は、絶対に無理だ！」

マスルールは、次から次へと転落する仲間の気配を感じながら、一人小さく声を上げた。

そう、彼は普通ではない人間のひとりだった。元々彼は、昔から山登りが得意だったが、そんな次元の話ではない。彼には大地の、いや山の声が聞こえる……、気がするのだ。崖を進む際、危険な場所やルートを選ぼうとすると、警告を告げる声が聞こえる気がして、それらを回避できた。

彼はこの特技があった故に、決死隊に志願した訳でもない。志願者に与えられる栄誉や昇進も、どうでも良かった。ただこのまま、隘路にへばりついて敵の餌にされるのが嫌だっただけだ。

いつものように、危険を知らせる山の声に従って登ればなんとかなる、最初はそう思っていた。

だが、ここの崖は本当にヤバイ。どこを登ろうとしても、危険なルートばかりで先に進めない。

この崖は危険を告げる声で満ち溢れていた。それでも何とか、警告が聞こえないルートを選び、ゆっくりと登りながら先に進んだ。数時間後、やっとの思いで辿り着いた場所、関門の頂上付近が見渡せる位置まで来ると一息ついた。此処まで登って来られたのは、恐らく自分だけだろう。

そして改めて、暗がりに浮かぶ関門を確認した時、そこに見えた光景に彼は愕然となった。

関門を守っている者の多くは、明らかに兵士には見えなかった。中には子供……、そう見える者や年若い女性たちまでいた。

『どういうことだ？　彼らは戦場で何をしている？　こんな奴らと俺たちは戦ってきたのか？』

一瞬頭が混乱したが、呼吸を整え、気持ちを持ち直した。

「これは戦だ、すまんが許してくれよ」

そう小さく呟き、矢を番えようとしたとき、関門の方角から無数の優しい明かりが空を舞い、その美しさと、幻想的な雰囲気にのまれ、思わず手を止めて見入ってしまっていた。

マスルールは、この光を見つめているうち、それらがまるでこの戦いで散った仲間たちの魂が、空を舞い、別れを告げているように感じ、今はもう忘れかけていた、古い記憶を思い出した。

彼が子供の頃住んでいた町は、帝国領最南端の国境近くにあった。そこで両親と妹、弟と平和に暮らしていたが、ある時、突然国境を越えて来た、スーラ公国の兵たちにより町は蹂躙された。

両親と妹、弟もまた敵兵に殺された。家族だけではない。友人たちの多くもまた命を奪われた。彼が生き残れたのは、当時はまだ若き第三皇子が、軍を率いて救援に来てくれたおかげだった。

そうやって救われた彼は、いつか第三皇子の軍に属して家族の仇を討つ、そう決心していた。

その後、どこをどう間違えたのか、第三皇子と敵対している第一皇子の派閥、ブラッドリー侯爵の軍に所属してしまい、いつの間にか今度は、隣国を侵略する側の立場になってしまっていた。

今の自分は、かつて自分たちがされたように、国境を越えて他国の街を襲い、そこに住まう者たちの命を奪おうとしている。町の住民にとって、自分は彼らの命と財貨を奪いに来た侵略者……。

片や彼らは、侵略者から自分たちの命と町を守るため戦っている。女子供に至るまで……。

「俺も……、スーラ公国の奴らと同類じゃねぇかよ！」

そう吐き捨てると、無意識に弓を投げ捨ててしまっていた。

その考えに至ると、もう何もかもが馬鹿馬鹿しくなり、戦う気持ちすら失せてしまった。


この行為が、マスルールの命を救ったとは、この時彼はまだ気付いていなかった。

実は彼以外にも、決死の覚悟で登攀に成功していた者が数名いた。だが、その全てが天灯の明かりで発見され、身動きひとつできないでいたところを、関門や階段から狙撃されていった。

そのため、彼らは矢で命を落とすか、負傷して足を滑らせ、崖下へと転落していった。

そしてついに、決死の覚悟で挑んだ登攀者たちは全滅した。マスルールただ一人を除いて。

こうして決死隊の努力は報われることなく、運命の夜明けを待つことになった。

第三十二話　テイグーン防衛戦⑥　不落のテイグーン（開戦四日目）

テイグーンに運命の朝日が昇る。攻める者、守る者たちの命運を分ける一日が始まった。

関門の鐘楼には、朝日に照らされて立つ、クリストフとクレアがいた。

「クレア、あちらの用意は？」

「全て整っているわ」

ゆっくりと昇る朝日は、これから起こる惨事を予期するかのように、鮮血のように紅く、遠くの山並みを染めていた。

「では作戦を開始する！」

クリストフの合図で、旗手は黄色の旗を掲げる。その旗は何人かの旗手を中継して、テイグーンの町付近に待機していたメアリーまで届く。

「ミザリーさん、始まりましたね」

「そうね、これで終わりにしてほしいわ」

メアリーに短く答えたミザリーも、大きな覚悟を決めた顔つきだった。

二人が立っていたのは、テイグーンの町の外壁、それを取り巻くように設けられていた堀の一角だった。年が明けたころは空堀だったそれも、テイグーン山の雪解け水をたっぷり溜め込み、春から夏、秋へと季節が移ろいゆく間に、豊かな水量をたたえるようになっていた。

◇◇◇　グリフォニア帝国陣営

日が昇るとともに、これまでずっと防御に徹していた関門守備兵が、突如として反攻に転じた。

「や、奴ら、あんな場所にも陣地を築いていたのか！」

想像もしなかった場所、登攀不能と思っていた崖の更に上にある、見晴台から突如として攻撃を受けた、ブラッドリー侯爵ら帝国兵たちは、驚きと恐怖を隠せなかった。

遥か上から投げ付けられてきたのは、油が詰まっている陶器のようなものや、火の付いた藁の塊などで、それらが直接、または崖を転がりながら、次々と隘路上に落ちてきた。

彼らの脳裏に、昨日の悪夢が蘇った。

「火に気を付けろっ！　油の範囲から即刻退避しろ！」

もう同じ手はくわない、そう言わんばかりに兵士たちは、素早く火の壁から退避し始めた。

だが彼らは気付いていなかった。一連の攻撃で関門側へと、徐々に誘導されていることに……。

「報告しろ、損害はどうか？」

「火に焼かれた者、混乱で転落した者はおりません。ただ此方に運び込んだ糧食が焼かれました」

「こうなればもはや、このまま進み、強襲で関門を落とすしかないか……」

参謀と話し、ブラッドリー侯爵の腹は決まった。

「全軍に命ずる。これより総攻撃に入る。全軍で突入しあの関門を落とす！」

侯爵の命令で、帝国軍は関門側から死角となっていた崖の陰から飛び出し、一斉に駆け出した。

「既に我らの退路はない。前にのみ進んで死中に活を求めよ！　突撃、突撃！」

背水の陣となり、覚悟を決めた兵たちが、関門に向けて突入を開始した。

「関門に取り付きさえすれば、敵の反撃は思ったより弱い！　このまま落とすぞっ！」

◇◇◇　テイグーン陣営

魔境側の関門、その前に広がる大きな空間は、死に物狂いで躍り出た帝国兵で埋まっていた。

「来たな！　旗手は戦闘開始の赤旗を掲げよっ！　クレア！　サシャとアイラへの指示は任せる。

あれをギリギリまで押しとどめるよう伝えろ。他の者はこれから暫く、関門を死守するぞ！」

本来ならクリストフにとって、今受けている強襲が、敵に一番採ってほしくない戦術だった。犠牲を覚悟で数による力押し、これは仮に防げたとしても損害が馬鹿にならない。

もしクレアの献策がなかったら……、こうならないように最善の努力をしていたはずだった。

固定式台座による、隘路出口に対する集中砲火は効果的だったが、再装填の隙を狙って死地を走り抜け、関門直下に取り付かれてしまうと、対処できる矢の数は目に見えて減ってしまう。

自警団のクロスボウ五百台は、遠距離用と隘路出口用、二か所に照準が固定されているからだ。

「あと少し、あと少しだけ持ち堪えろ！　固定の照準はそのままで構わない。駐留兵と傭兵団は登ってくる兵だけを狙え！　城壁を越えさせるな！」

クリストフは絶叫する。指揮官たる彼自身も、エストールボウを連射しつつ指揮を執っていた。

この時、関門側の守備に当たっていた多くの者たち、絶叫し兵を鼓舞するブラッドリー侯爵も、関門を攻める帝国兵たちも、遠くから聞こえる、地鳴りのような低い音には気付いていなかった。


「サシャ、アイラ、来るわよ。水壁を最大限に厚く！　水圧に負けないよう頑張って！」

クレアの指示で、テイグーンの町から関門に続く水路の出口付近、関門の内側に設けられた空間には、二人の水魔法士が展開した巨大な水壁が立ち塞がっていた。

そこに濁流となった大量の水が、勢いよく流れ込み続けていた。テイグーンの町にある堀から、水路の斜面を流れ落ちて来た濁流の勢いは凄まじく、二人の水魔法士は、あらん限りの力でもって水の障壁を維持し続けていた。そして、それが間もなく限界を迎えることがクレアにも分かった。

「間もなく関門を開きます！　関門前、及び低い位置に居る者はたちは直ちに退避しなさいっ！」

クレアの声で、慌てて何人かが安全な高台に避難する。

「二人共……、そろそろね？」

サシャもアイラも既に返答する余裕はない。歯を食いしばりながら頷くのが精いっぱいだった。

関門に設けられた大門、人の背丈の数倍もある大門の高さまで、水壁に囲まれた水は溜まり続け、更に加速度的に水量は増えつつある。

「今よ！　関門を開いてっ！」

クレアは大きな声を出すと同時に、手を振り下ろした。

◇◇◇　グリフォニア帝国陣営

「おおっ！　関門が開くぞっ！　もう一押しじゃ！」

ブラッドリー侯爵は嬉々として兵士達を督戦した。強襲によって門に取り付いた兵たちの攻撃が功を奏したのか、関門が徐々に、こちらに向かってこじ開けられつつあるように見えた。

これならいけるっ！　あと一押しで関門は破れる。侯爵はこの時、この先の勝利を確信した。

その刹那、門の中に飛び込もうとした兵士たちが、轟音とともに、何かに吹き飛ばされるように押し戻されてきた。兵士だけでない、大量の水と一緒に。

門から一斉に溢れ出た水は、一気に門の前の空間に広がった。

急激に水が大きく広がったため、最初は彼らの足首が浸かる程度だった。だが押し寄せる水量は増え続け、止まる気配すらなく、いつの間にか水は、彼らの膝上まで達していた。

帝国兵たちは知る由もないが、これには幾つか理由があった。


一つ目は、関門前に広がっている空間は、全体的に少しだけ掘り下げられており、広大な、しかし浅い、プールのようになっていた。

二つ目は、谷側には腰の高さ以下の縁が設けられ、水が溜まりやすいよう工夫されていた。

三点目は、先程まで関門の向こう側で水を抑えていたサシャとアイラが、次の手として、関門を抜けた先にある谷側を取り囲むように、新たな水壁を張っていたからだ。


水の勢いは止まらず、今なお増え続けていた。

気が付けば、関門前にさながら巨大な扇型のプールが作られたかのようになっていた。

「水攻めだぁ。きっと魔法士がいるぞ。此処から逃げろっ」

兵の一人が叫び、隘路の出口に向かい走り出した。しかし隘路の出口は矢の嵐の通り道だ。

クリストフたちがこの機を見逃すはずもなく、逃げ出した兵士たちは何本もの矢を受け倒れた。

そしてその時、水壁が一斉に消えた。更にエランの力で谷側にあった縁も、一瞬で崩れ落ちた。

「うあああああっ！」

「な、流されるっ！」

「た、助けてくれぇっ！」

関門前の広場に溜まった水は、流れ落ちる方向を得て、一気に谷に向かって流れ始めた。

既に腰近くまで水に浸かっていた帝国軍の兵士たちは、水流に逆らえず、次々と谷底に向かって押し流されていった。

「後退っ！　後退しろっ！」

谷から一番離れた、反対側の崖付近に居た者、岩にしがみつき運良く水流に耐えた兵士たちは、もと来た隘路に向かって潰走《かいそう》を始めた。

しかしそこは、予め照準が固定されたクロスボウの狩場だったため、大量の矢が飛来していた。

それが分かっていても、彼らにとって他に逃げ道はなかった……。

逃げ惑う兵士たちは、次々と矢を浴び討たれていった。

「もうだめじゃっ！」

ここに至ってブラッドリー侯爵の心が遂に折れ、彼は逃走を決意した。

今回の総攻撃は、約千五百名の兵力で関門を攻めた。その半数以上が、水流に押し流され谷底に消えるか、隘路出口で矢の雨を浴びて命を落としている。

侯爵はやっとの思いで、いや、周りの兵たちが盾になってくれたお陰で、隘路出口の危険地帯を抜け、関門からは死角になっている安全地帯、崖の裏側まで辿り着くことができた。

「ななな、何故じゃ？」

侯爵は驚きの余り絶叫した。安全地帯と思っていた場所に、突然上から矢が降り注いだからだ。

それは、クリストフの指示で、遠距離曲射用の台座が使用され始められたからだった。

やっと危険地帯を抜けたと思っていた兵たちも、予想外の攻撃を受け、次々と倒れていく。

「全軍、てって、たっ……」

そこで侯爵の言葉、いや、彼の世界は終わった。撤退の指示を出し切らぬうちに、ブラッドリー侯爵は命を落とした。見晴台からクリストフが射た矢によって。

「侯爵さまがやられたっ、逃げろっ！」

そこからは狂乱した兵の、無秩序な逃亡が始まった。

「馬に乗ってもこの先が通れん、馬など放っておけ」

「邪魔だ、馬など通る余裕はない、どけさせろっ」

「お、俺も、連れて行ってくれっ！　だ、誰か……」

隘路が続く回廊の最も後方、魔境に近い場所で落とされた橋は、まだ通路となる脇道の掘削作業が十分にできていなかった。その作業に当たる人員の多くが、補充兵として前方に移動しており、最後尾には無傷の兵は僅か百名のみ、支えるには多過ぎる五倍以上の負傷兵を抱えていたからだ。

そこの狭い通路は、落ち着いて時間を掛けさえすれば一頭ずつ馬を通すこともできたが、我先にと潰走する兵士たちには、もちろんそんな余裕はない。

彼らは狂躁しながら最後尾まで走り抜けた。隘路に負傷した多くの味方や、愛馬を残したまま。

たかが辺境の男爵領、そして取るに足らない再辺境の小さな町、三千名の兵力で攻めれば簡単に落とせる。ここに至るまで、誰もがそう思い、油断し、安易に考えていた。

だが、予想外の攻撃の数々に主将を討たれ、大敗北で潰走することになり、兵士たちの恐怖心は既に頂点に達していた。

回廊の出口側、魔境に近い場所で待機し、後送された負傷者と吉報を待ち構えていた兵たちも、潰走してくる味方の惨状に目を覆いたくなった。

潰走する兵たちにとって幸いだったのは、後送された負傷者の中に貴族がいたことだった。彼が指揮を引き継いだ結果、指揮系統を維持しつつ軍を返し、国境まで撤退することが宣言された。

自らも負傷しながら、成り行きで撤退を指揮せざるを得なくなった貴族は、損害の大きさに愕然としていた。侵攻した三千名の七割を失い、主将たるブラッドリー侯爵は戦死、主な指揮官も自身以外全て戦死していたのだから。

それだけではない。僅か三百名の兵で、倍する六百名の負傷者を護衛しつつ、危険な魔境を抜けて国境線まで撤退すること。これはもう、至難の業としか言えない。自ら望まぬ撤退戦の指揮を任されることになった彼は、自身の置かれた困難な状況に、目の眩む思いだったという。

最後尾守備隊　一〇〇名
脱出した兵士　二〇〇名強
後送済負傷兵　五〇〇名強
脱出した負傷兵　一〇〇名弱

「自分を含め、この何割を無事に、殿下の元まで連れ帰ることができるだろうか？」

彼の自問自答は、この後、現実の問題となり、彼らの凄惨な未来に繋がっていく。

◇◇◇　テイグーン陣営

テイグーンの関門では歓喜の声で溢れていた。
「勝った！　俺たち本当に勝てたのか？」
「守った！　本当に？」
「テイグーン万歳！　カイル王国万歳！」
彼らが従軍したこの防衛戦、僅かな数の守備兵と住民が、実に五倍もの敵軍に完勝した事実は、後日カイル王国全土に知れ渡り、テイグーンの町は難攻不落の地として名を轟かすことになった。
不落の町テイグーン
鉄壁の町テイグーン
要塞都市テイグーン
人々はそう呼んでテイグーンを称えた。
これは、テイグーンの入植者を爆発的に増やす要因のひとつとなるが、それはまだ先のこと。

第三十三話　テイグーン防衛戦⑦　朱に染まる道（開戦四日目）

魔境側関門の鐘楼に立つ、クリストフと傭兵団副団長のキーラ、そしてクレアたちは、見晴台や秘密通路を経由した斥候の報告を待っていた。まだ彼らには、成すべきことが残されていた。

「申し上げます。帝国軍は全て隘路を抜け、魔境を横断して国境方面に潰走中です。その数およそ九百名、その多くが徒歩で移動している模様です」

「ふむ……、取り急ぎ目の前の危機は、なんとか乗り切ったということか？」

「クリストフさん、まだ終わってないわ。彼らは多くの負傷者をこの回廊に置き去りにしている」

「キーラの言うとおり。谷底の死者を埋葬する必要もあるわ、急がないといけない……」

テイグーンの関門を護る将兵、自警団の面々には、勝利の余韻を楽しむ時間は無かった。

「先ずはタクヒールさまへの報告だが、やはり最短ルートは無理だろうな？」

「そうね、クリストフの言う通り、魔境側は絶対にダメね。きっと今頃は……」

「クレア、こちらに来た早馬を、エスト経由で返そうと思うので手配を頼む。それにしても、一日かからず届けられるものが、三日もかかってしまうのは口惜しいことだな」

「そうね、ご心配されお心を痛めていらっしゃるでしょうし。早くお知らせしたいけど……」

「クリストフさん、クレアさん、これから私たちは命を救う方で頑張りましょう。今更だけどね」

彼らは戦いの勝利の後、休む間もなく次の任務に取り掛かった。

関門の守備兵が大勝利に沸くなか、クリストフより新たな通達があり、今後の行動が示された。


「ここにいる全員で、以下のことを大至急執り行う。

ひとつ、回廊二か所に臨時の橋を運び、作業終了後は再び撤去する。

ひとつ、回廊に残された敵軍の負傷者を回収し、救護を行う。

ひとつ、帝国軍が置き去りにした軍馬を全て回収する。

ひとつ、回廊上に残された遺体の回収と埋葬、谷底に落ちた敵兵の遺体の回収と埋葬を行う。

そして今後、魔物に対する警戒を最大限に強化する。一匹たりとも通してはならない」


この行動指針のもと、敵軍の負傷者、遺棄されていた物資や遺体に対して、すぐに回収班が結成された。百名の兵士、五百名の自警団のうち、関門守備に百名を残し、それ以外の五百名が回収班となり、崩落させた二か所の橋には臨時の橋が架けられた。

回収班は回廊内に取り残された、グリフォニア帝国軍の負傷兵約四百名と軍馬六百頭余りを直ちに救助し、何度か往復したころには、回廊上に遺棄されていた遺体も含め、全て回収が完了した。

そして再び、魔物の襲撃に備えて橋は外され、帝国兵が掘削した崖の細い脇道も、石で埋め尽くされた。万が一、味方がこのルートでやって来た時に備え、来訪を告げる鐘と看板を残して。

クリストフは回廊を見渡して一息ついた。

「回廊内の人馬は全て居なくなったな。これで魔物共の目が他にいってくれると良いのだが」

「恐らくとしか言えないけど、当面の間なら魔物の目は、あちらが引き付けてくれるでしょうね。大量の負傷者が発する血の匂いは、魔物たちを呼び寄せるわ」

キーラは彼等の未来に対し瞑目した。

「知らないとはいえ、彼らは魔境での禁忌を犯しています。あの経路を不用意に通ってしまえば、必ず身を亡ぼします」

そう言ったクレアも、彼らのこの先を考えると、いかに侵略者とはいえ同情を禁じ得なかった。

「魔境の中を大量の負傷者を抱えて移動するなど……、大挙して襲ってください、そう言っているようなものですから。彼らはもう……」

「そうだな、キーラ。恐らく当面の間、魔物の目は彼らが引き付けてくれるだろうな。それでも、谷底の遺体は少しでも早く埋葬しないと危険だ」

「既にラナトリアが治療を施し、動いても差し支えないほどに回復した敵兵には、埋葬に協力してもらおうと思っています」

「それができればありがたい話だが。ついさっきまで戦っていたのだ。そう簡単にはいくまい」

クリストフの心配はもっともな話だったが、クレアには考えがあるようだった。

関門脇に設けられていた臨時施療院では、ローザとミアが重傷者の対応を、ラナトリアは外で傷の軽い者を治療していた。それにより百名の捕虜が、谷を下ることも可能な程に回復していた。

実際、動けるようになった帝国兵の何名かは、同胞の遺体を埋葬する手伝いも行っている。

「崖の斜面で立ち往生し、降伏した敵兵を覚えているかしら？」

「ああ、彼は自主的に埋葬の手伝いを申し出て、軽傷だった敵兵と共に作業に当たっているな」

「彼を通じて、動けるようになった敵兵に、話を付けてもらおうと考えているの」

そう、彼は崖の途中で立ち往生した訳ではない。自らの意思で攻撃を止めた兵士マスルールだ。

クレアはクリストフとのやりとりのあと、彼と話を付けてみようと考えていた。

「明日からは兵百名、自警団から二百名を選抜し、志願者があれば捕虜も含めて谷を下りる。谷底では遺体や装備品を回収のうえ、そのままそこで火葬と埋葬を行う。嫌な役目で申し訳ない、回収の指揮はキーラが、クレアはエランと共に回収後の対応を頼みたい」

「分かったわ。私ですら他の子にこれを頼むのは……、さすがに躊躇うしね。私たちで対応するしかないわ。このまま放置すると、谷底が魔物の巣になってしまうもの」

「クレア、すまん。キーラも申し訳ないが傭兵団からも人手を頼む」

◇◇◇　どこかの魔境の畔にて

「右後方に魔物！　狼型の魔物が複数、我々を追い縋ってきます」

後方を固める兵からまた、悲鳴のような急報が入る。

「防御陣形のまま後退しろ！　決して足を止めるな。更に奥地の魔物が寄ってくるぞ！」

隊を率いる者から切迫した指示が飛ぶ。

そう、これが最初の襲撃ではない。もう何度目の襲撃だったか、もはや覚えていない。

グリフォニア帝国内にはそもそも魔境がない。そのため魔物と戦った経験のある兵士もいない。せっかくテイグーンに通じる回廊での戦で、何とか生き延びた兵たちも、サザンゲートに向かい敗走する中で、命を落とす者が増えていく……。

当初は約三百名の兵士と、約六百名の負傷者で撤退を開始した。そして、魔境を抜けようと暫く進んだ場所で、最初の襲撃があった。初めのうちは、魔物の単独襲撃が多く、兵も健闘したため、無事撃退できた。ところがその後、襲撃の頻度、襲撃してくる魔物の数がどんどん増えていった。まるで魔境全体の魔物が、自分たちを狙って集まって来ているかのように。

足早に国境へと向かう誰もが、そう感じるようになっていた。

時間が経つごとに、無傷の兵士の数は減り、負傷者の列に加わり始めた。負傷者を守りつつ撤退を進めているうちに、どうしても守り切れないことも増えていった。既に無事な兵士は二百名強、負傷者は三百名前後にまで減っている。四百名近くの仲間が、魔物によって命を落としている。

「た、た、助けてくれっ！」

「置いて行かないでくれっ！」

兵士たちの悲鳴があちらこちらでこだまする。だが、彼らは道を戻り、救援に駆け付ける余裕はない。ただ、防御陣形を維持して、ひたすら東《国境》を目指すだけだ。

襲ってくる魔物を確認している余裕もなく、未知の魔物に恐怖しながら、夢中で走り続けた。

大型の狼のような魔物は、集団で襲撃し、まるで狩でも行うように彼らを追い詰める。

迂闊に茂みに近づいた者は、擬態した巨大な蟷螂《かまきり》に襲われた。鋭利な鎌は人を簡単に切断する。

砂地に進んだ者は、突然空いた穴に飲み込まれた。何が底に潜んでいるかは全く分からない。

前脚が四本ある巨大な熊に薙ぎ払われる者もいた。その強烈な一撃は、大木すら薙ぎ払う。

魔物が放った炎にまかれる者もいた。小物と油断したら彼らは、代償として炎に焼かれた。

硬い皮を持つ猪の突進に、撥ね上げられる者もいた。抗するにも剣や槍が全く通じなかった。


最初は仲間の悲鳴に、心を痛めていた兵たちも、やがてそれを思う余裕すら無くなっていった。

魔物に襲われ、仲間の助けを求める声が聞こえても、自分たちの身を守ることで精一杯だった。

そう、彼らは知らなかった。魔境の畔に住まう者が戒めとして言い伝える『禁忌事項』を。

結果として帝国兵たちは、地域一帯の大量の魔物を誘引し引き連れながら、味方が展開している
サザンゲートの陣地に向かっているのだった。


『魔境の畔に住まう者、決して禁忌を犯すなかれ。禁忌を犯す者、自らの命を贄に禁忌を知る。

魔物を人の世界に招く愚行、決して行うことなかれ』

◆不入の禁忌
竹林を越えた先、不用意に進むべからず

竹林は、人と人外を分け隔てる境界と心得よ
強い魔物の縄張りは、竹林にも及ぶことを忘れるなかれ
◆不血の禁忌
魔境周辺《ちくりん》では決して血を流してはならない、まして魔境の中でも然り
魔物は血の匂いに誘われて、森深くからやって来る
負傷した際は直ちに止血し、匂いの強い葉で患部を覆い、血のついた衣服は焼却すべし
◆不向の禁忌
魔物に追われた際は、決して人里に向かうべからず
道を知った魔物は、魔境を出て人里へ向かい後続を誘うだろう
◆不断の禁忌
一度でも人を襲った魔物は、必ず討伐しなければならない
人の味を覚えた魔物は、次から必ず人だけを狙って襲って来る
◆不測の禁忌
複数の魔物に対し、不用意に相対してはならない
対するときは、確固たる防御拠点や、罠などの周到な準備を行うべし
不慮の襲撃に常に備え、準備を怠るなかれ
窮地の魔物は、仲間を呼び寄せることを忘れるなかれ
◆不退転の禁忌

魔物に追われた際は、馬や家畜を贄として、魔物の足止めを行うべし
贄が尽きた時、それは自らの命を贄としてでも、魔物を先《さと》に進めるべからず
贄となる覚悟のない者、魔境に入るべからず

第三十四話　サザンゲート防衛戦③　真に恐れるべき敵は（開戦二日目）

――時系列は開戦二日目の、サザンゲート砦に戻る。


俺たちが立てこもるサザンゲート砦に、南西の方角から二騎の早馬が到着した。

「ソリス男爵に急報っ！　開門！　開門願います」

事前に配備していた偵察隊から、二騎の騎兵がもたらした凶報に俺は酷く動揺し言葉を失った。

三千名もの別動隊が、テイグーンに向かっている。予想はしていたものの、最も悪い知らせだ。

ミザリー、クレア、みんな……、大丈夫だろうか？

いや、今回は敢えて、ここに連れて来たかった者も多く残してある。クレアもその一人だ。

彼女ならば……、きっとミザリーやクリストフを支えてくれるはずだ。

それにテイグーン関門は、皆で知恵を絞って対抗策を講じてある。

きっと大丈夫、町の皆が協力してくれれば、三千名程度の敵軍なら凌げるはず……。

「タクヒールの危惧した通りになったな。だがお前は、既に十分な手を打っているのだろう？」

「はい父上、テイグーンは天然の要害、そして皆で知恵を絞って、かなり手を加えております」

「では、ここで彼らの健闘を祈ろう。一軍の将たる者、たとえ不安があっても、配下に見透かされるようなことがあってはならない」

「……、はい、以後気を付けます」

俺は自身の未熟さが恥ずかしくなり、俯いた。

「ところでヴァイスよ、今日彼らは、軍を引いたまま動く様子がないが、どう思う？」

「歩兵を含めた別部隊が今日発ったということは、テイグーンに到着するのは早くとも明日以降。ならば彼らの思惑は、テイグーンの失陥で我らを動揺させ、然る後に攻勢に出る算段と思います。そうなれば、我々は大きな決断を迫られます。ただでさえ少ない軍を分かち、テイグーンから先、エストの街、その先のコーネル男爵領、そこから王都へと続く道の防衛に、割かねばなりません。そこを狙い敵は、一気に攻勢に転じ、この砦を襲って来るでしょうね」

団長は一息つくと更に続けた。

「因みにですが、私もテイグーンの要塞化に携わった一人として、申し上げます。今のテイグーンを周到な準備なしに抜くことは、絶対に不可能、そう断言できます」

「それほどか！　ヴァイスにそこまで言わせる町とは、私も落ち着いたら是非見たいものだ……」

「はい、父上と兄上にも、是非一度お越しいただきたいと思っています。テイグーンは、防御施設だけでなく、町も面白く仕上がりつつありますので」

「ふむ、そうか。では楽しみにしておこう」

そう言うと父は、何か含みの表情でこちらを見た。まぁ、俺も男だから分かるけど。

「一つだけ頭の痛いことは、クリシアがテイグーンに来た折、例の施設を発見してしまい……」

「なっ！　何だと……」

父が明らかに動揺していた。そう、施設とは娼館の件だ。当時まだ十二歳だった俺は、当然のことだが、そんなものを誘致できる訳がない。非常に乗り気だった、父の全面協力があってのことだ。

その件がクリシアを通じて母に露見する。それを感じ取った父の顔から血の気が引いた。

「失礼ながら父上、将たるもの、動揺されている様子を気取られては……、如何なものかと……。あとタクヒール、今回の戦が終われば、俺も是非遊びに行かせてくれ。父上とは違う意味でな」

見事にブーメランが直撃した父に対し、俺たちは笑いを堪えるのに大変だった。

「ゴホン、父上、今のところ敵は軍を引き、様子見を決め込んでいますが、恐らく伏兵はそのままです。援軍への留意と、キリアス子爵領へも同様に軍を派遣している可能性があります」

「タクヒールの指摘通り、敵が待ちに徹している今こそ、我らは援軍と合流できる好機でしょう。しかし、敵がそこをみすみす許すとは思えません」

「なるほどな、テイグーン襲撃の件と合わせて、私からハストブルグ辺境伯には報告しておこう」

俺たちは当面の情報共有が終わり、再び配置についた。

◇◇◇　サザンゲート砦より少し北の地にて

「サザンゲート砦はここから目と鼻の先ではないか！　何故我々には砦への入城が許されない！」

「第二子弟騎士団でさえ、既に武勲を立てているというのに、これでは我らの立つ瀬がないぞ！」

「あのような者たちにも後れを取る奴らだ。我らで伏兵など容易く蹴散らしてみせるものを」

口々に不平を言う、第一子弟騎士団の彼らは内心では焦っていた。

同時に王都を出発しておきながら、彼らだけ開戦に間に合わず、遅参する大失態を犯している。

しかも第二子弟騎士団は、彼らに先んじて既に武勲を立てているという。

遅参の恥辱と、武勲に対する焦り、高いだけの彼らの矜持は、これらでもう限界に来ていた。

「こうなれば、我らだけでも砦に進軍し、味方の杞憂を打ち払ってやるべきではないか？」

「我らが動けば、此処で留まっている各貴族の軍も追随するはず」

「堂々たる我らの進軍を見れば、蕪男爵にも後れを取るような敵、恐れて何も手出しできまい」

世間知らずの学生でしかなかった、彼ら上級貴族の矜持は、多くの事実から目を眩ませる。

暴発した彼らは、ハストブルグ辺境伯の軍令を無視して、サザンゲート砦へと進軍を開始した。

それを見て『赤信号、みんなで渡れば怖くない』そんな風刺が示すように、彼らと同様に、功を焦った子爵軍、男爵軍の幾つかが、彼らの後を追って進軍を始めた。


その様子を見て、目を見張って驚く者たちがいた。

眼前を通過する軍は、まるで周りに敵が居ないかのように進み、召使いや馬車まで連れている。

「ほほう、まさか自ら餌にされるため、死にに出てくるとは……、とんだ愚か者たちだな」

希望していたテイグーン攻略戦にも参加できず、伏兵としての任を受け、サザンゲート砦の西方で埋伏していた、ゴート辺境伯と彼に率いられた兵士たちは、一気に沸き立った。

「鉄騎兵五百、騎馬隊一千は突進して奴らの横腹を喰い破れ。歩兵と弓箭兵は後方に回り、後続を刈り取れ。痛撃を与え速やかに転進、砦からは距離を保つことに留意しろ。皆、暴れ回れるぞ！」

その命令は即座に実行された。ずっと獲物を待ち続けていた彼らは、一気に襲い掛かった。

「て、敵が出てきたぞ！」

「なに、こちらに突進してくるのは我らより少数ではないか？　押し包んで武勲としようぞ！」

ここに至っても、第一子弟騎士団の者たちは敵軍を侮っていた。

歴戦の精鋭、ハストブルグ辺境伯軍ですら苦しめられてきた、ゴート辺境伯の騎兵部隊に対し、戦場での経験が全くない彼らは無知であり、愚か過ぎたと言うべきだろう。

最初の突撃で第一子弟騎士団の中央部は食い破られ、彼らの軍は瞬く間に分断された。隊の後方に居た非戦闘員、従者や召使い中心の部隊は、恐怖に震えながら算を乱して逃げ散った。

「ひぃぃっ！」

「は、早く、砦へっ！」

「え、援軍を、援軍はまだか？」

最初の矜持は何処に行ったのか、前方に居た一千騎は乗馬にしがみつき、必死になって砦の北門へと逃げ出した。中央部で行軍していた三百騎は、最初の一撃で既に姿を消している。

不幸にも彼らに追随した子爵軍、男爵軍は更に悲惨な結果となった。第一子弟騎士団の中央を突破したゴート辺境伯の騎馬隊は、時計と逆回りに迂回した後、彼らを半包囲しつつ襲い掛かった。更に反対から来た歩兵部隊、弓箭兵に退路を封じられ、彼らは一方的に殲滅された。

援軍部隊の男爵軍は単体では二百名にも満たない。子爵軍でも四百名前後、意思統一された敵軍の集団戦術によって、良いようにあしらわれて、まともな防戦すらできずに討取られていった。

「あの馬鹿共は一体何をしておるっ！」

急報を聞いたハストブルグ辺境伯は、怒声を上げつつ旗下の騎馬隊一千騎を急遽出撃させ、後続に歩兵部隊も出動させた。彼らは潰走する味方の盾となり砦へと誘導し、ゴート辺境伯軍の後背を衝くべく動いたが、散々暴れまくり所定の目的を達したゴート辺境伯は、引き際も鮮やかだった。

この第三戦は、カイル王国側の一方的な敗北として幕を閉じた。

この短時間の戦闘で、男爵軍の一つは軍を率いた当主と共に壊滅、二つの男爵軍も、今後の戦闘継続は不可能といえる程の痛手を受け、戦線からの離脱を余儀なくされた。

二つの子爵軍は、周りが戦線崩壊するなか、なんとか持ちこたえたものの、共に約半数の兵力を失っていた。

第一子弟騎士団は八百名もの軍勢が、命を落とすか敵軍に捕縛されていた。なお、そのうち四百名は彼らに付き従った、従卒や召使いなど非戦闘員だった。

彼らの無謀な行動により、この日のごく短時間の戦闘だけで、カイル王国側は千六百名以上もの兵を失うという、惨敗を喫する結果となった。

『真に恐れるべきは、有能な敵ではなく、無能な味方である』

この醜態を見たタクヒールは、ナポレオンが言ったとされる、この言葉を思い出していた。

第三十五話　サザンゲート防衛戦④　戦場で暗躍する者（開戦二日目）

ゴート辺境伯軍が撤退すると、ハストブルグ辺境伯軍も、逃げ散った味方の残兵や負傷者を収容しつつ、サザンゲートの砦へと軍を返した。

「馬鹿者っ！　軍令を無視するだけでなく多くの兵を失い、あまつさえ味方に余計な犠牲を出し、窮地に陥れるとは何事かっ！」

ハストブルグ辺境伯の怒号が彼らに飛んだ。

「戦場に不要な従者を引き連れ、遅参するだけでも論外だというに、卿らは一体何を考えておる！　王都に凱旋次第、我が職責を以て卿らの罪状を問うこととするが、それまでは謹慎を命ずる！　今後の戦功に依って、罪一等を減じることもあるが、当面の間出陣を固く禁ずる！」

辺境伯は怒り心頭だったが、平伏する彼らをこの場で処断することだけは何とか思い留まった。

上級貴族の一員という彼らの出自が、この時だけは彼らを救うこととなった。

「学園であんな馬鹿たちと一緒に学ぶことになるとは……、日頃の兄上のご苦労が偲ばれます」

俺は小声でこっそり呟いた。

「お前も十五歳になったら、もれなく俺の仲間入りさ……」

兄の返答に、俺は明るくない自身の未来に身を震わせた。

「ワタシハ、ガクエンニハ、イキマセンヨ。イキタクナイデス」

俺は更に小さく呟いた。


ゴート辺境伯が、所定の目的を達し軍を引いたため、それまで砦に入場せず、待機していた援軍が続々と入場してきた。結局新たに援軍として加わった戦力は合計九千百五十名と第一子弟騎士団の千二百名になった。

先の無謀な戦いで三家の男爵家が戦線離脱したため四百五十名が脱落、二家の子爵家はそれぞれ半数を失ったため四百名が脱落し、第一子弟騎士団は八百名が脱落していた。

伯爵軍	一二五〇名	四家	合計	五〇〇〇名
子爵軍	四〇〇名	八家	合計	二八〇〇名（▲四〇〇名）
男爵軍	一五〇名	九家	合計	一三五〇名（▲四五〇名）
第一子弟騎士団			合計	一二〇〇名（▲八〇〇名）
第二子弟騎士団			合計	五〇〇名

「敵は別動隊を出しても二万強、こちらは援軍を全て足しても一万八千弱、この差は大きいなぁ」

俺はぼやくしかなかった。

「魔法士の魔法で、何か必殺技とかないのか？」

「兄さん、それがあったら……、数で悩みませんよ」

「そっか、てっきりお前のことだから、何か秘策でもあるのかと思っていたよ」

「今できることといえば、大胆な兵力の再編ぐらいだと思います。味方はバラバラ過ぎますから」

「そうだな、今できることといえば……、だな？」

「ええ、それで……、です」

「そうすると、編成はこうか？」

「はい、そうすれば……、これでなんとか……、できます」

二人の作戦会議はその夜、ハストブルグ辺境伯に対し意見具申として提出されることになった。

◇◇◇　サザンゲート砦　謹慎部屋

サザンゲートの砦の一角にある広間、ここには辺境伯より謹慎を申し付けられた第一子弟騎士団を代表する者たちが押し込められていた。

「我らがこのような辱めを受けるとは、我慢ならんわ」

「勝敗は兵家の常と言うではないか、これでは汚名返上の機会も無いではないか」

「我らに比べ、蕪男爵や第二子弟騎士団の平民共が武勲を挙げている、これは耐え難い屈辱だ」

暗い燭台が僅かな光を灯す一室。そこに集まった彼らは、口々に身勝手な不満を漏らしていた。

謹慎を命ぜられているはずの彼らだが、自らの置かれた立場も忘れ、酒杯をあおり続けていた。

「あ奴に……、目にものを見せてやることはできないのか」

「……」

彼らに浮かぶ知恵などなかった。結局彼らは、不平不満を酒で忘れるだけしかできない。

ところが、どこから現れたのか、暗闇からぼんやり浮かぶ人影が彼らの前に進み出た。

「お話中失礼いたします。私からご提案させていただきたいことがございます」

「何だ？　何か名案でもあるのか？」

彼らの一人が尊大に応じた。

「ここは戦場でございます。矢は敵から、前から飛んでくるとは限りません」

「ほう？　続けよ、だが誇り高き我らの意に添わなければ、其方の立場はないと心得よ」

「我らから見れば、辺境の子爵家など吹けば飛ぶようなもの。それを心得ての発言と覚悟しろ」

別の一人も追随する。

「もちろん心得ております。先ずは我が配下より入手した情報からお話しさせていただきます」

不平を言っていた第一子弟騎士団の面々は、段々と目が虚ろになっていく。

だが、そこに居る者全てが、そのことを全く自覚していなかった。

「そもそもソリス男爵家は敵軍、ゴート辺境伯から並々ならぬ敵意を持たれております。そして、その矛先は男爵よりも、嫡男ダレクに向いております。我々はこの点に目を向けるべきでしょう。奴を前線に引きずり出し、我らが武勲を挙げる餌とするのです」

「そんなに上手くいくものか？」

「はい、奴めに光魔法を使わせれば、敵軍は簡単に奴の存在を察知します。さすればゴート辺境伯の軍勢が奴に向けて殺到するでしょう。彼らは前回の恨みもあるため、死兵となってただ奴のみを目指し襲ってくるでしょう。そうなれば奴一人が、幾ら奮戦したとしても敵いません。その結果、奴めは大地に骸を晒し、二度と皆さまのお手を煩わすこともなくなるでしょう」

提案者は危険とも思える、常軌を逸した提案を披露する。

「だが、奴にどうやって魔法を使わせるのだ？」

「我が配下の情報に依ると、間もなく軍の再編成が行われ、あ奴は騎兵部隊として前線に出ます。機を見て第一子弟騎士団が出陣し、窮地に陥ったと思えば、必ず奴は救援に来るでしょう。我らは共に反撃すると思わせて兵を引きます。さすれば奴の始末は敵兵が嬉々として行います。そして、敵が本懐を遂げたと安堵した隙に、皆様は再反転し攻勢に転じるのです。さすれば、味方の騎士の仇を見事に討った栄誉は……、栄えある第一子弟騎士団のものとなります」

「なるほど、我々が本懐を遂げるため、自らも囮として身を晒すことが必要。そういう話だな？」

「仰る通りでございます」

「だが、奴が救援に来なかった場合はどうするのだ？」

「そうだ！　我らがみすみす敵の餌になるではないか」

幾人からは、彼の作戦に疑問の声もあがった。それに対し、薄気味悪い笑みで提案者は応じる。

「救援に来なければ奴は、味方の窮地に対し何もできなかった卑怯者、その誹《そし》りを受けましょう。

それに、皆さま率いる精鋭千二百騎が、油断なく正面から敵に当たれば、多少の窮地など問題ではございませんでしょう?」

「ふん、あまり上策とは言えんが……、聞く価値だけはあったようだな。奴を陥れ、かつ我々の栄誉を取り戻すともなれば、多少の危険も厭わぬ覚悟が必要ということか?」

「その通り! 我らが団結して当たれば、難しくもないでしょう」

「王家の守り手として、由緒正しき貴族である我らに栄光を!」

彼らは虚ろになった目で、不自然な熱気をもって危険な提案を受け入れていた。『本来の彼ら』であれば、一笑に付す、そんな提案であるにも拘わらず。

「みなさまのご賢察、誠にありがとうございます」

◇◇◇　サザンゲート砦　北側の一室

暫くのち、サザンゲートの砦の一室、小さく、薄暗い部屋に、暗闇から二つの影が現れ、ゆっくりとゆらめいていた。その後二人は、声を潜めて言葉を交わし始めた。

「どうじゃ? 首尾のほどは?」

「虚栄心に凝り固まり、己の力量も知らぬ馬鹿共です。自分達が餌と分かっていながら、私の暗示《まほう》に簡単に乗ってきましたよ」

「餌となって共倒れして貰えれば重畳じゃ。無謀な戦で彼らが死ねば、その責は辺境伯に帰する」

「辺境伯は王国にとって国境の要石です。今回で排除できればそれに越したことはないかと……」

「どう転んでも、我々や彼方の方々の利になることに変わりない。ところであ奴はどうじゃ？」

「一室に監禁しております。第一子弟騎士団の奴らも、完全に私をあ奴と思い込んでおりました」

「ほう、貴様も闇魔法《あんじ》の腕を上げたようじゃな。あ奴め、勝手に子弟騎士団などに入団して、我らに余計な手間をかけさせおって」

「はい、学園で大人しくしておれば良かったものを……」

「それにしても、子弟騎士団結成や此度の軍令無視、其方が王都に潜入した成果は上々じゃの？」

「はい、自尊心だけは高く中身が伴わない輩です。他者を貶め虚栄心を刺激するよう誘導すれば、たわいもないことで……」

「そうだな。さて、儂の方で、辺境伯には手を打っておくとするか。奴らが暴走しやすいように、辺境伯から言質を取っておくとしよう」

「では、私の方は機を見て奴らの尻を叩き……、暴発させると致しましょう」

「ちなみに、彼方《ティグーン》の報告も、そろそろ届くころではないか？」

「恐らく……、明日あたりに、町は奇襲を受けて蹂躙され、攻め滅ぼされることとなりましょう」

「では吉報は明後日、またはその翌日あたりか？　忌まわしい小僧が狼狽する姿も一興じゃの」

「はい、それまでに……、もう一人の小僧も済ませておきませんと」

「そうだな、我らの本懐も間もなく叶う。この王国に引導を渡すための、終わりの始まりがな」

二人は暗闇のなか低く笑うと部屋を出た。夜は更け、あたりを再び静寂が包み込んでいた。

第三十六話　サザンゲート防衛戦⑤　反撃の狼煙（開戦三日目）

第一子弟騎士団の暴走により、手痛い被害を受けた翌日、ハストブルグ辺境伯は全軍の指揮官を招集して軍議を始めた。そこには、各貴族軍の当主及び主要構成員が一堂に会していた。

「皆の者、急遽の招集に応じてもらい感謝する。これより敵軍に対し攻勢に出るため、我々は軍の再編成と陣の割り振りを行う。先ずは儂の存念を皆に話したいと思うが、よろしいかな？」

辺境伯は重みのある声で周囲を見渡した。誰も異議を唱えるものなどいない。

「各位も既に承知の通り、一部の敵が戦場を迂回して、キリアス子爵領とソリス男爵領に進軍を始めた。だが心配には及ばぬ。両名とも事前に危機を予期し、これに対する準備も怠りないわ。この地に集まった各位は、目の前の戦闘に集中してもらいたい。キリアス卿、状況を報告せよ！」

「はい、数的に優位だった敵軍は、その兵力を分散しました。これまで敵の数に押されて、苦戦を強いられていた我々にとって、これは好機と言えます。敵軍は初日の戦闘で三千名の兵力を失っており、分散した兵力を除くと、現在我々と対峙している兵力は、およそ二万名と推定されます」

「では、我々の一万八千名とほぼ拮抗しますな？　やっと我らの出番が来たということですな」

今回、援軍として参加していた伯爵のひとりが応じた。

「だが我々には圧倒的に不利な点があります。数的にはほぼ同数でも、戦闘集団として発揮できる力の差に、大きな隔たりがあるということです」

「我々の戦闘力にご不満があると申されるか！」

別の伯爵が激高しかけた。

「そうではござらん。敵にあって我々にないもの、それは先程も申し上げたとおり、集団としての戦力です。個々の優劣ではござらん。その差が現時点では絶望的だと申し上げているのです」

キリアス子爵の指摘の意味がやっと分かったのか、文句を言った伯爵は押し黙った。

実は前日の夜、父と兄、ヴァイス団長と俺の四人で、ハストブルグ辺境伯に意見具申を行った。

同席していたのは、キリアス子爵とゴーマン子爵だ。

今、両陣営の集団戦力を比較すると、その力の隔たりは危機的状況といえる。
◇第一皇子親衛軍
鉄騎兵　三〇〇〇騎
騎兵　二〇〇〇騎
歩兵　三〇〇〇名
弓箭兵　四〇〇〇名
◇ゴート辺境伯軍
鉄騎兵　五〇〇騎
騎兵　一〇〇〇騎
歩兵　二〇〇〇名
弓箭兵　五〇〇名
帝国軍の二集団だけ切り取っても、騎兵も歩兵も弓箭兵も全て、戦闘集団として突出している。
味方の中で最大勢力の、ハストブルグ辺境伯でさえ、騎兵は千二百騎しかいないのだから……。

サザンゲート殲滅戦により、今は落ち目のゴート辺境伯でさえ、騎下には鉄騎兵を含め千五百騎の機動兵力がある。

この圧倒的に不利な状況下でも、戦慣れしていない貴族軍は恐らく、遅参した汚名返上と、武勲獲得のため、積極的に打って出るよう強く具申してくることは目に見えていた。そうなった場合はハストブルグ辺境伯も、砦を出て対陣せざるを得ない状況に追い込まれる。だがそれは、どう考えても悪手でしかなく、それを踏まえた作戦案として、俺たちは大胆な軍の再編成を提案していた。

「目下、一番脅威なのは、第一皇子が率いる親衛軍、鉄騎兵三千騎と騎兵二千だ。数だけでも我々を圧倒し、戦闘集団としての威力は計りしれない。先日、それより遥かに少数の、ゴート辺境伯軍に対峙し、身を以て示した者たちも居るだろう」

ハストブルグ辺境伯が辺りを睥睨《へいげい》しながら、特に一部の者たちには、睨みつけるように言った。

「では辺境伯は、我々に座してこのまま砦に立てこもり、敵をやり過ごせと仰せかっ」

先ほど激高した伯爵が再び声を荒らげた。

「では、同数の兵力を預ける故、第一皇子の親衛軍に相対し、武勲を望む者がこの中におるか？」

辺境伯の問いかけには、誰も応えることがなかった。先ほど激高した伯爵でさえも……。

「この不利を打開するため、これより兵力の再編成を行う！　それにより指揮系統を一本化、集団として対抗できる軍を作り上げ、しかる後に打って出る。皆はこれで、異存はござらんか？」

一堂は静まり返っていた。

「一つ目は弓箭兵団じゃの。これは既に初戦で実績を挙げた五つの部隊をひとつにまとめ、敵軍の弓箭兵に対抗できる集団とする。キリアス子爵、ゴーマン子爵、ソリス男爵、コーネル男爵、第二子弟騎士団の軍勢をひとつにまとめ、敵に痛撃を与える弓箭兵団として編成する」

うん、これは俺たちの提案通りだ。

「二つ目は貴族連合軍を結成する。援軍として駆けつけていただいた各位の軍勢、各貴族の約九千名の兵力を四つ集団として再編成し、四名の伯爵にはそれぞれ一軍を率いていただく。各々の伯爵が近隣の諸侯を取りまとめれば、混乱も少なかろう」

これもみな、異存なく受け入れられているようだ。

「三つめは後衛部隊だ。ヒヨリミ子爵とクライツ男爵、ボールト男爵、ヘラルド男爵の軍は、全軍が出陣した後の砦の防衛と、予備兵力として味方の後衛を担ってもらう。なお、第一子弟騎士団もこちらに加える」

これは不安要素を取り除く意味もある。去就が危ぶまれているヒヨリミ子爵軍に対し、同じ数の男爵軍がこれを抑え、厄介者の第一子弟騎士団も一緒に砦で封じ込める。一番問題なのは……。

「最後に……、各隊から徴発した騎馬隊からなる、連合騎馬軍を結成する。これは、我が配下の騎兵千二百騎に加え、各貴族連合軍から騎兵のみ二千騎を徴発して結成するものとする。代わりに各貴族連合軍には、吾が配下の歩兵二千名を預け、それぞれの指揮下に入れる」

「な、何じゃと！　騎兵を差し出せと仰るのか？」

「我らの戦力を割くとは、何をお考えか！」

だよね……。貴族連合軍の面々が一様に不満の声を上げ始めているし。最も打撃力の高い騎兵を奪い取られてしまったら、自軍の攻撃力は著しく低下し、武勲の立てようもなくなる。

実は昨日の提案でも、ここが一番のネックだった。彼らが素直に供出に応じるとは思えないし、彼らを納得させるだけの餌や代案もなかった。

だがその時辺境伯は、『奴らを釣る餌なら、儂に考えがある』そう言って笑っていただけだった。

そこで議論はまとまり、今に至っている。

「各々方にも不満はあろう？　それは重々承知している。だが、勝つためには必要な措置であり、儂が武勲を独り占めするつもりもない。我が指揮下となっていても、騎馬隊の挙げた武勲は、所属する貴族家の武勲とし、代わりに預けた歩兵隊の挙げた武勲も、配置した貴族連合軍のものだ」

いや……、これって、貴族連合軍が武勲の美味しいとこ取りになるじゃん！　いいの？

「また、戦勝時の論功行賞に関しても、各々方に利があるよう対処するつもりじゃ。本来は戦の総指揮官に対し与えられる褒賞、その半分を各貴族の出兵数に応じて分かち、残りの半分は、連合騎馬軍に供出した騎兵の数に応じて、分配すると約束しよう」

「おおっ！」

「なんと！」

多くの貴族たちが思わず声を上げた。これでは武勲だけでなく褒賞も美味しいとこ取りになる。

前回の戦いで辺境伯は、総指揮官の論功行賞として、二万枚の金貨を国王陛下より下賜された。

今回、侵攻した帝国軍を撃退できれば、恐らく総指揮官の報奨は、その比ではないだろう。

そんな打算が、彼らの意思を賛成側に押し出す結果となった。

正直言って俺は、辺境伯の発言を聞き大いに焦った。だって、前回の金額で計算しただけでも、辺境伯は二万枚金貨を褒賞として得るはずが、僅か五千枚程度になってしまう計算だ。片や伯爵たちはそれぞれ、何の武勲がなくても自動的に二千枚前後の金貨を得る形になってしまう……。

俺は余計な提案をして、またやらかしてしまったのであろうか？

それとも辺境伯が、勝利のためなら形振り構っていられない、そう考えた結果だろうか？

多くの貴族が浮かれ騒ぐ中、一部の者たちは辺境伯の覚悟と決意を知り、身を引き締めていた。

「明日は日の出と共に砦を出立し、サザンゲートの平原に陣を構え、敵軍を迎え撃つことになる。各々方の働き、期待させてもらうぞ」

「応っ！」

「布陣は中央に核となる弓箭兵団三千百名、その前面に連合騎馬軍が三千二百騎、左翼は第一及び第四貴族連合軍四千五百名、右翼は第二及び第三貴族連合軍四千五百名が展開し、後衛は二千四百名を後詰として配置する。皆、よろしいかな？」

「応っ！」

目先の報酬《金貨》に釣られ貴族たちの士気はすこぶる高く、布陣についても反対する者なく、すんなり確定した。そういう部分に正直過ぎる人たちって、果たして当てにできるのだろうか？

「なお、弓箭兵団については、兵団の運用に一日の長がある、ソリス男爵に指揮を執ってもらう」

え？　いや……、いいのですか？　キリアス子爵やコーネル男爵はともかく、ゴーマン子爵は？

ん？　そのゴーマン子爵も何故か、満足そうに頷いているんですけど……、本当に大丈夫？

「では、これより各隊は準備に掛かれっ！　各部隊内での連携など、事前に詰めておくように！」

辺境伯の言葉で軍議は終わり散開した。弓箭兵団はキリアス子爵の呼び掛けで、その後も夜遅くまで配置や作戦、伝達手段など、詳細な打ち合わせが進められた。

明日の勝利に向けて、俺からは風魔法士の運用、攻撃方法の伝達手段や騎馬との連携作戦などを説明した。辺境伯には事前に依頼した通り、ヴァイス団長と傭兵団の一部、兄とクランなどの直属騎兵たちが連合騎馬軍に配属されている。二人はこの戦いで弓箭兵が力を発揮できるように動く。団長や兄がいかに敵軍を誘導し、俺たちの射程内におびき寄せるか、戦いの趨勢《すうせい》はこの二人の力量に掛かっている、そう言っても過言ではなかった。

第三十七話　サザンゲート防衛戦⑥　正面対決（開戦四日目）

サザンゲートの地に陽が昇った。その日の血戦を暗示するように、朝日は大地を赤く染めた。

それは、クリストフとクレアがテイグーンで見た朝日と同じものだった。

「敵軍が砦を出て、こちらに向かって進軍、砦を背に陣を敷いております。その数約一万五千！」

第一皇子の元に、物見から敵軍動くの報告が入った。

「奴らめ、援軍が合流し我らの兵力分散を嗅ぎ付けて、とうとう穴倉から死にに出てきおったわ。こちらも予定通り、敵軍の前面に兵を押し出せ！」

グリフォニア帝国の陣地では、第一皇子が喜びの声を上げた。

普通に考えれば、物見が報告した内容に関して、第一皇子グロリアスの分析は正しいといえた。たとえ援軍が合流したとはいえ、王国軍は所詮烏合の衆、彼の率いる親衛軍のような、統率された軍団ではない。第一皇子親衛軍の鉄騎兵三千騎は、近隣諸国でも最強集団と言われており、更に二千騎の騎馬隊も、予備兵力として控えている。

第一皇子は正面戦力に鉄騎兵三千騎を、その後ろに遊撃を兼ねた騎馬隊二千騎を置いて、そこに自らの本陣を配置した。本陣の左右には、盾歩兵と弓箭兵を二分し、それぞれ三千五百名ずつが、第一皇子の本陣を挟み込むように配置されていた。右翼には二名の伯爵らが率いる千五百騎と歩兵二千五百名を配し、左翼にはゴート辺境伯率いる千五百騎と歩兵二千五百名を配置した。各々が、相対するカイル王国軍に対し、絶対的な集団戦力を誇示し、負けるはずのない布陣となっていた。

◇◇◇　カイル王国軍　野戦陣地

「敵の騎馬隊が来る前に、強固な防御陣地を構築する。我らの作る防塁が、この戦の勝敗を分けると心得よ！　各位は力の出し惜しみをすることなく、死力を尽くして急げ！」

コーネル男爵の指揮の下、男爵配下の地魔法士たちにより、戦場に土塁が建設されていった。

これらは、前面の連合騎馬軍が並ぶ陰に隠れて密かに行われ、鉄騎兵の突進から弓箭兵団を守る防塁として、立ち塞がるように構築されていった。戦場が動き出す前なら、連合騎馬軍の陰になり、敵軍からは何をしているか見えていない。人の背丈程度の土壁が正面に配置され、騎馬の突入を阻むと共に、内側には何段もの大きな段差が設けられており、少し幅の広い階段状になっていた。

そして、この防塁の完成を待っていたかのように、完成と同時に戦場は一気に動き出した。

「連合騎馬軍、我に続け！　突撃っ！」

ハストブルグ辺境伯の号令に呼応して、三千二百騎の騎兵が土煙と轟音を上げて突進を始めた。

その先頭には、ヴァイス率いる双頭の鷹傭兵団の精鋭、三十騎が配置されて集団を誘導する。

前回の歴史では数万の軍団を指揮していた、疾風の黒い鷹ヴァイスだ。三千騎程度の軍勢なら、手足を扱うが如く自在に誘導することなど、彼にとっては造作もない話だった。

タクヒールが考案した作戦、圧倒的に不利な状況下で活路を見出すためには、騎兵と弓箭兵の高度な連携、これが不可欠だった。

◇◇◇　グリフォニア帝国軍　野戦陣地

「鉄騎兵っ！　突進してくる騎兵を蹴散らし、後方から半包囲して弓箭兵の餌食にせよっ！」

第一皇子は、突進してくる敵軍の騎馬隊に対し、冷静に鉄騎兵に下命した。

彼はゴート辺境伯が敗れた理由、前回の戦いで敵軍が採った戦術も正確に分析していた。

騎馬対騎馬なら、そうそう目眩ましの光も使えない。不用意に敵陣に突入するのではなく、確実に敵兵力を削り取れば良いだけだ。数の力、集団としての力に自信を持っていてもなお、油断することなく堅実な対処を指示していた。鉄騎兵の重量級突進で敵軍の中央を突破し、敵の背後で左右に展開、半包囲したまま味方の弓箭兵の射程まで押し込む。あとは弓矢の雨で敵騎馬隊を殲滅する。

彼は、前回ゴート辺境伯が受けた恥辱を、敵軍にそっくり返すつもりでいた。

第一皇子の意を酌んだ鉄騎兵たちが、正面から向かって来る敵騎馬隊に向け突進を開始した。

◇◇◇　カイル王国軍　連合騎馬軍

「敵が動き出したぞっ！　鉄騎兵の突進力は計り知れんが、小回りが利かん。翻弄するぞ！」

ヴァイスは先頭を駆けながら全体を誘導する。そのすぐ後ろには、旗を持った騎兵が続き、彼の意思、次にどう動くかを明確に後続に伝えていく。連合軍騎馬軍は直進、いや、少しだけ敵右翼の方向に向かうと見せかけ、鉄騎兵の馬首がそちらに向いた瞬間だった。

「今だっ！　敵左翼側に転進っ！　奴らを受け流してすり抜けろっ！」

ヴァイスは正面の鉄騎兵集団と接触する直前に、進撃する方向を急転換した。

王国軍と正面から激突することを予期、いや期待していた親衛軍鉄騎兵は、肩透かしをくらったかのように慌てて方向を転換、追いすがった。しかし、重装備でかつ勢いに乗った鉄騎兵は、俊敏な敵軍の動きに対し、上手く反応することができなかった。第一皇子の命に従い、半包囲するため大きく左に旋回し、時計の反対周りに迂回しつつ、連合騎馬軍の後を追う形になった。

連合騎馬軍は速度と小回り、機動性重視の軽騎兵中心に構成されており、その動きは速い。

「敵の矢を食らうなよ。弓箭兵の射程外を維持っ！」

ヴァイスは帝国軍左翼の正面で再度左に急旋回すると、敵の弓箭兵の射程ギリギリを駆け抜け、敵陣の左翼側から右翼側へ、敵の目の前を横切るかたちで疾走する。そして、最も弱いと思われた敵右翼に襲い掛かる気配を見せた。親衛軍鉄騎兵は、それに応じて味方右翼方向へ再度転身する。

それはまるで、敵味方、それぞれの騎馬集団が、大きな流れとなり渦を巻くような光景だった。

「このまま敵を引きずり込むぞっ！」

頃合いよしと、ヴァイスは更に新たな指示を出し、敵左翼側から大きく弧を描き、自軍の中央部へ向かって転進した。ここから戦局は一気に動き出すことになる。

◇◇◇　グリフォニア帝国軍　鉄騎兵

「ちょこまかと動きおって。これより転進！　敵の進行方向に向かい、最短距離を移動せよっ！」

親衛軍鉄騎兵の指揮官は、敵の後方を追い続ける愚を悟り、敵が描く大きな弧の内線を最短距離で移動し、高速で移動する敵騎兵部隊の横腹を衝くよう方向を転じた。

「手前に味方の騎兵がいれば、得意の目眩ましも使えまい。我々はただ、奴らの弓箭兵の射程外で小賢しい騎兵共を、思う存分踏み潰せばよいだけよ」

そう笑って言葉を吐くと、一直線に敵軍の面先へと向かい駆け出して行った。

そう、その指揮官の思惑は正しく、行動は理に適っていた。通常であれば……。

◇◇◇　カイル王国軍　野戦陣地

「ヴァイス団長の誘導は芸術的ですね」

タクヒールは思わず感嘆の声を漏らした。

「予定通り、風魔法士は全て配置についております」

風魔法士のゲイルが四名を代表して報告した。他の風魔法士たちは、それぞれキリアス子爵軍、ゴーマン子爵軍などの弓箭兵に交じり、旗手と共に配置についている。

「父上、そろそろかと」

「赤旗と青旗を掲げろっ」

弓箭兵団の指揮官であるソリス男爵の号令で、弓箭兵団の各所に赤旗と青旗が掲げられた。

「各自、仰角で射撃準備、合図とともに一斉射撃」

キリアス子爵、ゴーマン子爵、コーネル男爵を始め、第二子弟騎士団の指揮官代理に至るまで、予め指示された通りに、迎撃態勢を各々の弓箭兵に下命した。

「こんな距離では、矢が届きっこないだろうが……」

「俺は味方を撃つのはごめんだぜ」

ソリス男爵軍以外の弓箭兵たちは、口々に不安の声を漏らしていたが、彼らの指揮官たる子爵や男爵たちは、不安な様子もなく悠然と構え、指示に従っている。

そう、彼らは内々に伝えられていたことがあった。風魔法士たちの力により、有効射程がとんでもなく伸び、矢の威力も向上することを。彼らは事前の試射を検分し、自信と確信を持っていた。

◇◇◇　カイル王国軍　連合騎馬軍

「味方陣地に赤旗が振られていますっ」

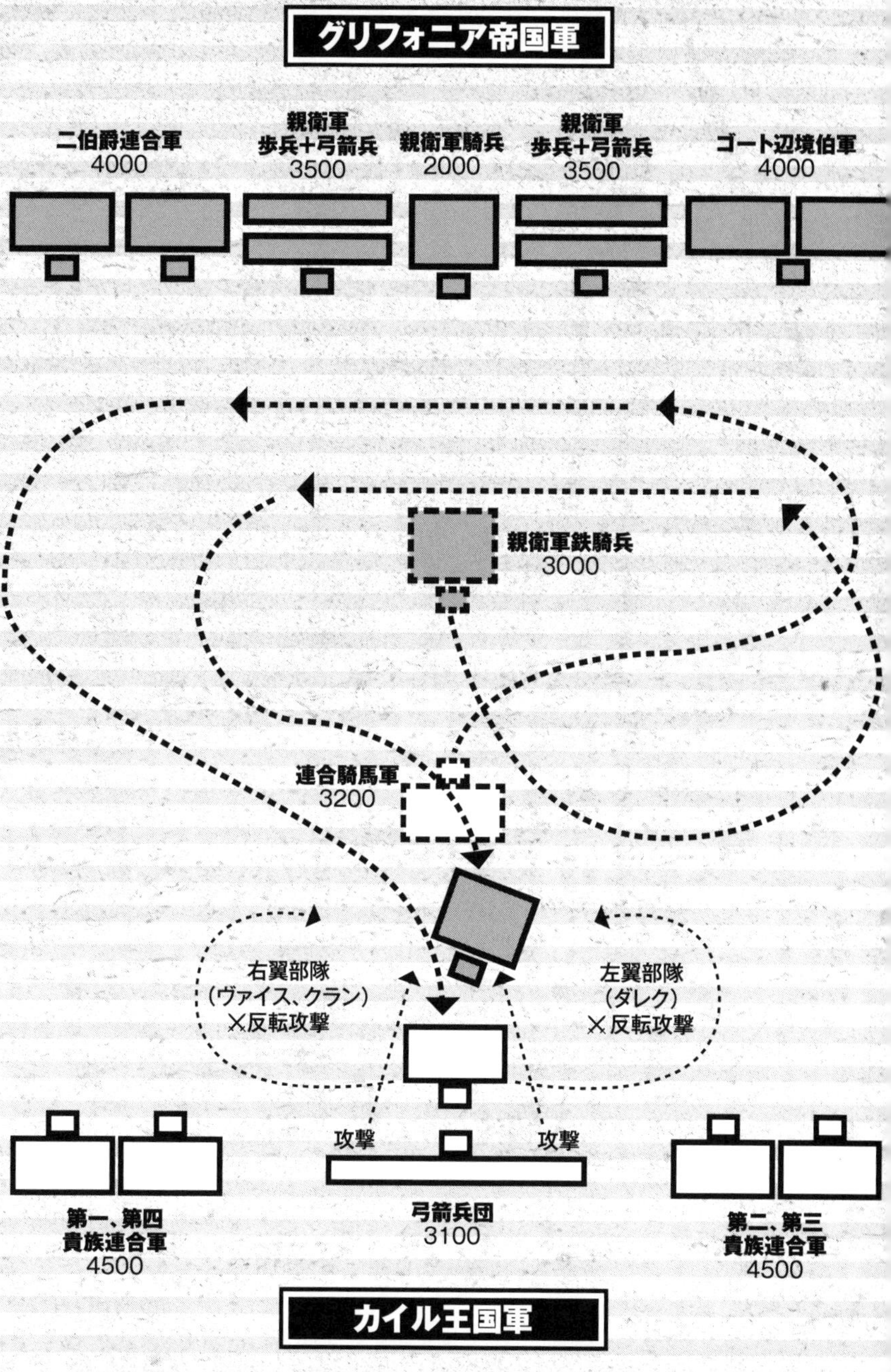

グリフォニア帝国軍
二伯爵連合軍
4000
親衛軍
歩兵+弓箭兵
3500
親衛軍騎兵
2000
親衛軍
歩兵+弓箭兵
3500
ゴート辺境伯軍
4000
親衛軍鉄騎兵
3000
連合騎馬軍
3200
右翼部隊
（ヴァイス、クラン）
×反転攻撃
左翼部隊
（ダレク）
×反転攻撃
攻撃
攻撃
第一、第四
貴族連合軍
4500
弓箭兵団
3100
第二、第三
貴族連合軍
4500
カイル王国軍

戦場に響き渡る轟音で、声は聞きとれないが、並走する者が自陣方向を指差していた。

「よい間合いだ。各自方向転換を準備せよ。合図と共に一斉転換し味方の陣地に全力で駆け込む。ぐずぐずしていると味方の矢に射られるぞっ！」

ヴァイスから矢継ぎ早に指示が飛び、旗手はそれを受けて後続の味方に旗を指し示した。

「ダレクさま、全軍が自陣へ方向転換し、背を向けた瞬間に、敵の足止めをお願いします」

「承知っ！」

ダレクは、クランと共に連合騎馬軍の先頭集団に交じり、戦場を疾走していた。彼らはヴァイスの指示で、光魔法を放つ準備と敵軍との間合いを図り始めた。二人で放つ、必殺の一撃のために。

◇◇◇　グリフォニア帝国軍　鉄騎兵

「敵がまた方向を変えました。一斉に自陣に向かって疾走しております！」

親衛軍鉄騎兵の指揮官は、報告の声が聞こえずとも、それを自身の目で確認していた。

「訝しいぞ！　各騎留意せよ。速度を落とせっ」

指揮官が大きな動作で指示を行ったその時、彼の予想は的中することとなった。

敵軍にもう少しで届く、そう思った彼らの前に、まばゆい光の帯が出現し辺り一帯を包んだ。

「慌てるな！　先ずは馬を落ち着かせろっ！　ここには障害物などない」

彼らはこれを予め予期していた。過去の戦訓を学び、訓練を通じて対策も行っていた。それ故に親衛軍の鉄騎兵たちは皆、落ち着いて対応していた。そのため、視界が戻る前に落馬した者、転倒した馬に巻き込まれる者は、ごく少数でしかなく、被害は百騎にも達していない。

「そうそう同じ手を何度もくらうとでも思ったか！　このまま突撃！　奴らに伴走し、平行追撃に持ち込んで、敵に矢を射る隙を与えず後ろから突き崩せっ！」

まだ弓の射程からは十分に離れている。敵の騎馬隊の最後尾は目の前だ。逃げる敵に追い縋り、混戦になりさえすれば、敵も矢を撃てないはず。親衛軍鉄騎兵の指揮官にはそんな思惑もあった。

だがこの時、連合騎馬軍と親衛軍鉄騎兵の間には、光の攻撃によって僅かな距離が生じていた。それは矢を射られた場合、通常であれば味方も巻き込む可能性のある距離であり、そもそも敵味方の双方が完全に射程距離外だったため、鉄騎兵たちはそんな懸念も抱いていなかった。

◇◇◇　カイル王国陣営

「今だっ！　第一射撃てっ！　続けて第二射準備」

眼前で光の帯が展開され、鉄騎兵と味方に距離が生じたことを確認した瞬間、ダレンは号令を発し、三千百本の矢が一斉に放たれた。もちろんそれは、本来であれば届くはずもない距離で……。

このことは、帝国軍の鉄騎兵たちにとっても衝撃的な出来事であった。彼らが向かう敵陣方向の空は、飛翔する大量の矢で黒く染まった。

「な、何だと？　奴ら、この距離で矢を射るだと？」

「気でも触れたか！　同士討ちではないか？」

彼らの上げるこのような悲鳴に満ちた声が、カイル王国の陣営からも想像できる程に、鉄騎兵たちの狼狽した様子が見て取れた。そして僅かな時間を置いて、彼らの頭上に鉄の雨が降り注いだ。その矢の嵐は鉄騎兵の最前列だけでなく、中列や後列を駆けていた者たちにまで、区別なく襲ったが、何故か少し前を走るカイル王国軍の騎馬隊に向かう矢は、一本としてなかった。

そもそも最大射程で射られた矢は、飛翔する間にその威力を失い、たとえ届いたとしても重装備を誇る、鉄騎兵の鎧を貫くことはない。更に彼らの位置は、どう見ても最大射程より遥かに後方だった。だが、降り注ぐ矢は鎧を貫通するほど強烈で、まるで有効射程内に居るかのようだった。

運よく鎧の装甲で矢をはじき返した者も、騎馬が矢を受けて暴れ、振り落とされる者や、運悪く落馬して、味方の騎馬の馬蹄に踏み躙られる者などが続出し、鉄騎兵たちは大混乱となった。

そして第二射目、再び矢は彼らを正確に狙って飛翔する。あり得ない距離を飛んで……。


「全軍左右に展開、弧を描きつつ敵の後背を襲う！　ダレクさま、左翼をお願いします。クランは私とこのまま右翼を！」

ヴァイスの指示で左右に展開した連合騎馬軍は、左翼部隊が自陣を正面に見て反時計回りに、右翼部隊は時計回りに疾走して、親衛軍鉄騎兵を左右から包み込むように動き出した。そして包囲したまま鉄騎兵たちを圧迫し、今なお次々と矢を放つ、弓箭兵の前に押し込んでいった。

親衛軍鉄騎兵は当初の目論見とは逆に、自身が半包囲されて窮地に陥っていた。

二手に分かれた連合騎馬軍に後方を圧迫され、退路を塞がれたまま削り取られ、敵陣正面に向かい押し出されていった結果、戦場はカイル王国軍弓箭兵団の草刈り場となった。

「いいか！　撃てば当たるぞ。この機を逃さず鉄騎兵を殲滅せよ！」

カイル王国側の指揮官たちは、兵を奮起させ、攻撃の手を緩めることはなかった。

グリフォニア帝国が誇る親衛軍鉄騎兵は、既にその半数近くを失って崩壊しつつあり、もはや、カイル王国側の圧倒的な勝利は目の前に迫っていた。


だが、この戦局の推移を苦々しく見ている者たちがいた。それは他でもない、カイル王国側に身を置く者たちだった。彼らの参入により、戦局は再び一変する。

第三十八話　サザンゲート防衛戦⑦　戦場に光は墜つ（開戦四日目）

サザンゲート平原の戦場には、北側の敵陣から集中して吹き込む風が、数千騎の騎馬により巻き上げられた砂塵を舞い踊らせ、帝国軍の陣地から見ると、戦場はただ濛々とした土煙が立ち込めているだけで、何が起こっているか全く把握できなかった。

「おい！　戦況はどうなっておる？　ここからでは何も見えんぞ！」

敵陣の真正面に陣取っていた、第一皇子の陣地からは特に視界が悪く、彼は焦りの声を上げた。

そのため彼は、味方の危急に対する対応が遅れた。唯一、機敏に反応して動き出したのは帝国軍左翼部隊で、彼らは戦場の変化を見逃さなかった。

「戦場に光っ！　奴が前線に出ていますっ」

「積年の恨み、今こそ晴らす時が来た！　騎馬隊全軍、奴を血祭りにあげろっ！」

ゴート辺境伯は直ちに、旗下の鉄騎兵、騎馬隊全軍の千五百騎を出撃させた。彼らの多くは前回の戦で家族や縁者を失っている。今こそ肉親の仇討つべし、そう息巻いて出撃していった。

「良いか！　狙うはソリス男爵、そして光の騎士ダレクじゃ！　奴らの首を取り、我らが親兄弟の墓前に供えることこそ、我らが生きてきた目的ぞ。この好機、逃がすでないわっ！」

ゴート辺境伯に続き、彼らは狂喜して前線へと馬を走らせた。

一方、親衛軍の鉄騎兵は未だに大混乱の最中にあった。

長射程の射撃を既に第三射まで浴び、都合九千三百本もの矢に襲われていた。なんとか散開し、効果的な射撃を受けなくなったと思ったら、今度は少数ながら直線的に飛来する、非常に威力の高い矢が間断なく彼らを襲い始めた。これは、タクヒール指揮下のソリス弓箭兵が、エストールボウと、風魔法士のコンビネーションで、効果的に射撃を開始したからである。

更に、散開した鉄騎兵たちの後背を、左右に展開していた連合騎馬軍が襲い、徐々に戦力を削りつつあった。彼らが唯一、道を開け襲って来ない中央部分の退路は、恐ろしい矢の通り道だった。

こうして、三千騎の戦力を誇った栄えある親衛軍鉄騎兵は、包囲殲滅の危機に瀕し、半数以上の兵力を失いつつも、味方の援軍に一縷の望みを抱き、死戦の渦中にあった。

◇◇◇　カイル王国陣営

「間もなく敵の援軍が来るだろう。これ以上の攻撃は無用、各隊自陣前まで後退し再集結せよ」

ヴァイスの指示で連合騎馬軍は包囲網を解き、自陣へと帰還するため移動を開始した。

そして……、ここに至ってノコノコと戦場に現れた一団があった。

彼らは、後詰として砦に残されることを不満に思っていた。帝国軍の鉄騎兵が次々と討たれて、味方が勝利しつつある状況を苦々しく見つめていたが、ついに我慢の限界がくると暴発した。

『最終局面で攻勢に転じ、掃討戦ともなれば機を見て前線に参加し、汚名を雪ぐ機会を与える』

ハストブルグ辺境伯が軍議の最後に放った言葉を曲解し、勝手に後方から前線に出て来ていた。

勿論、彼らがいかに愚かでも、本来なら最終局面でもない今、前線に出て来る程の阿呆では無い。

そう、普通の状態ならば……。

「ふん、馬鹿どもめっ。最後の踊り、せいぜい派手に踊り狂うがいいわ」

彼らの出撃を焚き付け、それを遠くで眺めながら、嘲笑う男に気付いた者は誰もいなかった。

「それにしても、死にに出て来た阿呆は、一千騎前後……、二百人は砦に残ったということか？それぐらいはまだ、まともに判断ができる奴が居たとはな。俺の暗示もまだ甘いな……」

そう自嘲するように呟くと、いつの間にか男の姿は消えていた。

「敵が潰走している今、何故味方は追撃しない？」

「今こそ我らの力を見せ、汚名返上の機会とする！」

「我らの手で勝利を！　我らにこそ勝利を！」

後退する味方の制止にも聞く耳を持たず、第一子弟騎士団は潰走する鉄騎兵に襲い掛かった。

そして、眼前の獲物、潰走する鉄騎兵を狩ることに夢中になっていった。

「邪魔だっ、どけっ！」

彼らは、後背から突撃してきたゴート辺境伯軍に、見事に一瞬で蹴散らされた。彼らにとって不幸中の幸いだったのは、ゴート辺境伯軍は彼らを、進軍の邪魔をする小石程度、そんな認識しか持っておらず、全く相手にされていないことだった。そのお陰で、一瞬で全滅しても不思議ではない状況の中、半数近くがまだ集団として残っていた。ただ残っているだけではあるが……。

「あの馬鹿共は何しに来た？　何てことをしやがる！」

それを見たタクヒールは、思わず絶叫したという。敢えて言葉にはしなかったが、ダレン以下、この戦闘に参加していた諸将の全てが、同じ気持ちだった。特に迎撃の要である弓箭兵団は、第一子弟騎士団が邪魔で、突進して来るゴート辺境伯軍に対し、反撃の射撃すらできないでいた。


その頃になって、ようやく事態を察した第一皇子の命を受け、戦線に参加した親衛軍騎馬隊は、残った鉄騎兵の撤退を援護したが、その後、攻勢に出ることはなかった。

ゴート辺境伯軍に加勢しようにも、行く手には矢の嵐が待ち受けており、前線での戦闘には参加せず、矢の届かない位置で停止し、臨戦態勢を維持していた。

ただ、彼らが警戒する弓箭兵団も、同士討ちを避け、散発的な攻撃しかできないでいた。

これらの理由で、ゴート辺境伯の軍勢は、狂気とも思える熱狂により戦場を支配し、暴れ回った。

「ちっ、馬鹿野郎！　あの馬鹿共を見捨てるわけにもいかん。全軍、反転！」

ダレクが率いる連合騎馬軍の左翼部隊千五百騎は、第一子弟騎士団の窮地を救うべく、前線参加のうえ反撃に転じた。だがこの時彼は、大切なことを忘れてしまっていた。

ヴァイスが先導する右翼部隊は、ハストブルグ辺境伯直属の騎兵を中心に構成されているため、戦闘力も高く戦いの経験も豊富だった。だが、左翼部隊は南部貴族達から徴発された騎兵が中心であり、逆境には脆く、練度も士気も十分ではなかった。

「不覚っ！　この期に及んで、俺は見誤ったか！」

左翼部隊の動きを見たヴァイスは、歯ぎしりをして自己の不明を呪った。

一刻も早く左翼の救援に向かいたかったが、新たに投入された親衛軍騎馬隊二千騎が、目の前に立ちはだかり、戦場を横断することができなかったからだ。

「ソリス男爵の首を！」

「光の騎士の首を！」

鬼気迫る千五百騎のゴート辺境伯軍は、ダレクと連合騎馬軍左翼部隊千五百騎に襲い掛かった。

味方の中にお荷物《第一子弟騎士団》を抱えた左翼部隊は、尋常でない攻勢に耐え切れず、戦列は崩れ、次々と討ち取られ始めた。

混戦となり、弓箭兵団は同士討ちを避けるため、攻撃を停止していた。唯一、ソリス男爵軍麾下の一部が、精密射撃により左翼部隊を支援するための矢を放っていたが、その矢数は少ない。

タクヒールは優秀な射手以外を装填手に回し、少ない矢数は効率と射撃回数でカバーするよう、懸命の努力もしていた。それでもゴート辺境伯軍の勢いは尋常ではなく、彼らは全身に矢が突き刺さってもなお猛り、倒れることなく戦い続けた。いつしか彼らの狂気は戦場を完全に支配し、その猛攻に耐えかねた左翼部隊の戦線が、遂に崩壊した。

◇◇◇　交錯する戦場

「だめだ、兄さん！」

俺は思わず叫んだ。歴史は必ず帳尻を合わせようとしてくる。洪水の後、俺が感じた不安が再び頭をよぎる。嫌だ！　絶対にこんな展開は認められない。これまでも兄を救うために俺は……。

「ダレク兄さん……、なんでこんなことに……」

俺の良き理解者でありソリス家の希望、剣技、用兵、将才に溢れ、将来を嘱望された兄。

そんな兄をここで失う訳にはいかない。そのために俺は努力してきたというのに……。

左翼部隊が崩壊しても最後まで崩れず、組織的な抵抗を続けていた兄直属の部隊にも、数倍もの敵軍が群がり始めた。俺は茫然となり、ただその様子を震えて見つめるしかなかった。

その時だった。左翼部隊の反対側に布陣する、右翼部隊の最後尾から、眩い光の帯が広がった。

「何と！　ソリスの小僧はあちらかっ！」

「いつの間にか逃げ隠れておって！」

「転進！　小僧の首を挙げろっ！」

ゴート辺境伯の軍勢は狂気じみた声を上げると、馬首を巡らせ、右翼部隊最後尾に向かい突進を始めた。そのお陰で兄の率いる小集団は、なんとか全滅の危機を脱し、持ち堪えることができた。

「タクヒールさまっ！」

呆然としていた俺は、アンの言葉で我に返った。

恐らく、兄の窮地を知ったクランが、自らを囮に敵軍を引き付けてくれているのだろう。

「各自、自由射撃！　撃って撃って撃ちまくれ！　奴らを一騎も通すなっ！」

狂気に燃えるゴート辺境伯の軍は、目指す敵に向かって戦場を横断し、一直線に突き進む。

そう、俺たちの眼前を通って……。

先程までは、威嚇射撃しかできなかった他家の弓箭兵たちも、一斉に射撃を再開し、ゴート辺境伯の軍勢には、三千本もの矢が暴風となって襲い掛かった。

それでも彼らは怯まなかった。満身創痍になりながらも、五百騎近い敵軍が、右翼部隊最後尾に襲い掛かった。同時に、これを好機と見た親衛軍騎馬隊二千騎も、右翼部隊前方に襲い掛かった。

「ちっ！　マルス、ダンケ、俺に付いて来てくれ！」

混戦になり、効果的な射撃ができなくなると、俺は迷わず連れてきた騎馬に飛び乗り、火魔法士のマルスとダンケを引き連れ、無言で付いて来たアンを含めた四名で右翼部隊に向かった。

もちろん、二人の火魔法で敵を引き剥がし、クランを救出するためだ。

ここに至って、敵味方とも俄かに各軍勢が動き出し、各所で戦端が開かれ始めた。

戦線崩壊した兄の率いる左翼部隊は、機を見て前線に進出した、味方の貴族連合軍第三軍が取り込み、戦域を確保すると共に負傷者の後送を行っている。同じく右翼に配された貴族連合軍第二軍も前方に進出し、第三軍を側面から掩護しつつ、敵軍の増援に対して睨みを利かせ始めた。騎兵に続き、ゴート辺境伯の歩兵部隊、弓箭兵部隊、合わせて二千五百名が前線に進出し、こちらを襲う気配を見せていたためだ。

今窮地にあるのは、連合騎馬軍右翼部隊、総指令官ハストブルグ辺境伯、ヴァイス団長の前衛部隊と、クランがいる右翼部隊の最後尾だった。

あいにく父は、弓箭兵団の指揮から離れることができない。その代わり父は、ソリス男爵軍鉄騎兵団に命を下し、二百騎に俺の後を追わせてくれた。俺たちは皆、弓箭兵として参陣しているものの、万が一に備え最低限の乗馬は戦場に伴っていた。

「辺境伯を守れっ！」

「討ち減らされるなっ！」

「陣形を保て！　援軍が来るまで持ち堪えろ！」

ハストブルグ辺境伯直属の騎兵千二百騎は、カイル王国軍の中でも最精鋭として知られており、右翼部隊の先頭集団は、倍する数の親衛軍騎兵隊に囲まれつつも、頑強に抵抗していた。

片や、右翼部隊後方の四百騎も必死に抵抗はしているものの、死兵と化したゴート辺境伯の軍勢に抗いきれず、戦力を減らし続けている。この四百騎は、貴族連合軍から徴発された騎兵である。その能力、練度、経験の全てが、前衛、中軍を務める他の千二百騎に遠く及ばない。

ただ、この状況下でも左翼の貴族連合軍第一軍と第四軍は、自陣から動くことは無かった。

「みすみす指を咥え、味方の主将の窮地に突っ立っているだけやないかっ！　ボンクラ共めっ！」

必死に馬を走らせつつ、俺は毒づいた。彼らが味方の中の敵、そういうことか……。

「マルス、ダンケ、敵軍の真ん中に火の壁をっ！　クランを、クランを頼む！」

俺の命令は即座に実行された。突然立ち上がる火の壁に分断され、死兵となって狂奔していた、ゴート辺境伯の軍勢が一瞬怯んだ。その隙に、続いてやって来たソリス鉄騎兵団二百騎が突入し、包囲をこじ開ける。だが、敵の兵士たちも不退転の覚悟で、右翼部隊後方を激しく攻め続けた。

地力が全く違う、右翼部隊後方の騎兵たちは、必死に抵抗していたが、間もなく戦線が崩壊、集団として機能しなくなった。そこでゴート辺境伯の軍勢は、一気に反転、彼らの宿願を邪魔する俺たちに襲い掛かって来た。激戦と連戦で数を減らしているとはいえ、俺たちに倍する数だ。

「タクヒールさま、いけません！」

アンが絶叫し、俺を後方へと誘うが、俺たち二百騎が引けば、前方で倍する敵に対し持ち堪えている、ハストブルグ辺境伯の戦線が崩壊してしまう。

「くそっ！　駄目か……」

俺がそんな弱音を吐いた時、どこからか現れた味方の騎兵三百騎が、敵軍に突入した。

陣頭で騎兵を率い戦っているのは、本来はここに居ないはずの人物、弓箭兵団の一員として兵を率いていたゴーマン子爵だった。予想外の味方の出現に、なんとか精鋭騎兵の数は拮抗した。

ゴーマン子爵が騎兵を率いて参戦することができたのには、幾つか事情があった。

彼らは弓箭兵団の中で最右翼に位置し、貴族連合軍第二軍、三軍のすぐ隣に位置していた。

・この二部隊が前線に進出したため、担当戦域に余裕ができたこと
・ソリス男爵軍と同様に、念のため騎馬を三百騎ほど前線に伴っていたこと
・残った兵と部隊の指揮を、今回常に行動を共にしていた、コーネル男爵に託せたこと

そんな事情が俺たちの窮地を救った。

新たに無傷の精鋭、三百騎が突入したことで、これまで常軌を逸した奮戦を続けていた、ゴート辺境伯の戦線が遂に崩壊した。俺たちはゴーマン子爵率いる騎馬隊と合流し、味方の精鋭部隊は合計で五百騎となった。この精鋭部隊がゴート辺境伯軍を蹴散らし、次にハストブルグ辺境伯を包囲していた、親衛軍騎兵隊に襲い掛かった。


この動きに呼応し、防戦一方だったハストブルグ辺境伯も攻勢に転じ、敵軍を押し返し始めた。

これらが決め手となり、ついに、グリフォニア帝国軍は全軍を自陣まで引かせた。

第四戦はカイル王国軍、グリフォニア帝国軍、双方とも痛み分けで幕を閉じた。

サザンゲート平原の大地は、数多くの者たちが流した血で紅く染まった。

だが、俺はまだこの時点で、真の凶報を知らなかった。

第三十九話　サザンゲート防衛戦⑧　散った命（開戦四日目）

戦いが終わった後、俺たちは味方の負傷者や亡骸を回収して、サザンゲートの砦へと引き返したが、砦に戻るまでは、他の者たちの安否を確認する術がなかった。

特に潰走した連合騎馬軍左翼部隊、右翼部隊後衛、そして第一子弟騎士団は、散り散りとなっているため、再集結に時間を要し、点呼もままらなかったことと、激戦の後で誰もが憔悴し切っており、俺自身もなんとか馬にしがみつくのが精いっぱいの状態だったこともあった。そして……。

兄と俺は、サザンゲート砦の中で、やっと友と再会した。安らかな顔をして、大地に横たえられていたクランに……。

「おい、クラン！　クランっ、お願いだっ！　目を開けてくれっ！　返事をしてくれっ」

「マリアンヌ、頼む、クランを、クランを回復してやってくれ！　まだ間に合うかも……」

兄と俺はクランの亡骸に縋り付き、取り乱した。

だが、クランはもう二度と目を覚まさない。いくら回復魔法を掛けても、傷は治らない。

兄を崇拝し、彼はずっと兄の後ろを追い続けた。兄もまた、そんな彼を誰よりも信頼していた。

俺が以前、戦場への従軍可否を聞いたとき、クレアの次に賛同し、意思を示してくれたクラン。

兄を守るため、そして主将たるハストブルグ辺境伯にまで害が及ばないよう、敢えて寄せ集めの騎馬隊しかいない、最後尾で囮になることを選択したクラン。

「何が智将だ、何が兄を守るための手は尽くした、何としても仲間を守る、だ！」

俺は全く先の見えていない、愚か者だ。思わず俺は大きな声で叫び、強く両手で大地を叩いた。

「ダレク、タクヒール、クランをゆっくり休ませてやれ。お前たちはソリス男爵家の長たる者だ。彼を失った悲しみ、それだけに暮れることは許されないのだよ。お前たちは全ての戦死者に対し、等しく責任を負わなければならない。そして、彼らの忠誠には、勝利で応えなくてはならん」

父の言葉に、俺は改めて気付かされた。

俺が突出したから、父がやむを得ず後を追わせたソリス鉄騎兵団からも、四十名もの命が失われていたことを。俺は彼らの命に対しても、悲しみと責任を負わなければならないことを。

「ダレクさま、タクヒールさま、これが戦場です。敵軍と戦う以上、必ず誰かが命を落とします。常に我々は、彼らの死を乗り越えなければなりません」

沈痛な表情で、俺たちを慰めてくれるヴァイス団長自身、傭兵団から五名の死者を出していた。

彼らは敵に包囲された中、ハストブルグ辺境伯を守るために奮戦し、盾となって散っていった。

それだけではない。兄直属の騎兵たち、通称ダレク親衛隊からも、数多くの犠牲を出していた。

彼らは兄と共に、第二子弟騎士団として従軍し、連合騎馬軍では兄の周囲を守り、最後まで奮戦していた。兄にとっては、クランに次いで最も心の許せる配下であり、大事な仲間たちだった。

彼らは敵軍に取り囲まれ、窮地に陥った兄を庇い、敵兵の前に立ち塞がっては、死を恐れぬ程の奮戦のあと、最後は力尽き、自ら兄の盾となって死んでいった。

彼らのどこか満足気な、安らかな死に顔は、何故かクランと同じだった。

この戦いでソリス男爵軍は、傭兵団を含め実に五十二名もの戦死者を出していた。兄と俺は、彼らの亡骸に対し、ひとりひとりその傍らに膝を付き、頭を下げて礼を言った。

そして彼らに向かって誓った。

『この戦いに必ず勝利して見せる。皆の家族、親しき者には必ず、皆が戦った様を伝えるからね。皆の家族は、男爵家が責任を持って支援し、残された家族が皆のことを誇りとし、これから先も、胸を張って、安心して暮らしていけるようにするよ。だから今は……、どうか安らかに……』

なんとか言葉を紡ぎながらも、涙が止まらなかった。

その日の夜、砦内で与えられた自室に戻っても、俺はまだ立ち直れずにいた。

過去、戦いのない国に育った、目の前で仲間を失うことなど無かった、そんな俺のメンタルが、今の自分自身に、大きく影響しているのだと悟った。

「これまで散々、多くの敵兵を討っておいて、味方の死にはこの様かよ……。本当に、勝手だな」

俺は自嘲するように呟いていた。

燭台の明かりしかない、薄暗い部屋の隅に一人でいると、今日の戦いで逝った者たちの顔が、次々に浮かんでは消えていく。彼らの未来を、かけがえのない人生を、待っている家族や愛する人たちの思いを、俺は踏みにじった。全て、全て俺のせいだ……。

気が付くと俺は、石畳の床に自身の頭を打ち付けていた。

何度目のことだろうか、打ち付けた頭には、冷たく硬い石の感触ではなく、柔らかい手の感触が俺の頭と石畳の間にあった。

「タクヒールさま、どうか、ご自身を責めるのはお止めください！」

「アン？　……、俺は、自分自身が許せない。俺の自己満足で、多くの命を失わせた……」

「そんなことはありません。仲間を救うために、タクヒールさまも、彼らも戦ったのです」

「アン、俺は浅はかな自分自身が……、憎い。彼らはもう、二度と帰ってこない」

「彼らは自らの意思で、戦いに参加しています。戦いである以上、必ず誰かの命が失われます」

「俺は……、クランを死なせてしまった。俺が戦場に巻き込んだばかりに……」

「あの時タクヒールさまは、ちゃんと仰いました。自身の命の危険もあると。皆はそれを分かって、それぞれ手を挙げたんですよ」

「俺は自分が嫌いだ。今までも色んなことを失ってきた。結局何もかも（日本で生きてきた時も、前回の歴史でも）、うまくいかなかった。調子のいいことを言って、頑張ってきたつもりになって、結局自分の不安を誤魔化していただけなんだ。けど俺は……、何も変わっちゃいなかった」

「私たち、いえ、私は知っています。貴方がこれまで、どれほど頑張ってこられたかを」

「違う！　今回こそは、そう思った。どんな時でも、怯まず、逃げず、恐れず、怖じけず、精一杯努力してきた。そう思うことでただ、俺自身が気持ちいいと思っていただけだ」

「違います！　私は知っています。どんな困難を前にしても、貴方は負けなかった。どれだけ沢山の人を救って来たかを。善い行いをして、気持ち良いのは当たり前です。でないと報われません」

「結局俺は、誰かを不幸にしてしまう。お調子者で見栄っ張りで、迂闊で愚かで浅はかで、何も良いところが無い薄っぺらな俺を、誰が信じてくれる？　誰が付いて来てくれる？　誰が好きになってくれる？　誰が愛してくれる？　そんな俺自身を俺は、心から軽蔑する。心底、大っ嫌いだ！」

「貴方は何も分かっておられません！　私たちが、私自身が、貴方をどれほど敬愛しているかを」

そう言うとアンは、俺を強く抱きしめてくれた。そして、優しく手を重ねてくれた。

「このお手が、私の半分以下の小さな手の時から、貴方は必死に努力なさって来ました。私はそれを、ずっとお傍で見てきました。幼き頃から私たちの未来を憂い、災厄と戦うためにずっと、頭を抱えて悩まれて、一人孤独に戦ってこられたお姿を」

「アン……？」

「もっと言いましょうか？　私は貴方を心から敬愛しています。この身の全てを捧げても良い、そう思えるぐらいに。私はタクヒールさまが大好きですよ。他の誰が何と言おうとも」

「アン？」

「確かにタクヒールさまは、何も分かっていらっしゃいません。私たち、皆の気持ちを……」

そう言うとアンは、慈愛に満ちた目で見つめ、更に強く俺を抱きしめてくれた。

「戦場で部下を救うために、自らの身の危険も顧みず飛び出してしまう、そんな貴方だからこそ、たまらなくなるのです。私だけじゃないですよ。クレアやミザリーの気持ちもご存じですか？」

「こんな俺に……、ありがとう……、本当に……、ありがとう」

「そんな貴方だからですよ。どうか、お一人で悩むのは止めてください。私が常にお傍にいます。

辛いときは、お一人で頑張らないでください。どうか私にも、お気持ちを分けてくださいな」

その言葉を聞いて、また涙が溢れてきた。さっきとは違う意味での涙が……。

結局俺は、アンの胸に縋り付いて泣き続けた。そんな俺の背を、アンはずっと優しく撫で続けてくれた。

そして翌朝、気付くとアンに抱き付いたまま……、寝台で眠っていた！

もちろん、ちゃんと服は着ていた。恐らく俺が求めれば、俺を慰めるため、アンは添い寝以上のことをしてくれたことだろう。だが……、俺の心には、そんな余裕すらなかった。

翌朝になって、アンと顔を合わせた時は少し気恥ずかしかったが、いつもと変わらず、平然と振る舞うアンに、俺は救われた気がした。


少しだけ落ち着くと、今後の思案を巡らせる余裕もできた。戦いに勝利して彼らに報いる為に。

四回目の戦闘では、損失した兵数だけで見れば、カイル王国に軍配が上がるかもしれない。だが実質は、双方痛み分け、そう言って差し支えない痛手を受けていた。

◇カイル王国軍損失概算　合計一八六〇騎
連合騎馬軍　一二〇〇騎
弓箭兵団　六〇騎（ゴーマン子爵、ソリス男爵）
第一子弟騎士団　六〇〇騎

◇グリフォニア帝国軍損失概算　合計三八〇〇騎
親衛軍鉄騎兵　一八〇〇騎
親衛軍騎兵隊　五〇〇騎
ゴート辺境伯鉄騎兵　五〇〇騎
ゴート辺境伯騎兵　一〇〇〇騎

今回の戦い、特筆すべきはゴーマン子爵の活躍だった。

俺はクランを救うため、我を忘れ敵中に突出した。父が俺を守るために派遣してくれた、ソリス鉄騎兵も善戦したが、死兵と化した敵軍には敵わず、押し戻されて窮地に陥っていた。

ゴーマン子爵がいなければ、俺自身が戦死者の列に加わっていた可能性も十分にある。

救う側だった俺も結局、ゴーマン子爵の機転と、彼の軍に命を救われたことになる……。

俺は少し、ゴーマン子爵に対する考えが変わった。彼に感謝し、心から礼を言わねばならない。

また今回は、味方の無能も大きく目立った。

味方が後退する中で無謀にも突出し、混戦状態を作り戦線を崩壊させた、第一子弟騎士団。

目の前で苦戦している味方に対し、何も行動を起こさなかった貴族連合軍の第一軍と第四軍。

そして、敵軍の無能にも救われた。

グリフォニア帝国軍側でも、第一皇子を守る盾歩兵と弓箭兵が動けなかったことは理解できる。

だが、それ以外の失策も目立った。

無謀な突撃を繰り返して敵を窮地に追い込んだが、最後は全騎兵が壊滅したゴート辺境伯軍。

帝国軍右翼に配置されていたが、戦局に応じた対応ができず、遊兵となった二人の伯爵軍。

彼らの指揮する四千名が、全く動かなかったことで、結果的にカイル王国の陣営を救った。

サザンゲート砦に帰還すると、第一子弟騎士団はハストブルグ辺境伯に再び激しく面罵された。

「一体お前たちは戦場に何をしに来た？　敵に功績を挙げさせ、味方を窮地に陥れるためか？」

「私らも、何故あの時に、あのような暴挙に出たのか、今考えてもわかりませぬっ」

「最終局面でもないのに、再度軍令を破り戦線参加したこと、許されるとでも思っていたのか？」

「よく覚えておりませんっ。ですが、あの時に出陣せよ！　そう伝令が来たように思えたのです」

「味方を窮地に陥れ、戦線を崩壊させ、あまつさえ、お前たちを救うために多くの兵が失われた！

貴様らの、身勝手から犯した罪の重さは計り知れん！　これらは決して許される行為ではない！」

「今ならそれが、身に沁みて分かります。ですがあの時は、何か頭に霧が掛かったように……」

「王都に戻り次第、貴様らの罪を明らかにし処罰する故、暫くは牢に入って謹慎しておれっ！」

「ま、誠に申し訳ございませぬ……」

本当なら、ハストブルグ辺境伯自身、二度に渡る軍令違反で直ちに断罪したかった。もちろん、戦場での軍令違反、この場合は命を以て償うべき内容だ。ただ彼らは、上級貴族の子弟を中心に編成されているため、現場判断で処断すればこの先、大きな遺恨となってしまう。

もうひとつ思い留まった理由は、彼らの不自然過ぎる反応だった。

彼らは涙ながらに懺悔して、あの時の自身が取った行動を理解できない、そう言い始めた。そして、不思議なことに、彼ら自身の記憶も、霞が掛かったように曖昧だと言う。

それらの理由で辺境伯は止むを得ず、牢に入れて監禁という処置で、処分を保留した。

他にも、貴族連合軍第一軍と第四軍に対し、戦線参加しなかった非を問う声も上がったが、主将たる二人の伯爵に対し、なんら処分が下ることはなかった。

それは、彼らの供出した騎馬隊が、多数の犠牲を出しつつも奮戦したからだ。次回の戦闘では、彼らが最前線を担うこと、それが言い渡されただけであった。

辺境伯の中では、政治的に面倒くさい彼らを、既に員数外の捨て石とし、今後彼らを、味方の盾や敵に対する囮役として使い、彼らなしで戦線を構築すると心に決めていたからだ。

◇◇◇　グリフォニア帝国陣営

グリフォニア帝国のグロリアス第一皇子も、受けた損害の余りの大きさに、愕然としていた。

「こ、こんな損害、認められるものではないわっ」

虎の子、親衛軍鉄騎兵団を半数以上失った上、親衛軍騎兵隊も四分の一を失うという、大損害を受けたことで、直轄する機動部隊の戦力は、大きく力を削がれてしまったからだ。

先の敗戦以来、第一皇子の陣営で冷や飯食らいとなっていた、ゴート辺境伯も失ってしまった。

主将とともに、彼の機動戦力、千五百騎も壊滅していた。最近こそ邪険にしていたが、彼は第一皇子派の柱石のひとりとして、政治力と武威を備えた、数少ない臣下のひとりだった。その彼を失って初めて、第一皇子は多大な喪失感を自覚し、言いしれない不安に襲われていた。

無能な二人の伯爵を散々怒鳴り散らした後、ここに至って、別動隊を率いるブラッドリー侯爵と彼の率いる軍勢、アストレイ伯爵とその軍勢を呼び戻すこと、それを真剣に検討しはじめた。

彼はこれ以上、直属の兵力を失うことはできなかった。

特に、虎の子である親衛軍は、後日、第三皇子と雌雄を決する際に、必要不可欠となる戦力で、今後のために、可能な限り温存しなければならないものだった。

そのため、先ず味方の戦力を再編成し、無能な二名の伯爵を前線に押し出すことにより、別動隊が戻り戦線参加するまでは、主攻として使い潰すこと、これを新たな方針として定めた。

次の戦闘では、図らずも両陣営において、無能者として烙印を押された者たちが、それぞれの軍勢を率いて、正面から主攻としてぶつかりあう、そんな方針が定まっていた。

翌日、開戦五日目になっても、両陣営ともに軍の再編や負傷者の対応に忙殺され、お互いに砦と拠点に引きこもったまま、攻勢に出ることはなかった。

そして大地を再び紅く染めた陽が沈むころ、帝国軍の元に真の凶報が届くことになる。

彼らを死へと誘う、冥界の使者を引き連れて……。


「ぜ、全軍の九割を……、失ったというのか！」

怒りと失望のあまり、第一皇子グロリアスは、報告を受けている途中で言葉を失ってしまった。

ブラッドリー侯爵はテイグーン攻略に失敗し戦死、その戦いで全軍の七割もの兵を失い、敗走する途中で魔物の襲撃を受け、撤退した九百名の兵も、その七割近くを喪失していた。

たかが辺境の男爵領、しかも領地を守るべき兵たちは出払っており、簡単に攻略できるだろう。そう踏んで送り出したはずの別動隊三千名が、最終的に出兵時の九割を失う大損害を被り、たった三百名しか帰還して来なかった。しかも帰還兵は皆満身創痍で、この先の戦力にはならない。

「何故だ？　どうしてこんなことに……」

第一皇子がうわ言のように発した言葉に、答えられる者は誰もいなかった。

だが魔境の真の恐ろしさを知らぬ彼らは、知る由もない。彼らの最大の不幸は、この時点でもなお、魔境の禁忌事項に気付いていなかったことだ。

前日の戦闘でも多くの負傷者を出しており、更に新たな負傷者を追加したことで、彼らが本陣を定めた陣地一帯では、血の匂いを漂わせた、負傷者たちが手当てを受ける天幕でいっぱいだった。

魔境から国境へと続く道は、敗走した兵の流した血の痕が、魔境の中から延々と続いていた。

彼らにとって、『血塗られた悪夢の夜』と呼ばれた、凄惨な夜がこれから始まることになる。

第四十話　サザンゲート防衛戦⑨　冥界からの使者（開戦五日目）

日が暮れかかったサザンゲート砦に、早馬が到着した。

「急報っ！　急報にございます。ソリス男爵家のタクヒール様に、至急お取次ぎ願いますっ！」

使者は直ちに砦内へと通され、今後の対応を協議していた面々が待ち構える部屋に案内された。

「構わぬ、こちらの方々にも報告をお聞かせしろ」

平伏する、闇魔法士ラファールに父が声を掛けた。

その場に居たのは、ハストブルグ辺境伯、キリアス子爵、ゴーマン子爵、ソリス男爵、コーネル男爵、ヴァイス団長、兄ダレクと俺の八名だった。


「はっ、皆さま方にご報告申し上げます。先ほど西の魔境方面から、敗走してきた帝国軍の兵士を確認いたしました。その数約三百！　恐らくテイグーン方面よりの敗残兵と思われます」

やったか？　それではきっと……、俺はひとり、安堵のため息を漏らした。

「兵は、ほぼ全員が深手を負った負傷兵ばかりです。更に、後続には彼らを追う、膨大な数の魔物の存在が確認されております。兵に危険が及ぶため、詳細な数の確認はできておりませんが……、相当な数です」

「侵攻軍の一割だと！　戦局はどうなったのデアルか？」

「敵陣から先、ヒヨリミ子爵領と魔境の境に続く領域は、魔物で溢れかえっております。そのためテイグーンよりの使者も、恐らく魔物に阻まれ迂回しているのだと思われます」

ラファールはゴーマン子爵の問いに恐縮して答えた。

「もしテイグーンが失陥していれば、わざわざ危険な道を通り、負傷兵がサザンゲートまで戻ってくることはないと思われます」

俺はラファールに代わって答えた。

「確かに！　テイグーンの町ならば三千名程度の侵攻軍、仮に勝利すれば、駐留し負傷兵の対応を行う余裕は十分にあります。彼らは敗走した、そう断言して良いでしょう」

ヴァイス団長が続いて補足する。

「では……、テイグーンは我らの期待に応え、持ち堪えてくれた、いや、それ以上の戦果を挙げてくれたということか？」

「恐らくは、そのように考えて間違いないと思います」

吉報に破顔したハストブルグ辺境伯に、俺は答えた。

「そして奴らは、魔境の畔に住む者の禁忌を犯しました。今頃は魔物の大軍勢を引き連れ、敵陣に到着しているかと……」

「閣下っ！　我らも急ぎ諸将を集結させ、対応を進める必要があると思われますっ！」

常に冷静沈着、そう言われたキリアス子爵が、狼狽して俺の言葉に割り込んだ。

◇◇◇　サザンゲート砦内大広間

緊急事態として、サザンゲートの砦では、主だった貴族たちが急遽招集された。

そして、ハストブルグ辺境伯が彼らの前に進み出た。

「先ほど、サザンゲート平原西側に潜伏させてあった、斥候より報告が入った。魔境側を抜けて、ソリス男爵領に侵攻した敵軍の別動隊が、多数の兵を失い負傷者の列が敵本陣に逃げ帰ったと」

「おおっ！」

「なっ！」

俺は、諸将が感嘆のどよめきを発する中、たったひとり、違和感のある驚きの声を、思わず発してしまった男を見逃さなかった。

「ここに居る者なら、大量の負傷者を連れ魔境の畔を通り逃げ帰る、この意味が分かるであろう。彼らは、やってはならぬことをやってしまった。これより我々は、領内に侵入する魔物を掃討するために動く。直ちにだ！　時間の猶予はない！」

こうして、この緊急かつ危機的な状況について、対応が指示された。

◇対応方針
帝国軍が魔境より引き連れた魔物は、サザンゲート平原を越えて、その先にある村や町にも害を及ぼす可能性があるため、サザンゲート平原を境界線として、魔物を食い止める対処を行う。

各地の物見を急ぎ呼び戻し、代わって完全武装の偵察部隊を配置、魔物の動きを監視する。

ひとつ、隣接する町、村に警報を伝え、同時にそれらを防衛するための部隊を派遣する。

ひとつ、サザンゲート砦の東側と西側、砦を起点にした左右に、大至急防塁を構築する。

ひとつ、防塁に守備兵を配置し、そこより北側に魔物が侵入することを絶対阻止する。

ひとつ、夜間は守勢に徹し、陽が昇れば敵陣を強行偵察して、侵攻軍の状況を確認する。

ひとつ、帝国軍が魔物によって被害を受けている場合、これを機に奇襲を行い一気に掃討する。


「よいか、先ずは魔物に対する防衛が最優先じゃが、これを機に、混乱しておる帝国軍の奴らを、国境の向こう側まで一気に押し返すのじゃ。そして、サザンゲート平原一帯にて、大規模な魔物掃討作戦を展開し、人界に侵入した魔物を全て掃討すること、これを最終の目的とする」

この方針に対する対応として、各隊に辺境伯から指示が飛んだ。

「まず近隣の町や村の防衛には、魔物との戦闘経験が豊富で現在余力のある三名、クライツ男爵、ボールド男爵、ヘラルド男爵がこれに当たれ。今すぐ準備を整え、可及的速やかに出立せよ！」

「畏まりましたっ！」

三名は担当する町、村が告げられると、直ちにその場を辞し、出立の準備にかかった。

「また状況を把握し、迅速な対応を進めるため、これもまた魔境に慣れた者に偵察部隊を任せる。ヒヨリミ子爵は、完全武装の部隊を整えて各地に派遣、物見たちを急ぎ呼び戻せ。同時に、周囲が暗闇になる前に、各所に偵察部隊が留まる陣地を構築せよ。その後は、本日構築した防塁を拠点として情報を集約し、夜間の警戒を厳重にせよ」

「承知いたしました……、では、これより……」

ヒヨリミ子爵も席を立った。

「さて、次は先ほど話した防塁じゃが、コーネル男爵は地魔法士らと共に、大至急構築を進めよ。先に築いた戦場の防塁、その左右に一キル程度の土壁を延伸させる。これは時間との勝負じゃ！作りは粗くても構わん故、魔物を一匹たりとも、ここより北に通さぬように心せよ！」

「畏まりました。事は急を要します。ソリス男爵からも、地魔法士をお借りできれば幸いです」

父から了承を得て、コーネル男爵が席を立つ。

「さて、それぞれ左右の防塁を防衛する者について、ここは是非、お二人の伯爵の力を借りたい。貴族連合軍第一軍は、新たに築く左翼側の防塁を、第四軍は右翼側の防塁の守備をお任せしたい。土壁が完成するまでは設営部隊を守り、完成後は警戒と防塁強化を、部隊内で交代して実施せよ。それぞれの連携を怠らぬよう留意して頼む。篝火は出し惜しみせず、暗闇を作らぬよう留意せよ。ここより北の安全は、卿らの奮闘に掛かっておる、そう言っても差し支えないじゃろう」

「応っ！」

貴族連合軍の第一、第四軍に属する諸将が立ち上がり、勇んで出て行った。

「さて、今残っている者にも重要な役目を与えるでな。差し当たりこれより、旗下の兵たちに食事と休養を与え休ませよ。明朝、夜明けと同時に敵軍への奇襲を行う。その準備を怠るでないぞ！

交代で休息をとり、出撃の準備を怠らぬようにな！　恐らく、今回はこれで片が付くじゃろうて。明日は卿らの活躍に期待している！」

「応っ！」

残った諸将は皆、緊張と高揚の混じった顔で席を立った。

このように、カイル王国側の陣営では急遽、そして全力で行われた対応は、長きに渡り魔境の畔に住まう者として、魔物の恐ろしさ、襲撃の恐怖を知る者たちの、至極当たり前の対応だった。

◇◇◇　グリフォニア帝国軍本陣

カイル王国の諸将たちが慌ただしく動き始めていたころ、魔境の禁忌を知らぬグリフォニア帝国の陣営は、あまりに暢気すぎたといえる。彼らはまだ、自身の身に迫る危機を知らない。

「先程から不愉快な報告ばかりではないかっ。そもそも奴らは、テイグーンなど空き城と同様で、進めば簡単に落ちる、そう大言壮語しておったではないか！」

無言で平伏する側近に毒づきながら、第一皇子グロリアスは酒杯をあおる。

「砦に立てこもる奴らが、慌てて戦場に防塁を築いている、物見よりそんな報告もあったが……、其方たちはどう思うか？」

「……」

「それも分からぬか……」

第一皇子はため息をついて周りを見ると、再び怒気を発しようとしていた。

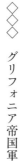

「恐らく、我々が考えている以上に、敵の騎馬隊は損害を受けているのではないかと思われます。そのため、こちらの騎馬隊に対処することを目的とした防塁ではないかと……」

意を決した側近の一人が、主君の問に答えた。

「では何故、必要以上の篝火を焚いている。我らに行動が丸見えではないか？　散々これまでも、小賢しい奴らの策に振り回された。そんな見え透いたことを、奴らがやるとでも思うか？」

「……」

「其方、これより物見を連れて見て参れ！　私が納得する答えが出るまで、帰陣はまかりならん」

「はっ！」

短く答えた側近が困惑しながら天幕を出て行った。

その背中を見て第一皇子は冷笑した。もし奴の言う通りならことは簡単だ。

先の戦いで全く役に立たなかった無能な伯爵たち、彼らの率いる騎馬隊を全て徴発し、親衛軍の鉄騎兵や騎馬隊と統合すれば、合計で四千騎前後の戦力になる。

恐らく現存する敵軍の騎馬隊は二千騎前後、倍の機動戦力で蹂躙することができる。無能な伯爵共と残った軍勢は、敵の弓箭兵に対する矢除けとして、前方に押し出して使い潰せばよい。

だが、此方の兵力が著しく減ったいま、敵が砦に籠り籠城戦となれば、こちらも決定的な攻め手を欠き、徒《いたずら》に対陣を長引かせることになってしまう。反対に、陣を敷き野戦に出て来るようなら、此方の騎馬隊の方が数も練度も圧倒的に優勢であり、幾らでも作戦案は出てくるだろう。

問題は……、奴らが何か企んでいる可能性だ。そこに対する不安は、今のところ拭えない。

第一皇子がそう考えていた刹那、近隣の味方陣地から悲鳴と混乱した声が上がった。

彼らの陣地には、暗闇の中から彼らを冥界へと誘う使者が、大挙して訪れ始めていた。

これが帝国軍の、『血塗られた悪夢の夜』の始まりだった。

第四十一話　サザンゲート防衛戦⑩　大地は再び血に染まる（開戦六日目）

周囲を包んだ、漆黒の闇の中から、グリフォニア帝国の陣地目掛け、冥界からの使者が訪れる。

「うわぁぁっ！　助けてくれっ！」

「てっ、敵襲！　いつの間にか取り囲まれているぞ！」

「暗闇に何かいるぞ、もっと篝火を増やせっ！」

「何をしている！　物見は、物見はどうしたっ？」

混乱する声が、第一皇子の居る天幕まで響いてくる。

「狼狽えるな！　何事だ？　物見は？　早く報告しろっ！」

第一皇子は状況が分からぬまま、側に控える者に怒鳴り散らす。

そう、夜陰に潜み各所に潜伏していた帝国軍の物見たちは全て、いつの間にか姿を消していた。

同じく、夜陰に潜んでいた魔物達の餌食になって……。

「負傷者を収容している陣地が、魔物どもに襲撃されておりますっ！　魔物どもの数……、不明！

いや、夥しい数です！　他の陣地も襲撃を受けており、混乱しております。直ちにご指示をっ」

敵の防塁構築の意図を探るため、偵察に出していた側近が、絶叫して天幕に転がり込んできた。事態を正確に報告する彼の到着まで、各所は混乱の極みにあり、第一皇子にまともな状況報告も行われていなかった。そのため彼は、冷静に対応を指示する貴重な時間を失っていた。

「我が陣を襲うとは……、身の程知らずの魔物どもだ。押し包んで一匹ずつ撃ち殺せっ！」

この時点でも、第一皇子の認識は不十分だった。現在、包囲されて押し包まれているのは、彼ら自身だったのだから。

「親衛軍は我が陣を守れっ！　ここを中心に円形陣を敷け！　奴らがどの方向から来ても対応できるようにしろっ。どこから来るか分からんぞ？　襲撃があった地点では、数で奴らを押しつぶせ」

こうした第一皇子の指示も、簡単には軍全体に届かなかった。

彼らは、初めて相対する魔物との戦闘に混乱し、恐怖し、そもそも突然襲撃を受けたため、未だに組織的な行動に移れていない。

帝国軍の兵士たちにとって、先の見えない苦闘が始まり、血塗られた悪夢の夜の幕が上がった。


狼を大きくしたような姿の魔物は、集団で襲って来た。その連携した動きに兵たちは対処できず、その中でひと際大きな狼型の魔物は、一撃で狂奔する騎馬の首を簡単にもぎ取っていった。

巨大な熊の魔物が、四本ある大きな手を薙ぎ払うと、近くにあった天幕の柱と共に、数人の兵士が吹き飛ばされた。彼らは宙を舞い、体がひしゃげて絶命していった。

牛より巨大で、鎧を着たような頑丈な皮膚を持った猪型の魔物には、剣や槍が全く通じず、魔物の突進を受けて進路上の全ては薙ぎ払われ、何人もの兵士が吹き飛ばされて昏倒した。

巨大な蟷螂の形をした魔物は、周囲に擬態して不用意に近づいたものの首を刈った。片方の鎌を剣で防いだ刹那、反対側の鎌が首を刈り、多くの兵士たちが犠牲になった。

巨大な三つ首の犬に似た魔物は、その咆哮を受けた兵士たちを放心状態にした。その場で立ち尽くしたまま動けなくなった兵は、その他の魔物に襲われ、声を上げることもなく暗闇に没した。

いきなり大地に開いた大穴に吸い込まれ、姿を隠したまま二度と地上に戻らない者や、暗闇の中から突然襲ってくる、火炎や突風、雷撃に倒れる者などが続出し、彼らは未知の攻撃に恐怖した。

それらをどう対処するか知る術もなく、次々と犠牲になる兵士の数は増えていった。


彼らは数十種類もの魔物たちに取り囲まれ、その特徴、攻撃の種類、防御手段、退治方法など情報も一切なく、ただ闇雲に防戦一方となっては、魔物たちの餌食となっていった。

馬たちも等しく魔物に襲われ、狂ったように逃げ惑う。本来、彼らを守ってくれるべき兵士たちすら蹴散らして……。グリフォニア帝国軍の兵士たちは、暗闇から自身がいつ襲われるかも知れぬ恐怖と、今まさに魔物に襲われている、味方の上げる絶叫に戦慄し、初めて戦う魔物を相手に苦戦を続けていた。そして、夜の闇が彼らの恐怖心を更に煽り、心身ともに激しく消耗していった。

このように、永遠に続くかと思われた『血塗られた悪夢の夜』は、彼らの必死の苦闘の末、夜明けと共に収束していった。帝国軍の多くの将兵たちが流した、血で大地を紅く染めて……。

夜が明け、周りの状況が見えるようになると、第一皇子は被害の大きさに卒倒しそうになった。天幕の中で治療を受けていた負傷兵たちは全滅し、彼らの姿はいずこへと消えていた。今や残骸となった天幕には、亡骸ひとつ残っていなかった。

最も魔境側に陣を構えていた伯爵のひとりも姿を消していた。伯爵の率いた軍勢とともに……。

第一皇子率いる親衛軍は、主君を守るために夜通し奮戦して、傷つきながらも何とか指揮系統を保っていたものの、無視できない損害を被っていた。

外縁部を守っていた鉄騎兵は、その三割を失い、騎兵隊は健在だが、騎馬の半数を失っていた。

内側に展開していた歩兵と弓箭兵もまた、全体の二割を失ったうえ、残された矢も僅かだった。

ゴート辺境伯の残兵、歩兵と弓箭兵は健在だったが、その二割程度が戦闘不能になっていた。

唯一、無傷に近かったのは、最も東側で西の魔境から離れた場所に陣を構えており、かつ、陣地内にひとりとして負傷兵を抱えていなかった、マインス伯爵が率いる軍だけだった。

たった一夜で第一皇子の陣営は、なんと四千名もの兵を失っていた。

そして、正確には分からないが、恐らく五百は軽く超えるであろう魔物たちの死骸が、至る所に転がっていた。

報告を受け第一皇子は、予想以上の惨状に言葉を失い、ただ茫然として昇る朝日を眺めていた。

満身創痍、そして一睡もすること無く戦い、疲労困憊となったグリフォニア帝国軍に、前日までの威容は既に見る影もなかった。だが、悲劇はこれで終わりではなかった。

「敵襲っ！」

「カイル王国軍だぁっ」

悲鳴ともいえる絶叫が、彼の陣地に響き渡った。

一晩中死に物狂いで戦い、やっと魔物の襲撃から解放され、安堵のため息を吐いた帝国軍には、もはや戦う力は残っていなかった。攻め寄せるカイル王国軍は、魔物に対するため、土塁を守る守備隊は残して来たものの、数でいえば今のグリフォニア帝国軍よりは優勢だ。

夜明けの強行偵察で、グリフォニア帝国軍の惨状を知り、ハストブルグ辺境伯は決断した。

とどめとばかりに、一万余の兵力で襲い掛かって来たのである。

「む、無念っ！　もう……、いかぬっ」

第一皇子は既に覚悟を決めていた。このような醜態を晒し国に戻っても、この先の未来はない。

「何を弱気なことを！　そのようなこと、仰いますな」

「我らが敵を食い止めます。速やかに撤退を！」

殿軍を申し出たゴート辺境伯の残兵たちが、立ちすくむ第一皇子を無理矢理騎馬に乗せて、国境方面へと送り出した。そして、殿軍として彼らは、悲壮な覚悟で戦った。

彼らの士気は未だに高く健闘するものの、魔物と夜通し戦ったあとで疲弊し傷付いた者も多く、程なくして全滅していった。こうして、かつては精強を誇ったゴート辺境伯の軍勢は全滅した。

◇◇◇　カイル王国陣営

「第一皇子の本陣は、あの丘の先を潰走しておるぞっ！　討ち取って名をあげよっ」

ハストブルグ辺境伯から全軍に檄が飛ぶ。

攻め込んだカイル王国軍の全軍は、敵の首魁めがけて一斉に殺到した。潰走する敵軍の背を討ちながら、各隊が功を競うように追撃戦で突出していった。

その時になって、追撃する彼らの左手側背から、二千名に満たない帝国軍の一軍が、突如として現れて猛然と襲い掛かって来た。

「すぐさま追撃の中止を！　一旦後退して陣形の再編を！」

「直ちに進軍停止っ！」

ヴァイス団長の進言で、ソリス男爵軍は直ちに無秩序な追撃を止め、体制を整え始めた。

それを見たハストブルグ辺境伯旗下、百戦錬磨の各軍団指揮官も追撃を緩め、同様に倣った。

唯一、それでも必死になって敵軍に追い縋っているのは、貴族連合軍の部隊だけだった。

「ヴァイス、状況を教えてくれ」

「勝ちの決まった最終局面で、死兵となった二千名に手痛い逆撃を受ければ、損害が馬鹿になりません。それにあの軍を率いる指揮官、我らにとって嫌な頃合いを見定めた上で、嫌な位置から襲って来ています。今は、あの軍を潰しておくのが、今後の憂いを断つ一番の策と思われます」

ヴァイス団長の指摘通り、突如現れた帝国軍の一団は、防御態勢を整えつつあった軍団の脇を、見向きもせずにすり抜けると、未だに帝国軍を追うことに夢中だった、カイル王国軍の先頭集団の後背に襲い掛かった。そして慌てて向きを変えた敵軍を突破し、潰走する味方の最後尾に追い付くと直ちに反転し、逆三角形の陣形を取った。

この時点でカイル王国側の先頭集団は混乱し、大きく陣列を乱して逆に潰走し始めた。

「ヴァイスの進言がなければ、我らもああなったということか……」

「まだまだこれからです。キリアス子爵、ゴーマン子爵、そして我らの軍は体制を整えています。三方から敵軍を圧し潰しましょう」

体制を整えた三千名近い軍勢が襲い掛かったが、彼らの守りは堅く、味方の撤退を援護し続けていた。戦いつつじりじりと後退し、時には一点に集中した逆撃を放ち、攻め寄せる敵軍に、一歩も引かず翻弄し続けた。そして……、味方に窮地を救われ、一時の混乱を脱したカイル王国軍の先頭集団が再び彼らを襲い、戦場が混戦になると、最も弱い彼らに全力で襲い掛かった。

彼らを強《したた》かに叩き、戦意を挫いた後に再び反転、国境方面へと急速に移動した。その過程でも、彼らは巧みに丘の横を迂回しつつ、包囲されるのを防ぎ、味方の帝国軍との距離を詰めると、再び反転し攻勢に出る構えを見せた。

このように二千名にも満たない軍勢が、帝国軍の最後尾を巧みに守り続けていたため、カイル王国の諸将は、迂闊に追撃もできなくなっていた。

既に味方の勝利は確定しているが、先頭を逃げる帝国の第一皇子までは刃が届かない。

この期に及んで、損害を覚悟の上で命懸けの追撃戦など、とうてい割に合わない話でもある。そんなことで命を落とすような貧乏くじを、望んで引く者など誰も居なかった。

「なるほどな、二千程度の軍勢で一万の我らを翻弄するか。ヴァイスの言う通り危険な奴だな」

「はい、今回は最後の最後に、まんまとしてやられました。ですが……、次は逃しません！」

撤退する敵軍を見つめながら、二人の間でこのような会話がされた頃には、味方の最後尾を固めつつ、帝国軍二千名の別働隊も安全圏まで引いていた。


実はこの軍勢、東側の魔境を抜けてキリアス子爵領を荒らしていた、アストレイ伯爵が率いる軍であった。彼らは第一皇子の帰還命令に従い、反転して帝国軍本隊に合流する途上で、味方の敗走を知り、密かにその退路に潜み、手痛い逆撃を加えて来ていたのだった。

後日、この軍勢を指揮していた者は、タクヒールの好敵手として、周辺諸国をも震撼させる存在として、頭角を現すことになる。タクヒールが改変した歴史により、表舞台に登場する者として。

彼らの機転と奮戦により、なんとか帝国領まで帰り着いた第一皇子グロリアスは、出征した二万八千名の兵士の約七割、一万九千人にも及ぶ兵士を失うという大敗北を喫していた。

撤退の過程で殿軍となり奮戦した、ゴート辺境伯軍も早々に全滅しており、帝国軍は今回の出兵によって、ブラッドリー侯爵、ゴート辺境伯、更にもうひとりの伯爵が全兵力を失い、あまつさえ、それぞれの当主まで失うという、目も当てられない大敗北となった。

この戦いに勝利したカイル王国の陣営にとっても、手放しで喜べる勝利とは言えなかった。

第一に、各軍が集結する過程で参加貴族の当主を含む、数多くの将兵を失った。

第二に、軍令違反という不祥事が二度も発生し、味方に余計な犠牲を出してしまった。

第三に、勝利を決定づけたのは、あくまでも魔物の襲撃であり、自らの力ではなかった。

第四に、大勝利が確定した追撃戦の最終局面で、手酷く逆撃を被り、大魚を逃す結果となった。

双方とも数多くの犠牲を出し、サザンゲート平原を血で紅く染める、凄惨な戦いによって得られた勝利は、勝利者であるカイル王国側にとっても、後味の悪い戦いであった。

彼らは後日、この血塗られた激戦を、『サザンゲート血戦』と呼び、今後の戒めとした。それは正に、血で血を洗う、血戦と呼ぶに相応しい戦いであった。


タクヒールが後期四大災厄と呼んだ、四つの大災厄のうち最初の禍《わざわい》、戦禍により兄のダレクと、数多くのソリス男爵兵を失うという未来、更に悪意を増した歴史の反撃は、なんとか回避された。

彼らが友と呼んだ仲間の命と、新しい運命《さだめ》で、彼らに付き従った者たちの命と引き換えに……。

だが、これより彼らを取り巻く悪意や歴史の反撃が、より大きな渦と化し、その渦中へと巻き込んでいくことになる。前回の歴史にはなかった、新たなる敵たちの出現によって……。

この時の勝利が皮肉にも、後にヴァイスをも超えると言われた、今は名も無き名将を世に出す機会となったこと、歴史を改変した結果生まれた大きな歪を、タクヒールたちはまだ知らない。

そして、これよりタクヒールは、前回の歴史を辿る災厄と、新たに巻き起こる災厄、そして、内なる敵との戦いを始めることになる。

書き下ろし番外編　甘く心を溶かすもの

テイグーンに居を移されたタクヒールさまが、最初に取り組まれた施策のひとつ、養蜂と呼ばれたそれは、私自身も初めて知った不思議なものでした。

木と金属で作られた枠と囲い、それをタクヒールさまのご指示で各所に設置しましたが、果たしてこんな物でハチミツが取れるのだろうか？　誰もがそう思っていたし、口にこそ出しませんでしたが、他の皆も半信半疑だったと思います。もちろん、それでも巣箱の設置作業は、誰もが真剣に行っていましたけど。

私から見ても、この時点で完全に全てを信じ、笑顔でハチミツを待ち望んでいたのは、アンさまとクレアさんぐらいだったような気がします。

「これで五十個目もダメか……、やっぱり素人ではそうそう簡単にいかないかなぁ」

「まだ確認していない巣箱が五十個あります。きっと幾つかは成功していますよ」

「アンさまの仰る通りです。今年がだめでも来年、更に先まで、私たちはお手伝いしますから」

二人はいつもタクヒールさまの傍らで、落ち込む彼を慰めていました。

彼女たちに勇気付けられたのか、再びタクヒールさまは精力的に動き始めました。

「ミザリーさん、行政府にもちょっと伝えておきたいことがあります。実務は受付所でやっているのだけれど、領民たち、主に孤児院や学校の子供たちに手伝ってもらうことがあるから、その話を共有しておくね」

突然そのような話をされて、私はちょっと戸惑ってしまいました。

「その……、本当にこの金額の褒賞を出すのですか？」

「うん、本気だよ。これなら皆の力も借りやすいかなぁって思ってね。先ずは最初が肝心だから」

タクヒールさまが手にした草案には、驚くべきことが書かれていたのです。


ひとつ、多くの蜂が集まっている場所を発見した者には、銀貨一枚を支給する。

ひとつ、小さな蜂《みつばち》の巣を見つけた者には、銀貨五枚の褒賞を支給する。

ひとつ、多数の蜂が集まった群れを発見し、それを全て捕獲した者には銀貨五十枚を支給する。

ひとつ、無償で巣箱を提供するので、巣箱に蜂を定着させた者には金貨一枚を支給する。

ひとつ、巣箱への定着以外は、その年の春の時季に限り行い、期限が過ぎれば無効となる。

ひとつ、これらの報奨金は、事前に受付所で探索登録を行った者のみを対象とする。


正直言ってどれも不思議な、何故そのようなことを？　そう思ってしまう内容ばかりでした。

タクヒールさまは、第一陣としてテイグーンにやって来ていたカール親方の工房に、巣箱を追加発注されており、先日追加で百個の巣箱が届いたばかりで、それが更に増えるとも聞きました。

このことをレイモンドさまに報告すべきか？　この頃の私は、それを真剣に悩んでいました。

その後、タクヒールさまの施策が功を奏し、初年度は二十個の巣箱にミツバチが定着したのです。

私は、それまでにかかった経費を思うと、少しだけ醒めた気持ちで、喜びに沸くタクヒールさまやアンさま、クレアさんを見ていた気がします。

ですが、私の気持ちはある日を境に完全に切り替わりました。

二年目になって、仕掛けている巣箱は既に三百個を超えていたある日、最初に定着した巣箱からハチミツを取り出した日のことでした。生まれて初めてハチミツを舐めてみたとき、そのとろけるような濃厚な甘さに、私は衝撃を受けました。ですが、受けた衝撃はそれだけではありません！　ハチミツを料理に使ったハチミツパイや、お茶に溶かしたもの、それら全てが衝撃的でした。

この時になってやっと、ハチミツが一部の富裕層を対象に、非常に高値で取引されている理由が理解できました。こんな宝がテイグーンに、いや、タクヒールさまの頭脳に眠っていたとは……。

本来、ハチミツが高級品とされているのには、理由がありました。

そもそも野山でミツバチの巣を発見する手間と、収穫のたびに巣を壊してしまう方法と、蜂を保護しながら、継続的にハチミツを得る養蜂とは、効率が全く違ってきます。しかも、養蜂では蜂に刺されることも少ないけれど、野山で巣を採って来る場合は、刺される確率も高く、それを防ぐために蜂を全て殺してしまうことも多いらしいのです。それではハチミツを継続的に収穫することなど不可能でしょう。

タクヒールさまは、テイグーンにいらっしゃる前から、この養蜂を考案し、産業の柱となるべく努力されていたのです！　そしてこれは、十分に産業の柱となる、いや、柱にしなければならないものです。

それに気付いた私は、これまでの自身の不明さを大いに恥じました。アンさまやクレアさんは、最初からこのことが分かっていたのでしょう。私はお二人には、決して及ばない差があることを、この時悟ったのです。

「行政府から提案します。今年は既に分蜂の時季は終わってしまいましたが、今から来年に向けて準備を進めるべきと考えます。今から用意すれば、来年の春には誘引用の巣箱を倍にできます。設置範囲をフラン側回廊出口の草原、魔境側回廊出口にまで広げ、テイグーン一帯で一大捕獲作戦を進めようと思っています。現在誘因済の巣箱は五十前後ですが、近い将来は十倍にします！」

「うん、ミザリーさんの提案を了承します。その……、無理のない範囲でね」

「はい、大丈夫です！　あと、巣箱の設置ですが、バルトさんかカウルさんの手を借りたくて……。あと、駐留軍の方や、傭兵団の方のお力を借りることも可能でしょうか？」

行政府で行われた定例会議で、私は常々考えていた構想をタクヒールさまに提案しました。周りの人たちが、少し引き攣った顔をしていたことなど、もはや私の眼中にはありません。

「それともうひとつ、花を増やします。現在は巣箱を各所に分散させていますが、誘因済の巣箱は盗難防止の意味も含め、ある程度管理できる場所を選定し、そこに移動させます。そのためには今以上の花が必要です。行政府より花の種を無償で配布し、町中に花を咲かせましょう！」

今や私は、誰にも負けない養蜂推進派になっていました。

これもハチミツを味わうため……、いや、テイグーンの産業を育てるためです。

私も少しだけ、その恩恵に預かれれば、それに越したことはないですが……。

こうして私のハチミツ確保作戦は、その端緒に付きました。

養蜂も二年目を迎え、収穫量も徐々に増えていくとタクヒールさまは次の手を打たれます。町中の中央広場脇にある、小さな飲食店にてハチミツパイが試験販売されたのです！

この販売は不定期ですが非常に人気が高く、販売当日に必ず売り切れてしまいます。

日中は多忙で買いに行くこともできず、いつも完売となり悔しい思いをしていた私に、なんと！

タクヒールさまが自ら、差し入れとして持って来てくれるようになったのです。

「いつも仕事で忙しく、難しい顔をしているミザリーさんも、これを食べている時はまるで溶けるような可愛い笑顔になるから、それが見たくてつい、買ってきちゃうんだよねー」

タクヒールさまが何気なく言ったその言葉に、私は赤面して返す言葉が全く出てきませんでした。

恐らく私はこの時、タクヒールさまを敬愛する主君だけでなく、一人の男性として初めて意識した瞬間だったと思います。その思い遣りに、舌だけでなく、私の心も溶かされてしまっていました。

今も思い出すと、ちょっと恥ずかしいけれど……。

このハチミツパイのファンは、私だけではありません。テイグーンに住まう多くの女性たちも同様です。そのため、夜の酒場や娼館に足を運ぶ男性たちが、意中の女性の気を引くために、日中にわざわざ並んで購入されています。屈強な兵士や、厳めしい顔をした人足たちが、ハチミツパイを求め、行儀よく並ぶ姿は、テイグーンでよく見られる、面白い光景のひとつにもなっているのです。

タクヒールさまも気を遣われて、収穫祭や何かの行事、祝賀会の折には、確保していたハチミツを大量に店舗に卸し、誰でも購入できるよう配慮されていました。

そしてなんと！　ご本人すら領民たちに交じり、並ばれた上で購入されており、私に持って来ていただける差し入れのありがたさは、一層増していました。

タクヒールさまが、クリシアさまを伴いテイグーンにいらっしゃった時は、特に行政府から依頼を出し、特別に購入できるよう手配もしました。せめてこれぐらいの恩返しはしないと……。

このように、多くの人々の努力の甲斐あって、ハチミツの生産量は毎年右肩上がりに増え、女性や子供たちでもできる仕事として、テイグーンの主要産業のひとつとして、成果を収めつつあった。

これは後になって『女王蜂』、『ハチミツ家宰』と呼ばれた、タクヒールの家宰ミザリーとハチミツの出会い、彼女がハチミツに強い執着心を燃やした契機を記した物語である。

彼女の強力な後押しを受け、テイグーン一帯のハチミツは後に、王都カイラールでも行列のできる人気商品として、テイグーンの名産品として国中の女性たちを魅了し、タクヒールが治める領地の発展に大きく寄与することになる。

また、その副産物として町中の至る所に植えられ、季節を彩る花々は、テイグーンを『花の街』として鮮やかに彩り、高貴な来賓を招く際に設けられる、『花道』発祥の街として、その名を馳せる切っ掛けともなっていった。

あとがき

この度は第二巻をお買い上げいただき、誠にありがとうございます。

このあとがきを書いている中改めて感じたのは、当たり前のようですが二巻を読んでくださっている方は、一巻も読んでいただけた方、即ち既に二冊も買っていただいた方……。

改めて心より感謝し、深く御礼申し上げます。

皆さまの多大なお力添えにより、一巻が発売されて早々に今回の予告にもあります三巻の刊行も決まりました！　本当に嬉しいです。

これは、この書を手にされている皆さまのお力のお陰と、改めて御礼申し上げます。

一巻に引き続き二巻でも、『小説家になろう』に掲載されている内容から、より進化した形で楽しんでいただけるよう、心掛けているつもりです。原作をご存じない方はもちろんのこと、小説家になろうで応援いただいていた皆さまにも楽しんでいただけるよう、今後も全ページに手を加えるつもりでお届けしたいと考えております。引き続き応援いただけると幸いです。

折角の機会ですので、一巻で複数の方からご指摘いただいたことについて書かせてください。

『サイン色紙やサイン本でサインの上に『２ｄｏ３』と書いているのは何？』

↓こちらは、ニドサンと読みます。『二度目の人生～、三度目だった』のタイトルの略称を記載したものになります。『ｔａｋｅ４』のペンネームと関連し、２・３・４と先の巻数に進んでいければ……。そんな願いもあります。実はペンネーム自体も、幾つかの意味を重ねて設定しています。

今は趣味のＳＮＳでひっそり『＃２ｄｏ３』を使っています。

『ラスボスのヴァイス軍団長が、早々に味方になっちゃったけど……、いいの？』

↓こちらはご指摘の通りです。ですが、ヴァイス団長が味方になったことで、歪みが発生して、前回の歴史では、その存在が注目されていなかった人物が世に出てきます。実はもうちらっと出てきているのですが、その存在が明るみになるのは三巻以降で、新たな展開が始まります。


ちょうどこのあとがきを書いているのが、３・11の時期になりました。

神戸出身の私は、縁あって公私ともに、福島の復興のお手伝いに十年近く参加して参りましたが、今年は年明けから石川県を始めとする北陸一帯での災害に心を痛める年となりました。

被災された皆さまには、心よりお見舞い申し上げます。

そして、少しでも早い復興が叶うよう、お祈りしております。

皆さまの下に明るい未来が訪れる日を、皆さまの背中を支えようとする数多くの人たちと共に、心より待ち望んでおります。


最後になりましたが、書籍版を応援くださっている皆さま、小説家になろうで連載を読み応援してくださっている皆さま、ＴＯブックス社ご担当者さま及び関係される皆さま、今回も素晴らしいイラストを提供いただいた、桧野ひなこさま、皆さまには心より御礼申し上げます。

テイグーン概要 2

テイグーン山西斜面
平地エリア扇状地俯瞰図

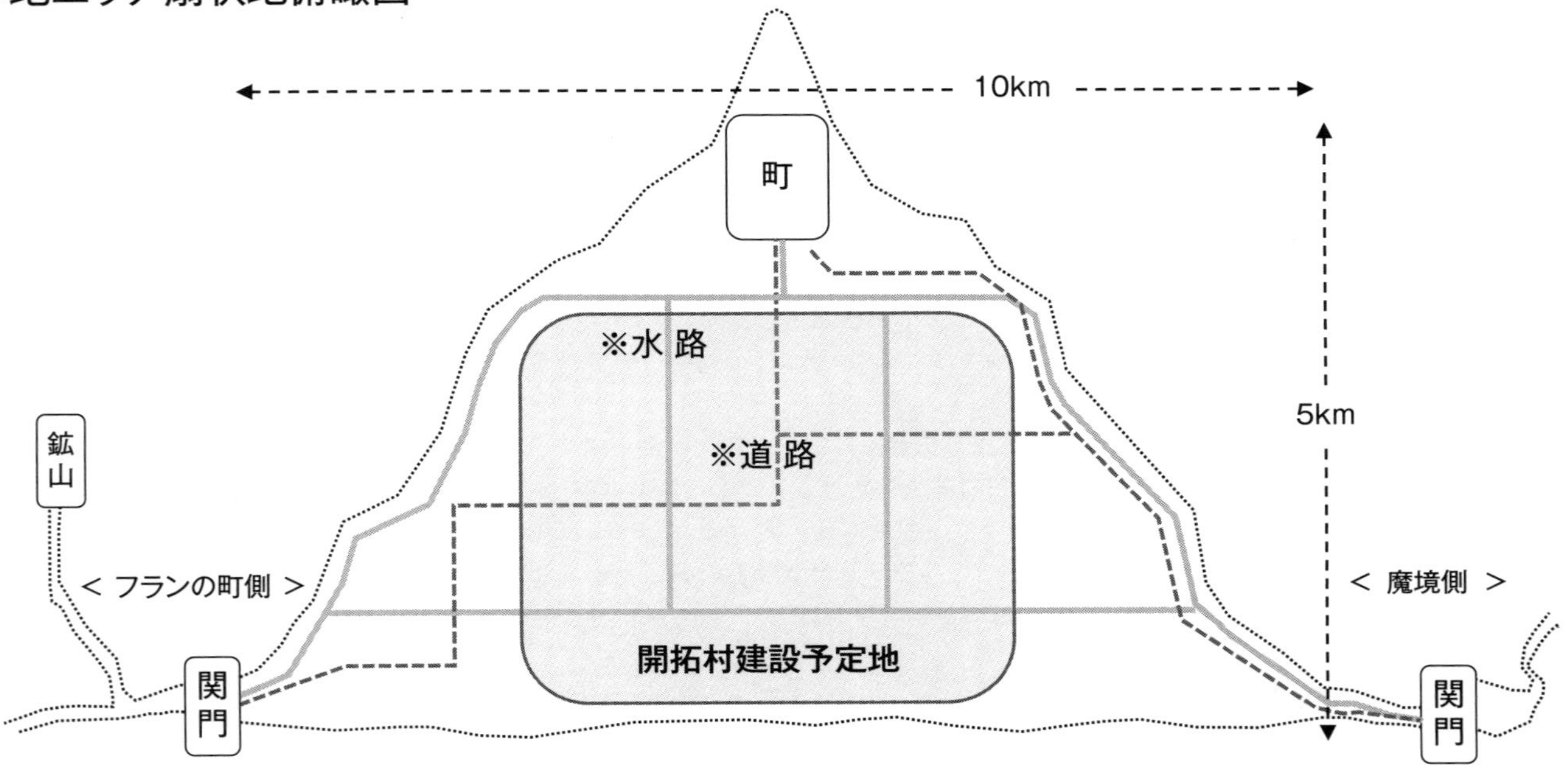

テイグーン概要 3

テイグーンの町側面図

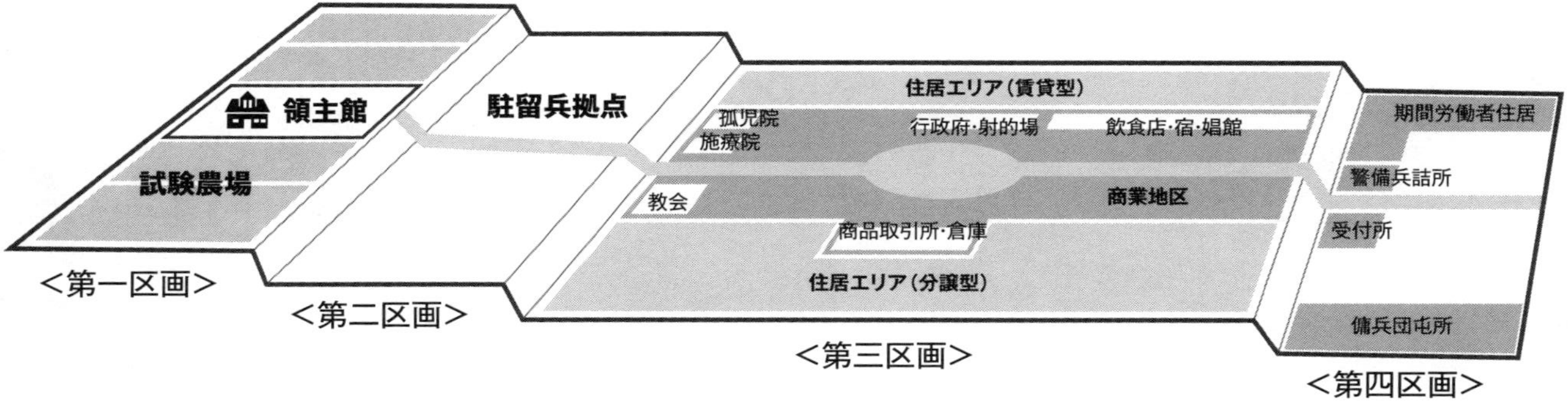

聞いてないんですけど!
運命を改変したら、隣領との縁談が急浮上!?
前代未聞の一大反逆劇、第三弾!
しっかり頑張るのですよ?
2024年発売予定!

婚約なんて、
take4 illust. 桧野ひなこ
2度目の人生、
と思ったら、
実は3度目だった。
3
～歴史知識と内政努力で不幸な歴史の改変に挑みます～

TOブックス
コミカライズ
連載最新話が
読める!!!!!
「本好きの下剋上」をはじめとする
TVアニメ化作品盛りだくさん!!

漫画配信サイト
CORONA EX
コロナEX
TObooks
2nd Anniversary
詳しくはこちら!!
https://to-corona-ex.com/
2周年!!

出来損ないと
呼ばれた元英雄は、
実家から追放されたので
好き勝手に生きることにした
THE BANISHED FORMER HERO LIVES AS HE PLEASES
テレ東・BSテレ東・AT-Xほかにて
TVアニメ絶賛放送中！